国家社科基金重大项目"《畿辅丛书》整理及其《续编》编纂"（16ZKA177）、国家社科基金一般项目"宋元明清边塞诗研究"（09BZW36）阶段性成果

《滦京杂咏》研究与校笺

阎福玲 著

人民出版社

作者简介

　　阎福玲　1964 年 1 月生，河北平泉市人。1986 年毕业于北京师范大学中文系，获文学学士学位。2005 年毕业于南京师范大学文学院，获文学博士学位。现为河北师范大学文学院教授，博士生导师，河北师范大学中国畿辅学研究中心特聘研究员。长期从事唐宋文学与文化、中国古代边塞诗、畿辅文献与文学等教学科研工作。曾出版《汉唐边塞诗研究》《河北学人与学术史研究》（与人合著）等著作，发表多篇专业论文。主持国家社科基金重大项目"《畿辅丛书》整理及其《续编》编纂"、一般项目"宋元明清边塞诗研究"等多项国家及省部级课题。

目　录

上　编

下　编　《滦京杂咏》校笺

上　编

绪　　论

一、研究的价值意义

杨允孚，字和吉，吉水人（今属江西省）。其所著《滦京杂咏》108 首，不仅是元代诗史的重要文本，也是元代史学研究特别是两都巡幸、上都风俗史研究方面的重要史料，具有补史之阙的重要价值。明清以来的目录学著作、诗歌选本及题咏作品都给予了极高的评价。清顾嗣立《元诗选初集》庚集选《滦京杂咏》100 首，删除 8 首，凑为百咏，被鲍廷博批为不明取舍。《御选宋金元明四朝诗》选《滦京杂咏》40 首。清曾燠《江西诗征》亦仿《元诗选》选录《滦京杂咏》100 首。近代陈衍《元诗纪事》选《滦京杂咏》有自注者 54 首。清陆长春《辽金元宫词》中诗人自注引用《滦京杂咏》诗篇及诗注 29 次。清史梦兰《全史宫词》诗注引用《滦京杂咏》13 次。元郭钰《哀杨和吉》赞美杨允孚"茫茫天壤名长在，赖有《滦京百咏》诗。"① 前人或选或评都给予《滦京杂咏》很高的评价。然而，长期以来，杨允孚及其《滦京杂咏》却没有引起当代学界足够的重视与研究。本书立足于《滦京杂咏》诗歌文本的校注整理，在此基础上对杨允孚及诗歌作出全面系统的研究，以填补其学史的

---

① （元）郭钰：《静思集》卷九，文渊阁《四库全书》本。

空缺。

《滦京杂咏》的"滦京"即指元朝的上都,以其位在滦河之北而得名。1251 年 6 月,蒙哥继任蒙古大汗位(元宪宗),命忽必烈总领漠南汉地军国庶事。忽必烈移王府于桓州,在金莲川聘用汉儒官员,依汉法治汉地,开设"金莲川幕府"。在汉人辅佐下,"收召才杰,悉从人望,子惠黎庶,率土归心"。1256 年,忽必烈命刘秉忠在桓州之东、滦水之北的龙冈(今内蒙古自治区锡林郭勒盟正蓝旗东北)建造开平城,营造宫室,作为王府常驻之地。1259 年 7 月,元宪宗率军攻打合州时,死于军中。1260 年 3 月忽必烈在开平继汗位,经过近两年的征战,打败了与之争位的阿里不哥。1263 年 5 月忽必烈升开平城为上都(元人诗歌中亦多称"上京")。后来为了更好地巩固汉地统治,忽必烈继续南下寻求新都,1264 年 8 月下诏燕京(原为金之中都,金亡后称燕京,即今北京市)恢复中都之称,准备在此建新都。1266 年,忽必烈命刘秉忠在中都营筑宫室。1272 年改中都为大都,宣布定都于此。1273 年大都宫殿建成。1274 年正月元旦,忽必烈在正殿接受百官朝贺,从此定都于大都(今北京市)。

元朝定都大都后,原来的上都便成了皇帝驻夏的陪都。从忽必烈起至元顺帝退回北方草原,每年春末夏初(四五月间)至初秋(八九月间)时节,皇帝都要带着后妃、怯薛(禁卫军)、侍者及廷臣等众多官员到上都消夏避暑,举行狩猎巡边、朝会宴飨、望祭陵寝等活动,"巡幸两都,岁以为常"①,称为"时巡"。"时巡"是元朝历史上最为重要、最为辉煌,也最具时代特色的盛事。杨允孚《滦京杂咏》就是在元亡后为追怀皇帝北巡上都之盛事而创作的杂咏诗作。

按诗人自注之意,组诗《滦京杂咏》可分为三大部分:前二十六首为第一部分,描绘巡幸滦京的途中之景,记述诗人的途中见闻和皇帝北巡途中的

① (元)阎复:《故荣禄大夫平章政事王公神道碑铭》,载(清)沈涛《常山贞石志》卷一七,清道光二十二年(1842)刻本。

活动内容，为纪行程之作。中四十首为第二部分，记滦京之景及圣驾往还典故，为叙典事之作。这部分诗作对滦京一带具有代表意义的自然人文景观作了全方位的概括叙写，并根据自己的实际见闻，按时间顺序概括勾画皇帝上京避暑时狩猎讲武、宴饮朝会、赏赐宗王、祭祀求福等活动内容及常规惯例，全方位地展现了皇帝北巡的各类仪式、典礼、程序和用意，大致描绘了皇帝北巡避暑的相关活动，表现了北巡的休闲意趣与多方面的政治意图。后四十二首为第三部分，杂咏滦京四季风物，为咏风物之作。这部分重点表现上京的自然风物与风土人情。对上京一带的风光景物、植被物产、生产生活，以及一年中各种节日典礼、衣食起居、迎来送往等习俗风尚都作了细致的描述，展现了以蒙古族为主的边地各民族的文化传统与民族习尚。整组诗歌内容丰富，艺术独特，不仅具有较高的文学与审美价值，而且也具有很高的史料价值。

　　研究杨允孚《滦京杂咏》具有多方面的意义，其核心体现在以下三个方面。

　　一是文学审美意义。 首先，《滦京杂咏》是元代边塞风俗诗集成性典型代表。从边塞诗史看，"元不戍边"[①] 的政治军事格局造就了元代边塞诗的重要转折，由唐及唐前以征戍诗、战争诗为主导转型为以边塞山水诗和边塞风俗诗为主导。元代出现大量的上京杂咏组诗，这些诗歌表现蒙汉边民住毡房，睡火炕，衣貂裘，食奶酪，饮马酒，善骑射，爱歌舞等生产生活的风俗情调，风格迥异于内地，具有典型的草原生活气息，是元代边塞诗新变的主调之一，而杨允孚的《滦京杂咏》创作并完善于元朝灭亡之后，出现时间最晚，其书写又最全面系统，堪称元代边塞风俗诗的集大成之作，其创作取向成为明清边塞风俗诗创作的源头与前奏，在元代边塞诗乃至整个边塞诗史上都具有重要的历史地位与文学价值。除此之外，杨氏《滦京杂咏》集中写风俗的倾向，

---

　　① （明）李开先《西野春游词序》言："词肇于金而盛于元，元不戍边，赋税轻而衣食足，衣食足而歌咏作。"见（明）李开先《李中麓闲居文集》卷六，明刻本。

也使其成为风俗诗史上富有特色的重要一环，在中国古代风俗诗史上也占据重要地位。

其次，《滦京杂咏》以第三部分为主有许多富有草原特色的咏物诗。这些诗歌描写上京的自然山川、节物风光与气候冷暖等内容，对富有塞上草原特色的植被、物产，如黄羊、黄鼠、紫菊、金莲、红芍药、地椒、野韭、蘑菇、白翎雀等皆有深情吟咏。《御定佩文斋咏物诗选》选《滦京杂咏》26 首，将近全部 108 首诗作的四分之一。这些富有地域特色与民族风格的咏物诗给中国古代咏物诗创作带来了新鲜异趣的开新局面，具有不容忽视的文学价值。

最后，《滦京杂咏》还具有宫词性质，其诗作与注释不仅具有文学诗歌的审美价值，而且对认识元代宫廷生活惯例也具有一定的史料价值。《辽金元宫词》引用《滦京杂咏》28 次。清史梦兰《全史宫词》引用《滦京杂咏》26 次，所占比例也将近《滦京杂咏》组诗 108 首的四分之一。清刘声木《苌楚斋随笔·宫词类汇录》言："尚有无宫词之名而其书实相类者，亦有七家：明周拱辰撰《宫怨》一卷，元杨允孚撰《滦京杂咏》二卷，李步青撰《春秋后妃本事诗》一卷，女士赵棻撰《南宋宫闱杂咏》一卷，唐宇昭撰《故宫词》一卷，顾宗泰撰《胜国宫闱诗》□卷，刘禺生撰《洪宪纪事诗》□卷。后三种未见传本。"① 直接把《滦京杂咏》看成无宫词之名的宫词诗作。《四库全书总目》甚至认为《元宫词百首》一些诗作"切元事者皆无注释，后人亦不尽解，不及杨允孚《滦京杂咏》多矣。"② 《滦京杂咏》与元宫词都以欣赏的口吻表达对逝去王朝的追怀与凭吊，抒发故宫禾黍之感是对游牧民族统治的元王朝正统地位的正向肯定，在汉民族为中心的中国文学史上具有全新的开创意义。

二是特定的历史文献意义。《滦京杂咏》诗歌及其注文不仅是元代文学与

---

① （清）刘声木：《苌楚斋随笔续笔三笔四笔》，中华书局 1998 年版，第 91 页。

② （清）纪昀等：《四库全书总目》卷一七五《别集类存目二·〈元宫词〉一卷》，中华书局 1965 年版，第 1549 页。

诗歌研究的重要文本，而且在元史研究，包括两京巡幸避暑、典章制度、宫廷习尚、元上京自然风物等方面，都具有较高的文献价值，一些诗作与诗注可补史之阙，是元史研究不可或缺的重要史料。明金幼孜《滦京百咏集序》言："后之君子欲求有元两京之故实，与夫一代兴亡盛衰之故，尚于先生之言有征乎。"① 其后，《四库全书总目》也高度评价其"诗中所记元一代避暑行幸之典多史所未详。其诗下自注，亦皆赅悉，盖其体本王建宫词，而故宫禾黍之感。"② 不仅肯定其记述有元一代两都巡幸避暑之典故多史所未详，具有补史之阙的意义，而且在元周伯琦《近光集》《扈从诗》的提要中还说："《近光集》中述朝廷典制为多，可以备掌故。《扈从诗》中记边塞闻见为详，可以考风土。而伯琦文章淹雅，亦足以摹写而叙述之。溯元季之遗闻者，此二集与杨允孚《滦京百咏》亦略具其梗概矣。"③ 可见，《滦京杂咏》与周伯琦《扈从集》《近光集》较为全面、诗化地记录了有元一代两都巡幸避暑、安边定塞的遗闻故事与巡幸典例，具有系统性、集成性，不仅具有诗学审美意义，而且更具有史学文献价值。

　　三是民族文化研究价值。《滦京杂咏》纪行程部分，完整记录了元帝自大都东北角的建德门启程，中经昌平、榆林、洪赞、雕窝（亦作"窠"）、龙门、赤城、独石口、牛群头、明安、李陵台、桓州十一处纳钵驿站，到达上都南鸳鸯坡的驿路行程，对沿途的龙虎台、居庸关、过街塔、弹琴峡、枪竿岭、李老谷、尖帽山、东凉亭、李陵台等自然人文景观都有细致的表现与刻画。叙典事、咏风物的上京风情诗更系统表现了元帝上京巡幸的活动内容与内蒙古草原的民俗生活画卷，而这些正是正史著作所失载的。《滦京杂咏》等诗作对于还原一代巡幸避暑故事，反映蒙古民族生活和草原文化，有着补史

---

① （明）金幼孜：《金文靖集》卷七，文渊阁《四库全书》本。
② （清）纪昀等：《四库全书总目》卷一六八《别集类二一·〈滦京杂咏〉一卷》，第1458页。
③ （清）纪昀等：《四库全书总目》卷一六七《别集类二〇·〈近光集〉三卷〈扈从诗〉一卷》，第1448页。

之阙的文化意义。也正因为如此，许多官私目录或大型丛书在著录或收录杨允孚《滦京杂咏》时不将其列在集部别集类，而是置于史部地理类中，成为地域风俗著作的代表，如《中国古籍总目》《丛书集成》就是如此。从这个意义上讲，《滦京杂咏》是地域文化的载体，是蒙古族民族文化的诗化结晶。研究《滦京杂咏》是繁荣多民族文化研究的重要途径与重要内容。

二、研究历史与现状

杨允孚《滦京杂咏》面世后，以抄本的形式在家族和朋友圈中传诵。其好友郭钰写有《题杨和吉〈滦京诗集〉》，称："钰也不识滦京路，送君几向滦京去。滦京才俊纷往来，好景惟君独能赋。"① 同邑好友罗大已于洪武五年（1372）为《滦京杂咏》题写了后跋，成为今天了解杨允孚、研究《滦京杂咏》弥足珍贵的史料。杨允孚去世后，郭钰《哀杨和吉》赞美杨允孚"茫茫天壤名长在，赖有《滦京百咏》诗。"

明代杨士奇曾记载过刘云章先生有《和杨和吉〈滦京百咏〉诗》，金幼孜撰有《滦京百咏集序》，明成化十三年（1477）罗璟抄录并再跋《滦京杂咏》，清中叶著名学者劳格曾根据旧抄本校证《滦京杂咏》。其后，著名藏书家、目录管家鲍廷博购得钮园陶式玉手录的周氏荣古堂《滦京杂咏》抄本，经过校勘整理，刻入《知不足斋丛书》。此后，近代藏书家傅增湘也曾重校《滦京杂咏》并撰跋文。

以上为明清及近代《滦京杂咏》的传播与研究简况（详见第二章考证）。从中可见，《滦京杂咏》问世后，一直备受诗人学者重视。然而，进入现代学术视野中的《滦京杂咏》，除了元史研究者不断作为研究元代社会史、风俗史等史料加以引用，如那木吉拉《中国元代习俗史》，陈高华《元上都》，叶新民、齐木德道尔吉《元上都研究资料选编》，叶新民、齐木德道尔吉《元上都

---

① （元）郭钰：《静思集》卷三，文渊阁《四库全书》本。

研究文集》等著作将其作为史料运用外，从杨允孚到《滦京杂咏》，从文献整理到诗歌文本的研究一直没有引起学界应有的重视。20世纪90年代后期，尤其是进入21世纪以来，在地域文化与民族文化，包括元代诗歌研究的热潮推动下，杨允孚及其《滦京杂咏》才逐渐引起学界同人的关注与研究。粗略梳理，大致体现在两大方面。

一是上京纪行诗研究。因为《滦京杂咏》一半以上的诗作是表现元帝巡幸避暑的政务活动、宫廷生活，以及上京的自然山川、植被物产、生产生活、年节习俗、民情风尚，因此被当作元人上京纪行诗的一部分，受到学界的关注。较早讨论元人上京诗歌的是叶新民，其《从元人咏上都诗看滦阳风情》一文〔《内蒙古大学学报》（哲学社会科学版）1984年第1期〕，以周伯琦、杨允孚、马祖常、袁桷、柳贯、乃贤、萨都剌等近二十位诗人的创作为主导，分析了上都纪行诗作丰富多彩的题材内容，诸如宫廷宴飨、望祭陵园、宫廷乐舞、宫殿楼阁、寺庙道观，以及上都的市井生活、风物特产、滦河与草原风光等都通过诗例的形式加以全面介绍。其后，阎福玲《论元代边塞诗创作及特色》（《内蒙古社会科学》1998年第6期）将元代上京风情诗作为元代边塞诗的重要组成部分，概括其题材内容和艺术特质，并将其放在整个边塞诗史和中国诗史大背景下，定位以元代西征诗和上京风情诗为代表的元代边塞诗的时代特点与创新意义。李军《论元代的上京纪行诗》（《民族文学研究》2005年第2期）从元代两都巡幸制度与纪行诗的产生、题材内容及文献价值和审美特征三个方面论述元代上京纪行诗的时代特色，认为上京纪行诗为宫词与边塞诗结合的产物，具有独特的时代特点。此后，刘宏英的博士学位论文《元代上京纪行诗研究》（2009年），成为上京纪行诗研究的第一部里程碑式专著。这部论文分四章，在梳理元代两都巡幸制度与诗人参与扈从活动带来上京纪行诗产生的基础上，分前后两期纵向梳理了上京纪行诗创作历程，抓住上京纪行诗中最有特色的驿站与风物、诈马宴与游皇城、馆阁与宫寺记咏诗歌，以诗史互证的方式分析了上京纪行诗的题材、主题，最后对成规模、成建制地创作上京纪行诗的袁桷、柳贯、胡助、周伯琦、杨允孚五位诗人的创作分别进行了个案梳理与阐释,是第一部系统研究上京纪行诗的研究论著。至2016年由中国经济出版社正式出版。邱江宁的《元代上京纪行诗论》(《文学评论》2011年第2期)纵向梳理上京纪行诗的繁荣状况,分析上京纪行诗的特征,阐释上京纪行诗的诗学史意义,指出上京纪行诗是元代诗歌创作中最值得记写的主题,是元诗创作中山川奇险、民俗丰富又充满异地乡愁等特征的典型代表,在改变南宋萎靡诗风、拓展诗歌题材、革新传统诗体等方面有其不容忽视的意义。此后,杨富有、赵延花、赵欢、杨亮等学人从多元文化交融、滦阳民俗、宗教文化、饮食特征、文人心态、地理解读、传播状况等角度讨论元代上京纪行诗,成为上京纪行诗研究发展的重要阶段。①

2012年,中央民族大学郭小转的博士学位论文《多元文化背景中元代边塞诗的发展》,在其第四章中系统梳理了元代扈从诗借由产生的巡幸避暑制度、上都边塞风物、上都边塞人文,以及宫体与边塞相结合的诗体特征,是元代上京纪行诗研究的新成果。

2017年以后,上京纪行诗研究迎来新的研究热潮。王双梅的博士学位论文《元上都文学活动研究》,第六章、第七章用三节的篇幅从游历吊古、上都风情、抒情咏怀等方面系统研究了元上都诗歌作品,并发表相关文章两篇。②此后又有张颖《元代上京纪行诗的文化阐释》(2017)、俞乐《元代上京纪行

---

① 参见杨富有《由扈从诗分析元上都多元文化的交流与融合》(《前沿》2011年第3期)、《元上都扈从诗与上都多元宗教文化》〔《山西师大学报》(社会科学版)2013年第1期〕,赵延花《从元代上都扈从诗看滦阳民俗》(《北方论丛》2012年第6期)、《从上都扈从诗看滦阳饮食民俗特征》〔《赤峰学院学报》(汉文哲学社会科学版)2013年第4期〕、《上都扈从诗的文学地理学解读》(《内蒙古大学学报》2015年第5期),杨亮《元代扈从纪行诗新探》〔《江苏大学学报》(社会科学版)2015年第3期〕、《元代扈从纪行诗的地理意象风貌及价值重估》〔《广播电视大学学报》(哲学社会科学版)2016年第1期〕,赵欢《从上京纪行诗看元代文人心态》(《北京工业职业技术学院学报》2015年第1期),黄二宁《论元代上京纪行诗在元代的传播》〔《内蒙古大学学报》(哲学社会科学版)2016年第5期〕。

② 参见王双梅《元代文人的两都纪行之作》〔《河北大学学报》(哲学社会科学版)2017年第5期〕、《元代文人的草原之旅与"客愁"之情》〔《内蒙古民族大学学报》(哲学社会科学版)2019年第4期〕。

诗研究》（2019）、和燕颖《元代上京纪行诗研究》（2021）三部硕士学位论文，虽然总体创新不多，但短时间内出现多部硕博学位论文聚焦上京纪行诗，带来上京纪行诗研究的一波小高潮。在这波高潮中，赵延花《元代诗歌中的草原民俗书写与士人心态》在展示元诗的草原民俗书写基础上，认为"元人热衷对草原民俗的书写，草原物质生产、物质生活、精神生活、节日民俗等，都是诗人津津乐道的话题。其中最值得注意的是元人对草原民俗态度的变化"，"元诗中既没有唐诗中的文化强势话语，也没有宋诗中的贬斥、嘲笑，而是新奇中带有称赏、惊叹"，其"蒙古族的统治地位逐渐得到认可"的判断，把上京纪行诗的价值意义研究提升到一个新的高度，尤为引人注目。① 此后至今，虽然仍有上京纪行诗的讨论②，但总体来看创新观点并不多。

上京纪行诗研究重心虽然并不在杨允孚及其《滦京杂咏》，但《滦京杂咏》中较大比重的诗作被纳入纪行诗与风俗诗并加以阐释，对整体理解和研究杨允孚及《滦京杂咏》具有一定启发意义。

二是杨允孚及《滦京杂咏》研究。学界对杨允孚及其《滦京杂咏》的研究起步较晚。目前可见，最早正面讨论杨允孚及《滦京杂咏》的是史铁良。他的《元末诗人杨允孚及其〈滦京杂咏〉》考证了杨允孚生卒年、生平事迹、交游状况、思想渊源，论述了《滦京杂咏》的创作过程、《滦京杂咏》的写实性和宫词性质等，是第一篇研究杨允孚及其《滦京杂咏》的论文，有开创之功。③ 史铁良《再论杨允孚的〈滦京杂咏〉》在前文基础上，分析了《滦京

---

① 曹满、赵延花：《元代多民族诗人对草原丝路重镇上都的书写》，《呼伦贝尔学院学报》2022年第5期。

② 参见杨富有《多元文化语境下的元代扈从诗人及其上都书写》（《北方工业大学学报》2023年第5期）、吴昌林《元代上京纪行诗的异域书写》〔《山西大同大学学报》（社会科学版）2023年第2期〕。

③ 史铁良：《元末诗人杨允孚及其〈滦京杂咏〉》，载《古籍研究》（第48期），安徽大学出版社2005年版。

杂咏》独特新颖的题材和文学特色。① 刘宏英《元代上京纪行诗研究》第四章第四节，在梳理南方士人北游上都状况的基础上，考论了杨允孚及其《滦京杂咏》，肯定了《滦京杂咏》在历史、文学、民俗研究上的重要价值。② 赵昕《杨允孚〈滦京杂咏〉所见之元代上都风貌》全面分析了《滦京杂咏》的题材内容，除特别注意到农商活动描写以外，创新不多。③ 韩璐的硕士学位论文《杨允孚〈滦京杂咏〉校注与研究》是迄今为止最全面系统的杨允孚及《滦京杂咏》研究的力作。文章分上下两编，上编以鲍廷博知不足斋刻本《滦京杂咏》上下卷为底本，以曹寅藏清抄本、顾嗣立《元诗选》本和文渊阁《四库全书》本为参校本，对《滦京杂咏》的108首诗作进行校勘和简注。下编考证杨允孚生卒年、仕宦交游状况、家世思想渊源，梳理了《滦京杂咏》所描绘、记录的驿路风光、上都宫廷生活、风土人情等具体内容，并在此基础上解析《滦京杂咏》的艺术特色，其中对诗歌自注的分析及对"用数字意象、巧用色彩、活用叠字"等创作手法的概括，总体呈现了《滦京杂咏》的艺术成就与美学特点。最后，论述了《滦京杂咏》的文献学价值和文学价值，认为《滦京杂咏》"是研究元代诗歌及北方民族文化的重要组成部分"④。

通过梳理《滦京杂咏》的研究史，可见学界对杨允孚生卒年、仕宦交游、《滦京杂咏》创作过程等多有讨论，虽然不乏优秀成果，但限于材料有限，多浅尝辄止，尚有挂漏之憾。对《滦京杂咏》诗作本身，虽多有分析论述，但停留在草原风光、风俗民情、巡幸典例、宫廷生活等题材的分类层面，只重视其史料价值，其文学的审美价值及创新意义尚未得到应有的阐释和公允的评价。韩璐的《滦京杂咏》校注，总体来看，校勘做得比较细致，但仍有多处异文未出校记，而对于多处异体字的校记，又有蛇足之嫌。其注释部分，

① 史铁良：《再论杨允孚的〈滦京杂咏〉》，《株洲师范高等专科学校学报》（社会科学版）2006年第4期。

② 刘宏英：《元代上京纪行诗研究》，中国经济出版社2016年版。

③ 赵昕：《杨允孚〈滦京杂咏〉所见之元代上都风貌》，《集宁师范学院学报》2016年第4期。

④ 韩璐：《杨允孚〈滦京杂咏〉校注与研究》，辽宁师范大学2019年硕士学位论文。

成就在对诗中地名的注释，征引图经方志，为读者提供了有价值的原始文献，但其中一些注释存在理解错误。因为属于简注，还存在回避难点、注而不明的缺憾。因此，无论是文献校注整理，还是杨允孚与《滦京杂咏》的研究，都尚有很大的拓展与提升空间。

三、研究内容、思路与方法

本书分上下两编。上编在借鉴前人研究成果的基础上，运用文献学、考据学、文艺美学、文学地理学等多学科研究方法，分别对杨允孚生卒年、仕宦交游著述、《滦京杂咏》创作和传播过程、版本源流等进行详细系统的考证，力求最大限度地还原历史本真。在此基础上，对《滦京杂咏》的主题思想、艺术特色等进行深入的文学解析与概括，尝试在元代历史文化乃至中国文学与中国文化背景下，重新审视《滦京杂咏》的文学审美价值与文化意义，力图为学界提供关于杨允孚及《滦京杂咏》的全面系统的新认识。

下编为《滦京杂咏》校笺，以天津图书馆藏清代鲍廷博《知不足斋丛书》本为底本。此本为清光绪八年（1882）岭南芸林仙馆据鲍氏刻《知不足斋丛书》重印，光绪三十三年（1907）修刊本。此本《知不足丛书》共196种533卷，计30夹240册。《滦京杂咏》二卷收在第23集第183册。其全部诗作与诗注及分卷与日本早稻田大学所藏此本、《丛书集成初编》第95册所收知不足斋本《滦京杂咏》完全一致。天津图书馆藏本与早稻田大学藏本同为丁未修刊版，其卷上第5页B面缺字完全相同，行款版式均为黑口，左右双边，每半页9行，行21字，小字双行，版心下题"知不足斋丛书"。第2页B面左侧有"丁未修刊"四字。

此次校笺，以1907年岭南芸林仙馆修刊本为底本，以清曹寅藏清抄本为对校本，以清文渊阁《四库全书》本、清顾嗣立《元诗选初集》本为参校本，在校勘的同时，对108首诗作进行解题和笺注工作，力图为学界提供一个更可靠、更便捷的读本。具体校笺原则，详见本书下编"凡例"。

第一章　杨允孚生平交游考

第一节　杨允孚生卒年考

一、关于杨允孚的名、字、号

杨允孚，字和吉，号西云，吉水人（今属江西省）。元明清以来历代文献记载基本一致，且多不记录其号，例外者有两处。

一是明黄虞稷《千顷堂书目》卷二十九："杨和《滦京百咏》一卷，号西云，翰林供奉，一云名和吉，金幼孜序。"[①] 黄虞稷的著录中有四点值得注意：一是《滦京杂咏》作者为杨和，后又补充说："一云名和吉"。二是少有地著录杨允孚号"西云"。三是记载杨允孚官至翰林供奉（下文有详考）。四是交代著录依据，源于"金幼孜序"。查阅明金幼孜《金文靖集》卷七有《滦京百咏集序》，内言："予自幼闻西云杨先生以诗名，今观其所为《滦京百咏》，则知先生在元之时，以布衣职供奉，尝载笔属车之后，因得备述当时所见，而播诸歌咏者如此。"[②] 其中"西云杨先生"是对杨允孚的敬称。由此可

---

① （明）黄虞稷：《千顷堂书目》，上海古籍出版社 2001 年版，第 721 页。
② （明）金幼孜：《金文靖集》卷七，文渊阁《四库全书》本。

知，杨允孚号西云。

二是清倪灿《补辽金元艺文志》："杨和《滦京百咏》一卷，号西云，一云名和吉，今作杨允孚。"① 此志显然承袭《千顷堂书目》而来。称《滦京杂咏》作者为杨和，"号西云"，"今作杨允孚"。

其实，杨允孚号西云，最早记载应见于其好友郭钰的《题杨和吉〈滦京诗集〉》，诗中有"西云亭上何日到，为君舞剑歌滦京"（《静思集》卷三），诗中"西云亭"即杨允孚号"西云"之出处，源于其居所有"西云亭"。郭钰《杨和吉西云亭赏菊和韵》中亦有"西云亭上酒初熟，西云亭下满秋菊"。（《静思集》卷四）之句。其《和龙西雨韵寄杨和吉》中的："独有西云亭上客，金钱买酒敌春寒。"（《静思集》卷七）和《哀杨和吉》中的："重到西亭泪自垂，更从何处共襟期。"（《静思集》卷九）亦可证。"重到西亭泪自重"中的"西亭"即西云亭。

二、杨允孚生卒年考

现存杨允孚传记非常少，较为权威、详尽者为清曾廉《元书》卷九十一《隐逸传下·杨允孚》和顾嗣立《元诗选初集》庚集《杨允孚小传》。全文过录如下：

> 杨允孚，字和吉；郭钰，字彦章，皆吉水人。允孚至正时为尚食供奉官，后弃去，襆被岁走万里，穷西北之胜。凡山川地产、典章风俗，无不记以诗歌。元亡，作《滦京杂咏》。时兵燹所过，莽为邱墟，四视囊游，慨然兴叹，实故宫禾黍之思也。钰以时乱遂隐。明初，征茂才不就，抗迹行吟，与允孚齐名。②

> 杨（阙）允孚：允孚，字和吉。吉水人。有《滦京杂咏》传于

---

① （清）倪灿：《补辽金元艺文志》，载《丛书集成初编》第 1 册，第 296 页。
② （清）曾廉：《元书》卷九一《隐逸传下·杨允孚》，清宣统三年（1911）刻本，第 14b—15a。

世，邑人罗大巳序之曰："杨君以布衣襆被，岁走万里，穷西北之胜。凡山川物产，典章风俗，无不以咏歌记之。兵燹所过，莽为丘墟，回视曩游，慨然永叹。"郭静思云："茫茫天壤名常在，赖有滦京百咏诗。"盖道其实也。①

比勘今天能见到的杨允孚传记资料可见，无论是《元书》《元诗选》，还有《江西通志》《吉州府志》《吉水县志》及近代陈衍《元诗纪事》的记载，皆源出杨允孚同时代同乡罗大巳的《滦京杂咏》跋文。罗跋云：

> 杨君以布衣从当世贤士大夫游，襆被出门，岁走万里，耳目所及，穷西北之胜，具江山人物之形状、殊产异俗之瑰怪、朝廷礼乐之伟丽，与凡奇节诡行之可警世厉俗者，尤喜以咏歌记之，使人诵之，虽不出井里，恍然不自知其道齐鲁，历燕赵，以出于阴山之阴、蹛林之北，身履而目击，真予所谓能言者乎。

> 予索居闲乡，闻见甚狭，间独窃爱中台马公祖常、奎章虞公集、翰林柳公贯，时能以雄辞妙笔，写其一二。今得杨君是集，又为增益所未见，俯仰今昔，又一时矣。君其尚有可言者乎。而君固已杜门襄足，归老故山。方日与田夫野叟相尔汝，求以自狎。兵燹所过，莽为丘墟，回视曩游，跬步千里，吾知君颓檐败壁之下，涤瓦楹，倒邻酿，取旧编与知己者时一讽咏，未必不为之慨然以咏叹，悠然而退思。②

这是迄今为止，记述杨允孚生平最为详尽、最为真实可信的文字。罗氏跋文记录杨允孚生平事迹信息要点有三：一是布衣之士。二是曾有"道齐鲁，历燕赵，以出于阴山之阴，蹛林之北"的远游经历。三是晚年"杜门襄足，归老故山。方日与田夫野叟相尔汝，求以自狎"。但从明清至近代的所有记载，

---

① （清）顾嗣立：《元诗选初集》庚集，哈佛燕京图书馆藏秀野堂刻本。
② （元）杨允孚：《滦京杂咏·罗大巳跋》，清光绪八年（1882）岭南芸林仙馆据鲍廷博刻《知不足斋丛书》重印，光绪三十三年（1907）修刊本。

皆不载其生卒年份。周啸天主编《元明清诗歌鉴赏辞典》中关于《滦京杂咏》的作者简介云：

> 杨允孚，生卒年不详，约公元 1354 年前后在世，字和吉，吉水（今属江西）人。以布衣襆被，岁走万里。凡所见山川名物，典章风俗，莫不以诗记之。惠宗时，曾为尝食供奉之官。有《滦京杂咏》一卷行于世。

粗略判断，杨允孚约 1354 年前后在世。其实，考证杨允孚生卒年，最有价值的信息还在罗大巳为《滦京杂咏》所撰跋文。跋文最后的落款，知不足斋本（以下简称知本）题为"岁在窒困子敦里诸生罗大巳敬书于其集之末云。"而四库本（以下简称库本）则为"岁在玄黓困敦里诸生罗大巳敬书于其集之末。"知本"窒困子敦"库本作"玄黓困敦"。"玄黓"是天干"壬"字的别称，如《尔雅·释天》："（太岁）在壬曰玄黓。"《淮南子·天文》："戌在壬曰玄黓。"而"困敦"为地支"子"的别称，如《尔雅·释天》："（太岁）在子曰困敦。"可知罗大巳落款的时间应为"壬子"年。库本正确，知本因"困敦"为"子"的别称而衍"子"字。由此判断罗大巳落款之意应是"岁在壬子里诸生罗大巳敬书于其集之末。"壬子，为明洪武五年（1372）。此时罗大巳"索居闲乡"，而杨君允孚乃"已杜门裹足，归老故山。方日与田夫野叟相尔汝，求以自狎。"二人皆于元亡后隐居乡里，不仕新朝，做了元朝遗民的典型代表。而罗大巳猜测杨允孚"归老故山"前所作的《滦京杂咏》，此时则是杨允孚于"颓檐败壁之下，涤瓦楎，倒邻酿，取旧编与知己者时一讽咏"，"为之慨然以咏叹，悠然而遐思"，表达对元朝深挚的思念与怀恋。由此段分析可见，杨允孚 1372 年尚在世。史铁良和韩璐以相近的考证思路，也得出同样的判断。[①]

又郭钰为杨允孚好友，郭钰《静思集》序同为罗大巳所撰，题款"洪武

---

① 史铁良：《元末诗人杨允孚及其〈滦京杂咏〉》，载《古籍研究》第 48 期，安徽大学出版社 2005 年版。韩璐：《杨允孚〈滦京杂咏〉校注与研究》，辽宁师范大学 2019 年硕士学位论文。

二年己酉（1369），庐陵罗大巳伯刚序"。作序时间比《滦京杂咏》题跋早了三年。《四库全书总目·静思集》提要称集中"有《乙卯新元六十生辰》诗"。乙卯为明洪武八年（1375），此年郭钰六十岁。由此上推，郭钰生于公元1316年，即元皇祐三年。此诗见今四库本《静思集》卷五，题为"乙卯新元余年六十目病又甚抚今怀昔感慨系之适诸弟侄来贺因赋长句"，诗中有："雨露皇天根后土，前辈风流我何及。灯火读书眼尽昏，杖屦游山足无力。齿牙动摇亦已落，逆旅应催早行客。高阳酒徒谁独存，苏门先生人未识。"可知郭钰六十岁时年老体衰之状。此诗后尚有次年写作的"丙辰（1376）上巳与新喻龚履芳同郡周公明罗澄源诸孙仲雍登南山绝顶归息于雩坛意欢如也公明赋长句次韵"诗作，此为郭钰十卷诗中题目有纪年标示最晚的一首，为六十一岁所作。罗大巳《静思集序》称："明兴，征茂才，辞疾不就，年逾六十竟贫死。"以此推测，郭钰六十一岁以后在贫病中去世。但卒在哪年，史无记载。以罗大巳表述口吻看，郭钰六十多岁去世，其卒年可约定在1376年到1377年之间。史铁良和韩璐依此判定杨允孚卒于1372—1376之间。[①] 其实，现有文献还可以再继续探讨。

郭钰《静思集》卷九有《哀杨和吉》诗，《静思集》按诗体编排，每一类诗体内按写作年代先后编排。卷九《哀杨和吉》之前，题中标示年份的有《辛亥秋诏举秀才余以耳聋足躄县司逼迫非情因成短句》，辛亥为洪武四年（1371），《哀杨和吉》之后题中有年份标示的是《壬子八月余病目至十月剧甚因掩半验明则右者已盲因自笑戊申岁右耳病聋庚戌右脚患软痛今右目又丧于朝家为半丁不求废而自废矣强赋短句写寄中和及仲简》诗，壬子为洪武五年（1372），《哀杨和吉》诗作在这两首诗之间，由此推知，杨允孚去世当在辛亥（1371）秋至壬子（1372）八月之间。再结合前文据罗大巳跋文落款为壬子（洪武五年，1372）杨允孚尚在世判断，则杨允孚去世当在1372年夏秋之间，

---

① 史铁良：《元末诗人杨允孚及其〈滦京杂咏〉》，载《古籍研究》第48期，安徽大学出版社2005年版。韩璐《杨允孚〈滦京杂咏〉校注与研究》，辽宁师范大学2019年硕士学位论文。

此结论应该可信。杨允孚与郭钰大体为同龄人，郭钰洪武八年（1375）六十岁，以此推测则杨允孚享年五十五六岁。

第二节　杨允孚生平事迹考

清曾廉《元书》卷九十一《隐逸传下》描述杨允孚生平事云："杨允孚，字和吉；郭钰，字彦章，皆吉水人。允孚至正时为尚食供奉官，后弃去，襆被岁走万里，穷西北之胜。凡山川地产、典章风俗，无不记以诗歌。元亡，作《滦京杂咏》。时兵燹所过，莽为邱墟，四视曩游，慨然兴叹，实故宫禾黍之思也。"[①] 由此引出杨允孚生平事迹值得再明确的有三点，下面分别进行考证。

一、岁走万里，穷西北之胜

杨允孚一个重要生平事迹就是"穷西北之胜"的远游。罗大巳跋云：

> 杨君以布衣从当世贤士大夫游，襆被出门，岁走万里，耳目所及，穷西北之胜，具江山人物之形状、殊产异俗之瑰怪、朝廷礼乐之伟丽，与凡奇节诡行之可警世厉俗者，尤喜以咏歌记之，使人诵之，虽不出井里，恍然不自知其道齐鲁，历燕赵，以出于阴山之阴、蹛林之北，身履而目击，真予所谓能言者乎。[②]

罗大巳之后，一些官私目录、诗歌选本乃至史传，在记述杨允孚生平时几乎都是引用罗大巳之说。因为其所言不仅是现存杨允孚生平资料最早的表述，而且罗大巳与杨允孚为同时代人，又为同邑好友（详见后文交游考），因此罗大巳的说法也是最可靠、最可信的。这段话说杨允孚"从当世贤大夫游"，

---

① （清）曾廉：《元书》卷九一《隐逸传下·杨允孚》，清宣统三年（1911）刻本，第14b—15a。
② （元）杨允孚：《滦京杂咏·罗大巳跋》，清光绪八年（1882）岭南芸林仙馆据鲍廷博刻《知不足斋丛书》重印，光绪三十三年（1907）修刊本。

"岁走万里","穷西北之胜","尤喜以咏歌记之"。其"穷西北之胜"与诗人多次到滦阳上都是同一活动,还是除供职上都外,另有"穷西北之胜"的远游,此关乎对《滦京杂咏》创作背景、创作时间和《滦京杂咏》内容的理解,是必须明确而不容模糊的。

首先,罗跋所说"岁走万里""穷西北之胜",应该就是指杨氏几赴元上都的游历。元大都(今北京)至上都(内蒙古自治区锡林郭勒盟正蓝旗)距离仅有千里,杨允孚诗中有"千里滦京第一程"之句。元周伯琦《扈从诗·前序》说:"大抵两都相望,不满千里。往来者有四道,曰驿路,曰东路二,曰西路。"明金幼孜《滦京杂咏序》中也说:"然燕山至滦京仅千里,不过为岁时巡幸之所度,先生往来,正当有元君臣恬嬉之日,是以不转瞬间,海内分裂,而滦京不守,遂为煨烬。"都讲两都往来仅有千里。至于杨允孚的"岁走万里"是否在赴滦京上都之外还有其他"穷西北之胜"的远游,细品罗跋,显然没有。罗大巳讲"岁走万里""穷西北之胜"是站在其故乡江西吉水的视角而言的。元上都在今内蒙古自治区锡林郭勒盟正蓝旗闪电河北岸,相对位于江西南端的吉水而言,上都当属"西北"。距离也不再是两都之间的千里,而是有万里之遥了。因此"岁走万里""穷西北之胜"就是指杨允孚多次往来于吉水与上都之间的胜游。其游历中,凡"具江山人物之形状、殊产异俗之瑰怪、朝廷礼乐之伟丽,与凡奇节诡行之可警世厉俗者,尤喜以咏歌记之",正与《滦京杂咏》所写内容相吻合,所以罗跋这段话就是在交代《滦京杂咏》的写作背景。

其次,罗跋说其游历中所作诗歌"使人诵之,虽不出井里,恍然不自知其道齐鲁,历燕赵,以出于阴山之阴、蹛林之北,身履而目击"。是说读者读杨允孚这些游历之作,仿佛能够想象出杨允孚自江西老家取道齐鲁,历燕赵,出于阴山之阴、蹛林之北,给人身临其境之感,故罗大巳称赞杨允孚为"能言者"。阴山在今内蒙古自治区中部,由大青山、乌拉山和狼山组成,主体在内蒙古自治区巴彦淖尔至呼和浩特一带,相距上都并不遥远。蹛林,原指匈

奴绕林祭天之处，唐代有蹛林州，属陇右道，初隶北庭都护府，后隶凉州都
督府，在今甘肃省秦安县东北。古籍与古代边塞诗中多用"阴山""蹛林"等
代指遥远的北方边塞之地。罗跂称杨允孚到达"阴山之阴""蹛林之北"是在
强调北去上都的遥远，而非具体游历之地名。故清初钱曾《读书敏求记》卷
四《诗集》著录《滦京杂咏》二卷曰："元杨允孚，字和吉，吉水温塘人。
以布衣从士大夫游，襆被万里，迹穷阴山之阴。蹛林之北，乃元时帝后避暑
之所。盖所谓上京即滦京也。《杂咏百首》备述途中之景，及车驾往还典故之
大概，可补《元史》阙遗。"①钱曾也认为杨允孚的穷西北之地，乃元时帝后
避暑的滦京之地。

罗跂接着说：

> 予索居闲乡，闻见甚狭，间独窃爱中台马公祖常、奎章虞公集、
> 翰林柳公贯，时能以雄辞妙笔，写其一二。今得杨君是集，又为增
> 益所未见，俯仰今昔，又一时矣。②

罗大巳索居乡里，闻见有限，但很喜欢马祖常、虞集、柳贯等著名诗人以雄
辞妙笔所写的有关元帝两都巡幸的那些富有地域特色的诗歌作品，而今得杨
允孚《滦京杂咏》，其所咏内容相比马祖常、虞集、柳贯所咏，又"为增益所
未见"，而且当时元朝已亡，时过境迁，因此有"俯仰今昔，又一时矣"的感
慨，意思是说元亡明兴，已改朝换代了，《滦京杂咏》因此有了追忆前朝的故
宫禾黍之叹。

---

① （清）钱曾撰，丁瑜点校《读书敏求记》卷四作"元杨允孚，字和吉，吉水温塘人"。（书目
文献出版社1984年版，第139—140页。）傅增湘《藏园批注读书敏求记校证》作"元杨允孚，字和
吉，吉水湿塘人。"（中华书局2012年版，第423页。）而（明）杨士奇《〈杨和吉诗集〉附萧德舆
〈故宫遗录〉》言："和吉名允孚，吾家澁塘之族，尝以布衣客燕都，往来两京。"（明）罗璟《滦京
杂咏》跋称："允孚，字和吉，出吉水湿塘。"不同典籍或作"湿塘""温塘"或作"澁塘"。《江西通
志》卷一三〇《艺文志·记九》收有彭教《吉水县学忠节祠记》，中有"今永丰之沙溪，欧阳氏之先
茔故在，吉水之澁塘，杨氏之子孙具存。沙溪故隶吉水，故吉水有忠节祠，合祀三先生者旧矣"。可
知从杨辂至杨万里再到杨允孚，吉水杨氏世居吉水澁塘。温塘、湿塘之载，仍保留其原貌。
② （元）杨允孚：《滦京杂咏·罗大巳跋》，清光绪八年（1882）岭南芸林仙馆据鲍廷博刻《知
不足斋丛书》重印，光绪三十三年（1907）修刊本。

二、为宫廷尚食供奉考

现存文献中，最早记录杨允孚官职的是《千顷堂书目》，《千顷堂书目》卷二十九著录有"杨和《滦京百咏》一卷，号西云，翰林供奉，一云名和吉，金幼孜序"①。内言杨允孚曾官翰林供奉。翰林供奉为唐玄宗时因中书省事务繁剧，乃改翰林待诏置翰林供奉，协助集贤院学士分掌制诰书敕，为文学侍从之臣。开元二十六年（738）唐玄宗改翰林供奉设翰林学士，选有文学才能的朝臣充任，入直入廷，并在翰林院之外另设学士院，以随时宣召，撰拟文字。唐德宗以后，翰林学士成为定制，是皇帝最亲近的顾问和机要秘书。宋称翰林学士知制诰，元代翰林兼国史院设翰林学士，明代因之，清代以特派大臣充任。杨允孚为布衣之士，《千顷堂书目》所谓"翰林供奉"显然不是指掌管朝廷制诰文字、作为皇帝最亲近顾问与机要秘书的翰林供奉或翰林学士。

元郭钰《题杨和吉〈滦京诗集〉》云："钰也不识滦京路，送君几向滦京去。滦京才俊纷往来，好景惟君独能赋。"可知杨允孚曾频繁往来于故乡与上都之间，在上都供职。诗的后半云："云气蓬莱心未已，梦中犹在东华行。贞元朝士几人在，少年诗思千载名。"② 所谓"云气蓬莱"以仙气萦绕的蓬莱仙境代指元上都宫廷。"东华"是指上都宫城东门。上京宫城东、南、西三面各开一门，南门称御天门，东西门分别称东华门、西华门。此以"东华门"代指上都宫廷。"东华行"意为在宫廷中行走做事。说明杨允孚往来滦京上都，不仅仅是游历，而是在宫廷中供职。明杨士奇《〈杨和吉诗集〉附萧德舆〈故宫遗录〉》言："和吉名允孚，吾家澁塘之族，尝以布衣客燕都，往来两京。德舆名询，亦吉水人，洪武初为工部主事，尝随中山武宁王治元故宫，为亲王府，故皆能悉之。"③ 杨允孚"以布衣客燕都，往来两京"，对两都巡

① （明）黄虞稷：《千顷堂书目》，上海古籍出版社 2001 年版，第 721 页。
② （元）郭钰：《静思集》卷三，文渊阁《四库全书》本。
③ （明）杨士奇：《东里续集》卷一九，文渊阁《四库全书》本。

幸、上都宫廷故事"能悉之",发而为诗,则为《滦京杂咏》之作。

杨允孚在上京宫廷担任何种职务。《四库全书总目》分析道:

> 允孚似未登仕版者。然第四十九首注称"每汤羊一膳,具数十
> 六,餐余必赐左右大臣,是以为常。予尝职赐,故悉其详"云云。
> 则亦顺帝时尚食供奉之官,非游士也矣。

由此可知,杨允孚"供奉"之职实为宫中尚食供奉之官。犹如今人所谓御膳房行走或大堂经理。认同并沿用《四库全书总目》的观点,曾廉《元书·杨允孚传》则说:"允孚至正时为尚食供奉官,后弃去。"弃去尚食供奉后,杨允孚归老故乡。

三、归老故乡生活

罗大巳跋语说:"而君固已杜门裹足,归老故山。方日与田夫野叟相尔汝,求以自狎。兵燹所过,莽为丘墟,回视曩游,跬步千里,吾知君颓檐败壁之下,涤瓦榼,倒邻酿,取旧编与知己者时一讽咏,未必不为之慨然以咏叹,悠然而遐思。"① 从罗跋看,杨允孚弃去尚食供奉后,归老故乡,后赶上元末战乱,曾经供职并几度往来的上都城被红巾军付之一炬,"莽为丘墟",使诗人"慨然以咏叹,悠然而遐思"。

杨允孚告归后的生活状况,史无记载。其好友郭钰《静思集》今存 13 首与杨允孚唱和赠答之作。卷二有《早秋陪杨和吉晓登前山望桐江》,卷三有《题杨和吉〈滦京诗集〉》,卷四有《杨和吉西云亭赏菊和韵》,卷七有《寄杨和吉》《寄杨和吉龙西雨》《送杨和吉过龙兴》《寄杨和吉欧阳文周》《和龙西雨韵寄杨和吉》,卷八有《和曹文济寄杨和吉韵》《和杨和吉二首》《答杨和吉韵》。从这些诗可知,杨允孚晚年解组乡居,家住山环水绕之吉水,所居之处有西云亭。杨允孚平日里与朋友登山临水,饮酒赏花,迎来送往,虽为

---

① (元)杨允孚:《滦京杂咏·罗大巳跋》,清光绪八年(1882)岭南芸林仙馆据鲍廷博刻《知不足斋丛书》重印光绪三十三年(1907)修刊本。

一介布衣，却颇多才子词人的诗酒雅兴。

四、著述考

关于杨允孚的著述，《滦京杂咏》罗大巳跋、明罗璟跋、清曾廉《元书》、顾嗣立《元诗选》，以及明清以来公私目录，基本上都称杨允孚有《滦京杂咏》一卷，或著录为二卷（详见后文考证）。

明杨士奇《〈杨和吉诗集〉附萧德舆〈故宫遗录〉》说自己在北京得见杨允孚《滦京杂咏》，"又有和吉《西云小草》《野人杂录》《悟非小稿》，通为一集"①。可知明中前期，杨允孚的其他诗文尚存。西云即西云亭，《西云小草》当为元末归隐乡居所作；《悟非小稿》似入明后所作。《野人杂录》大概率为杂纂类文字，三者合为一集。这是目前有关杨允孚著述的唯一文献记载。因为是杨士奇亲见，故较为可信。遗憾的是，杨氏的这三种作品此后至今公私藏书目录均未见著录。

此外，杨允孚还有《孝友吟》，首见于（道光）《吉水县志》卷三十一《艺文志》中著录有"杨允孚：《孝友吟》、《滦京杂咏》百篇"②。但并未交代文献出处或著录依据。其后（光绪）《吉安府志》卷三十二又载：

> 杨允孚，字和吉，吉水人。与揭傒斯、范梈相友善。所著有《滦京杂咏》一百首。罗大巳叙之曰："杨君以布衣襺被，岁走万里，穷西北之胜，凡山川物产、典章风俗，无不以咏歌纪之。"又有《孝友吟》。以上《通志》③

此段记载交代文献出处为《江西通志》，然现存（雍正）《江西通志》卷七六和（光绪）《江西通志》卷一四六都无"又有《孝友吟》"一句。此语显然源于（道光）《吉水县志》。其后（光绪）《吉水县志》卷三七《杨允孚

---

① （明）杨士奇：《东里续集》卷一九，文渊阁《四库全书》本。
② （清）周树怀修纂：（道光）《吉水县志》卷三一，清道光五年（1825）刻本。
③ （清）定祥修，（清）刘绎纂：（光绪）《吉安府志》卷三二，清光绪元年（1875）刻本。

小传》与（光绪）《吉安府志》卷三二之小传完全相同，都有"又有《孝友吟》"之语，且也都标明出自省志。（光绪）《吉水县志》卷四八《艺文志》中也有"《孝友吟》，杨允孚撰"。可知，《孝友吟》是道光年间县志编纂时据当地流传之说补入的，大概率为未亲见其书。现存公私目录中皆不见载。

综上，杨允孚可知著述有《滦京杂咏》108首。另有一集，收录《西云小草》《野人杂录》《悟非小稿》三种，已佚。或还有《孝友吟》一种，已佚。

第三节　杨允孚交游考

交游考是考察、理解、解说一个人品格修养、生存智慧、师承渊源、创作特征的重要学术视角。常言说"物以类聚，人以群分"，不同的朋友圈不仅反映一个人的交际范围、交际内容、交际智慧，而且深层次体现其价值认同与审美取向，是作家研究中不可忽略的重要领域。

杨允孚现存相关文献较少，其传记资料与生平事迹的记载多源于罗大巳的跋，很少交代其交游情况。现存文献记载杨允孚与士大夫交游往来情况的，首见于杨允孚好友郭钰的《题杨和吉〈滦京诗集〉》。诗中有"太平自是多佳句，况逢虞揭论心素。金鱼换酒谪仙狂，彩舟弹瑟湘灵助"。其中"金鱼"当为"金龟"，用唐贺知章见李白之典。"虞揭"应指元代著名诗人虞集和揭傒斯，赞美杨允孚的诗得到虞集和揭傒斯的激赏与认可，正像当年贺知章激赏李白解金龟换酒与之畅饮，又如舟中鼓瑟有神灵相助一样，佳句频出。又（光绪）《吉安府志》卷三十二载：

> 杨允孚，字和吉，吉水人。与揭傒斯、范梈相友善。所著有《滦京杂咏》一百首。罗大巳叙之曰："杨君以布衣襁被，岁走万里，穷西北之胜，凡山川物产、典章风俗，无不以咏歌纪之。"又有《孝

友吟》。以上《通志》①

"与揭傒斯、范梈相友善"是现存杨允孚传记资料中涉及交游的仅有记载。结合郭钰之诗可知，杨允孚与元代著名诗人虞集、揭傒斯、范梈等相友善。然检索现存揭傒斯《文安集》、范梈《范德机诗集》、虞集《道园学古录》《道园遗稿》，均未有与杨允孚唱和诗作和往来文字存留。其交游内容与细节无法考证。

根据现存资料，杨允孚交游可考者有郭钰、罗大已等人。

郭钰

郭钰（1316—1377?）字彦章，号静思，吉水高村桂林人。有《静思集》十卷，明洪武二年（1369）罗大已为之序。序文中对郭钰的诗作从选材主题到艺术造诣作了全面整体性评价，对其生平却只有一句"有经济，能自守，观其诗可见矣"。明嘉靖四十年（1561）夏罗洪先再为其集撰序，相对更为详尽：

> 静思名钰，字彦章，高村桂林人，吾族志行甥。壮年奔走，资笔以为养。晚际明兴，征茂才，辞疾不就。年逾六十，竟贫死。常访其家，孑然无遗，独幸诗歌犹有录者。盖平生经历时势艰危，闾里流离之状，若目见之。所载郡邑失没日月与当时死事故实，可裨野史，有关惩劝，而一时杰出，相从唱和，又皆世家文献之征，不忍其泯没也，因校讹舛，属其八世从孙廷昭入梓以传。②

按前文考证，郭钰与杨允孚基本为同龄人。生活于元明之际，壮年奔走，避乱隐居。明初，朝廷征召，以疾辞不就，约六十一二岁在贫病中去世。故清曾廉《元书》卷九一云："钰以时乱遂隐。明初，征茂才不就，抗迹行吟，与允孚齐名。"其他《元诗选》《元诗纪事》及《江西通志》《吉水县志》关于郭钰小传的记载大同小异，皆征引罗洪先序文之意，而证之以郭钰之诗，表

---

① （清）定祥修，（清）刘绎纂：（光绪）《吉安府志》卷三二，清光绪元年（1875）刻本。
② （元）郭钰：《静思集·原序》，文渊阁《四库全书》本。

现其贫寒自守、不仕新朝的品格与坚守。如《元诗选初集》庚集：

> 钰字彦章，别号静思，吉水人。壮年盛气负奇，适当元季之乱，晚际明兴，以茂才征，不就。年逾六十，竟以贫死。其《春夜寒》诗序云："余值时危，一穷到骨，薪米不给，恒自谓不敢侥幸，今春雨雪连旬，拥牛衣以当长夜，寒砭肌骨，遂成痁疟。"其诗云："少壮几时头欲白，夜阑山鬼瞰孤灯。"亦可哀已！静思诗清丽有法，格律整严。其于离乱穷愁之作，尤凄悯动人。殆所谓诗穷者欤！嘉靖间，八世孙廷昭衰集其诗刻之。罗念庵曰："静思为吾族志行之甥，经历艰难，闾里流离之状，皆目见之。当时故实，可裨野史。其赠吾族秀宾诗有云：'圣贤去我远，糜兹糟粕味。当其得意时，何如卿相贵。'呜呼！此诗人所以穷饿终身而不悔也。"念庵此言，可谓深知静思者。

《新元史》卷二三八《文苑传下》：

> 郭钰，字彦章，吉水人。壮年负盛气，为诗清丽有法。其于离乱穷愁之作，尤凄悯动人。年逾六十，竟以贫死。其《春夜诗序》云："余值时危，一贫到骨。今春雨雪连旬，牛衣以当长夜，遂成痁疟。"其固穷如此。所著《静思集》，诗文甚富。①

（光绪）《吉水县志》卷四十一：

> 郭钰，字彦章，吉水人。与刘诜、刘岳申讲学。明初，以茂材征，不就。有诗名，《题庐陵义士传》云："淮海风回吹血腥，青原不改旧时青。中朝将帅论功赏，不及江南一白丁。"《题新淦刘贞女诗》云："百年节义仗英豪，一死翻怜女子高。不敢高声题卷上，转喉恐触旧官曹。"其他吟咏，皆有警句。著有《静思集》。嘉靖间，八世孙廷照衰而付梓，罗洪先为之叙。参通志②

---

① 柯绍忞：《新元史》卷二三八，开明书店 1935 年版，第 7052 页。
② （清）彭际盛修，胡宗元纂：（光绪）《吉水县志》卷四一，清光绪元年（1875）刻本。

综合上述材料可见郭钰生平及特点：一是壮年遭逢元末战乱，隐居讲学未仕。明朝建立，以茂材征召，以疾辞不就，布衣终生。二是作为布衣诗人，资笔维生，贫病交织，穷困潦倒，饱尝乱离贫病之苦，竟以贫死。三是其诗表现易代之际人们的悲惨命运及个人感怀，清丽有法，凄婉动人，那些叙写"郡邑失没日月与当时死事故实"之作，可补史传之阙。

郭钰一生，隐居讲学。关于其学术思想，元罗大巳《静思集序》称：

> 桂林郭君彦章，自其先世林涧先生得紫阳朱子之学于静春刘公，子孙世守，以为家法。后来若西窗先生、谉溪先生，皆能沈潜精敏，深有造诣，其所自得于先儒之议，多所发明。彦章固守其家法者也。①

从罗大巳序文可知，江西吉水郭氏家族崇尚程朱理学思想，其先祖郭林涧（名字及生平事迹不详）师从元代著名理学家静春刘因，得南宋朱熹的理本论思想学说，后世子孙，以为家法，世代相守。序文提到的西窗先生名字及事迹不详，谉溪先生，又作"湜溪先生"，名郭正表，（光绪）《江西通志》卷一四六载："湜溪名正表，得静春刘氏之传，实考亭之学也。"② 也说郭正表之学为刘因所传朱熹考亭之学，为其家法之传。郭钰继承的也应是程朱理学学说。对于郭钰学术思想，明罗洪先《静思集序》也有记载：

> 在吾族邻而姻者，有郭静思先生，与先翠屏诸公倡和往来，而先竹轩公及里中宋、周、李、杨诸君子，固皆一时杰出者也。兹数人者，不独能为古辞诗歌而已，尤善测微隐，明道理，言又足以发之。至其处贫遭遇，卓然自守，不少涅流俗，皆以为当然，无用矫强，使得一命所立，必有可观。③

由此可知，罗家与郭家为姻亲邻居关系。其中先世翠屏先生、竹轩公名事不

---

① （元）郭钰：《静思集》卷首，文渊阁《四库全书》本。
② （清）曾国藩修，（清）刘绎纂：（光绪）《江西通志》卷一四六，清光绪七年（1881）刻本。
③ （元）郭钰《静思集》卷首，文渊阁《四库全书》本。

可考，序中所言"里中宋、周、李、杨诸君子"，其中"宋"所指何人也不可考。查检（光绪）《吉水县志》和《江西通志》人物传记可知，与《郭钰传》相前后的吉水先贤，周姓有周鼎，其传云："周鼎，字仲恒，其先自安成徙庐陵。至鼎，益自奋励，以场屋之业不足为，去从湜溪郭氏游。湜溪名正表，得静春刘氏之传，实考亭之学也。"[①] 周鼎为郭钰家族长辈郭正表之弟子，跟随郭正表习得刘因所传朱熹理学思想，与郭钰以朱熹理学为家法相共鸣。"李"有可能指李天篪。（光绪）《吉水县志》卷三七载："李天篪，吉水人，得刘静修道学之传。有《诗书经疏》行于世。"[②] 亦有理学学养。史铁良和韩璐都认为"杨"指杨允孚，姑且存此一说。[③]（光绪）《吉水县志》卷三七有《杨中传》："杨中，字伯允，桂子。博学高才，与揭傒斯、范梈友善。居家未尝问有无。其学从正辟邪，恒曰：'律己莫如敬，正心莫如诚，待人莫如恕，力行莫如勤，寡过莫如让。'作《四书正宗》二十卷、《杂著》十卷。"杨中亦为吉水县博学之士，与杨允孚一样，皆与揭傒斯、范梈等友善。此传与杨允孚传相前后。因此"杨"指杨允孚或杨中的可能性都有，无更多史料，还难以确证究竟指谁。

综上考述可知，郭钰隐居讲学，其学术思想源于世代相守的程朱理学一脉。郭钰与杨允孚为同邑好友。其《静思集》卷八说："惟君于我过从近，稚子朝朝扫绿苔。"前文考证杨允孚生平事迹已列举郭钰《静思集》十卷，保存其与杨允孚酬唱往来之作达13篇之多。诗中记录二人或登山临水，或西云亭赏花，或诗酒雅聚，足见二人之间的亲密无间和相互激赏。

史铁良征引《忠节杨氏族谱》，查得唐末杨辂为吉水澁塘杨氏远祖，南宋著名诗人杨万里也是杨氏先祖。杨万里信奉理学，其号"诚斋"即取自理学

---

① （清）曾国藩修，（清）刘绎纂：（光绪）《江西通志》卷一四六，清光绪七年（1881）刻本。
② （清）彭际盛修，（清）胡宗焕纂：（光绪）《吉水县志》卷三七，清光绪元年（1875）刻本。
③ 史铁良：《元末诗人杨允孚及其〈滦京杂咏〉》，载《古籍研究》第48辑，安徽大学出版社2005年版。

家崇尚的"自明诚"之意。因此，涩塘杨氏家族也有崇尚理学之传统，江西吉水"涩塘这种厚重的文化、精神积淀，对于生于斯长于斯的杨允孚产生积极影响"①。由此可见，郭钰与杨允孚交游中，拥有共同的理学思想基础。这既是各自家学与地域文化传统的继承，又是朋友间相互影响的结果。

罗大巳

罗大巳，字伯刚，吉水人。讨论杨允孚《滦京杂咏》，首先遇到一个问题，即《滦京杂咏》跋语作者名为罗大巳、罗大已，还是罗大己？难以确证。一般来说，巳、已、己字形相近，古书的不同版本在刊刻时极易混淆，莫衷一是。通常讲，古人名与字之间一般具有意义相关、相近或意义延伸的规律与习尚。如三国曹操，字孟德。操为道德操守，与孟德意义相近相关。五代南唐冯延巳，字正中。按天干地支纪年、纪日、纪时法则，巳为一天之九点至十一点，延伸下去则为午时。午时为十一点至中午一点，此时太阳正在中天，故名延巳，字正中。依此法则，《滦京杂咏》跋语作者定为"罗大巳"可能更合乎古人取名用字的通则。汉王充《论衡·物势》说："巳，火也；其禽，蛇也。"十二地支与五行相对应关系中，"巳"与"火"相应。"大巳"喻有"大火"之意，名"大巳"，则字"伯刚"，喻含铁石经过大火淬炼更加坚硬如钢之意。在兄弟排行中，"大"与"伯"也正对应，故从意象批评角度理解，"罗大巳，字伯刚"更合乎古人取名用字规则。当下研究杨允孚及《滦京杂咏》论著中，只有杨镰主编的《全元诗》作"罗大巳"②，其他有的写作"大己"，有的作"大已"，皆欠准确。

罗大巳，《元史》《新元史》《元书》皆无传，其生平资料主要见于《庐陵县志》和《吉安县志》。（民国）《庐陵县志》卷十九载：

> 罗大巳，字伯刚，爏下人。幼读甚勤苦，虽数百字，诵必百遍。

---

① 史铁良：《元末诗人杨允孚及其〈滦京杂咏〉》，载《古籍研究》第 48 辑，安徽大学出版社 2005 年版。

② 杨镰：《全元诗》第 60 册，中华书局 2013 年版，第 401 页。

久之，淹贯经史，尝荐名乡试第二。工古文歌辞，刘申斋、彭冲所、刘桂隐皆器重之。其教人也，一以己之所学为准。讲授经义，日累数千言，门人各识其所闻于册，积而成帙，名曰《四书直解》。居恒自评其文，以为高才隽思不如周子谅，温理缜密不如曹彦通，盖不足求进之意也。及遭兵变，饥寒迫身，犹毅然以道自任。父殁于闽，号泣丧明。未几，以忧卒。据秀川文献增①

同书卷二十六载："罗大巳《诗说》《诗论》。"又"罗大巳、王礼《史略考》"。《吉安县志》记录罗大巳文字与《庐陵县志》相同，不再赘引。

综合现存史料可知，罗大巳自幼勤奋苦读，学贯经史，为时贤所重，其长授徒讲学，不仅是一位诗人，还是有影响的学者，在元明易代之际虽然饥寒交迫，却毅然以道自任，是一位有家国情怀和士人品格的诗人学者。

从罗大巳所作《静思集序》看，其论诗主性情，所谓"诗本性情者也"，有天然自得之妙。他认为："汉魏而下，诗之合作莫盛于唐。然凡称名家文章，虽有浅深高下，不可一概论，而未有不本于性情。掩卷读之，使人自辨，未有不得其人之仿佛者，此不可强同之验也。以是知学诗者固当以涵养性情为本，而不当专求工于词也。"本着这种诗学观，罗大巳批评江湖诗歌"往往托以音节之似，必求工于词，而不本于性情"。譬之刻木为人，似则似矣，美则美矣，但"其神情色态"不能"出于天然自得之妙"，故只能是木偶而已。他由衷地赞美郭钰的诗歌，"予爱其题无泛作，必有关涉；章无羡句，必有警发。虽其片词单言特出谐谑，然亦未尝不使听者为之怡然喜，赧然愧。其于世道人物、天理民彝有所感发，是真得古诗人讽刺之义者欤？亦其所养固有异于人欤？"认为郭钰的诗"规矩音节尽出唐人，而不拘拘焉拟规以为圆，摹矩以画方，而自得之妙固在言外，此余之所深爱也"②。认为郭钰诗有真性情，是天然自得的流露。

① 王补纂，曾灿材纂修：（民国）《庐陵县志》卷一九中，民国九年（1920）刻本。
② （元）郭钰：《静思集原序》，文渊阁《四库全书》本。

　　关于杨允孚与罗大巳的交游情况，现仅存罗大巳《〈滦京杂咏〉跋》，述杨允孚生平行事，赞美杨允孚为"能言者"。古代文人别集之序跋，或请名人为之，或请师长为之，或请好友为之。罗大巳为《滦京杂咏》题跋，显然属好友为之。其往来状况，因现存典籍未有两人唱和赠答的诗文流传，具体交游状况无从考证。郭钰《静思集》中有《同罗伯刚赠栖碧山尊师》《呈罗伯刚文学》《清明日过罗伯刚别业》三首诗作。第一首七古同赠道家尊师，在赞美碧山尊师道法无边中希冀早日结束战乱，表达求仙入道的向往。第二首七古呈罗大巳，郭钰与罗家是姻亲关系，"甥舅深情江水长，今我思之更愁苦"。诗作表达了对先舅罗志行子姪家事的担忧与看法。第三首七绝写清明日过罗大巳别业，"梨花满院读书声，竹马儿童自送迎。共说东风吹雨散，山翁今日作清明"。春光骀荡，梨花盛开，书声琅琅，孩童嬉戏，表现清明节日罗大巳家和谐美好的家庭氛围和美好境况。

　　杨允孚与郭钰、罗大巳皆为同乡好友，透过郭钰与罗大巳的交游，也可以从侧面推想杨允孚与罗大巳的交谊，惜二人无唱和之作传世，无法详考。

　　此外，可知的与杨允孚交游者还有刘云章。明杨士奇《〈杨和吉诗集〉附萧德舆〈故宫遗录〉》开头载："余生十余岁，读刘云章先生《和杨和吉〈滦京百咏〉诗》，思见和吉之作不可得。"刘云章，即刘霖。史铁良文章误作刘霜。① 清黄宗羲《宋元学案》载："刘霖，安福人。从邵庵学。至正丙申举于乡，不仕。"② 清柯绍忞《新元史》卷二百三十六《儒林传三》载："刘霖，字雨苍，安福人。博通《五经》。元季，避地泰和，学者尊师之。性耿介，不随世俯仰。著有《太极图解》《易本义》《童子说》《四书纂释》《杜诗类注》诸书。"③（光绪）《江西通志》卷一百四十六载："刘霖，字云章，安福人。

────────────

　　① 史铁良：《元末诗人杨允孚及其〈滦京杂咏〉》，载《古籍研究》第48辑，安徽大学出版社2005年版。
　　② （清）黄宗羲：《宋元学案》卷九二，清道光间刻本。
　　③ 柯绍忞：《新元史》，开明书店1935年版，第452页。

幼从虞集学，登进士，无仕进意。有《太极图解》。《动静元浑》《岁会》《数原》诸篇，深有理致。"① 从中可见，刘霖为诗人学者，曾写有《和杨和吉〈滦京百咏〉诗》，今已散佚。作为学者，刘霖为理学家，其《太极图解》等著作，使其成为邵庵学派重要代表。因资料所限，其与杨允孚具体交谊情况，现已无从查考。

---

① （清）曾国藩修，（清）刘绎纂：（光绪）《江西通志》卷一四六，清光绪七年（1881）刻本。

第二章 《滦京杂咏》版本源流考

第一节 《滦京杂咏》的写作

一、记咏两都之巡幸

关于《滦京杂咏》的创作时间，《四库全书总目》在叙述和分析杨允孚生平及在上都供职情况后，继续讨论《滦京杂咏》写作时间，云：

> 末数首中，一则云曰："宫监何年百念消，冠簪惊见鬓萧萧。挑灯细说前朝事，客子朱颜一夕凋。"一则曰："强欲浇愁酒一卮，解鞍闲看古祠碑。居庸千载兴亡事，惟有天中月色知。"一则云："试将往事记从头，老鬓征衫总是愁。天上人间今又昔，滦河珍重水长流。"则是集作于入明之后矣！①

认为《滦京杂咏》作于入明之后。因为《四库全书总目》的巨大影响力，其后人们都接受《滦京杂咏》作于元亡入明以后的观点，是杨允孚凭着对元帝两都巡幸熟悉与记忆写作的，意在追记一代盛事，抒发故宫禾黍之悲。如邓

---

① （清）纪昀等：《四库全书总目》卷一六八，中华书局1965年版，第1458页。

绍基、杨镰主编《中国文学家大辞典》中史铁良撰"杨允孚"条曰："百咏诗乃是追忆元时随侍顺帝行幸上都而作。罗跋又说：'兵燹所过，莽为丘墟，回视曩游，慨然永叹'，亦是说百咏诗为回忆之作，且在元亡之后。"作于元亡入明之后说，几成《滦京杂咏》创作时间之定论。

事实可能并非如此简单。考订《滦京杂咏》创作时间，最有可信度与说服力的还是罗大巳的跋。故本文不厌其烦，再次征引如下：

> 杨君以布衣从当世贤士大夫游，襆被出门，岁走万里，耳目所及，穷西北之胜，具江山人物之形状，殊产异俗之瑰怪、朝廷礼乐之伟丽，与凡奇节诡行之可警世厉俗者，尤喜以咏歌记之，使人诵之，虽不出井里，恍然不自知其道齐鲁，历燕赵，以出于阴山之阴、蹛林之北，身履而目击，真予所谓能言者乎。①

细品这段文字可知，杨允孚岁走万里，穷西北之胜，对江山人物、殊产异俗、朝廷礼乐、奇节诡行之可警世厉俗者，"尤喜以咏歌记之"。意思是说他是随游随记的。依事理逻辑推测，如果杨允孚滦京游历时，当时没有歌咏记录，而是直到元亡后才以回忆的方式来记录，则在此就不能说"尤喜以咏歌记之"，而只能说"深谙""熟知"之类的话，否则就不合乎逻辑。因为杨允孚是随游随咏，所以罗大巳才盛赞杨允孚为"能言者"。再看跋语的后一半：

> 予索居闲乡，闻见甚狭，间独窃爱中台马公祖常、奎章虞公集、翰林柳公贯，时能以雄辞妙笔，写其一二。今得杨君是集，又为增益所未见，俯仰今昔，又一时矣。君其尚有可言者乎。而君固已杜门裹足，归老故山。方日与田夫野叟相尔汝，求以自狎。兵燹所过，莽为丘墟，回视曩游，跬步千里，吾知君颓檐败壁之下，涤瓦榼，倒邻酿，取旧编与知己者时一讽咏，未必不为之慨然以咏叹，悠然

---

① （元）杨允孚：《滦京杂咏·罗大巳跋》，清光绪八年（1882）岭南芸林仙馆据鲍廷博刻《知不足斋丛书》重印，光绪三十三年（1907）修刊本。

而遐思。①

罗大巳说自己索居闲乡，见闻狭少，其间很喜欢马祖常、虞集、柳贯等人"以雄辞妙笔，写其一二"的诗歌。联系上文，这个"其"字，代指的就是杨允孚吟咏元帝两都巡幸一类的诗歌。现在得到杨允孚的《滦京杂咏》，相比马、虞、柳等人所咏，"又为增益所未见"，许多都是前人诗作所未见的。然而他们所吟咏的北巡避暑之事都已成往昔，说明《滦京杂咏》**写诗在前，元亡在后**。而后罗大巳说杨允孚"杜门裹足，归老故山"后，遭遇"兵燹所过，莽为丘墟"，说杨允孚归老故乡后，曾游历的元上都滦京已在战火中化为灰烬，是说杨允孚**归老在前，元亡在后**。元亡后，杨允孚"取旧编与知己者时一讽咏，未必不为之慨然以咏叹，悠然而遐思"，这里特别值得注意的是"旧编"二字，"旧编"恰恰是前文所说的前期记咏两都巡幸的诗作。拿来那些旧编之作，与知己者"时一讽咏"，共同"慨然以咏叹，悠然而遐思"，说明《滦京杂咏》主体写于杨允孚北游滦京之时，元亡后又增加了"慨然咏叹"的内容。由此推知，《滦京杂咏》前边的百首诗作写于游历滦京之时，元亡后又增加了咏叹兴亡的后八首诗，合而为一百零八首的《滦京杂咏》。依罗大巳跋文，《滦京杂咏》书写的时间逻辑顺序是"游历咏记—归老故山—元末兵燹—慨然咏叹"，因此《滦京杂咏》并非全部创作于入明之后，其主体应是前期游历滦京任职尚食供奉时期写作的。归老故山后，遭遇元亡明兴，在"旧编"基础上续写整理而成。

支持这一判断的旁证资料还有元郭钰的《题杨和吉〈滦京诗集〉》，全诗曰：

> 钰也不识滦京路，送君几向滦京去。
>
> 滦京才俊纷往来，好景惟君独能赋。
>
> 太平自是多佳句，况逢虞揭论心素。

---

① （元）杨允孚：《滦京杂咏·罗大巳跋》，清光绪八年（1882）岭南芸林仙馆据鲍廷博刻《知不足斋丛书》重印，光绪三十三年（1907）修刊本。

金鱼换酒谪仙狂，彩舟弹瑟湘灵助。

岂知归去烟尘惊，山中闭门华发生。

云气蓬莱心未已，梦中犹在东华行。

贞元朝士几人在，少年诗思千载名。

西云亭上何日到，为君舞剑歌滦京。①

诗中说往来滦京的才俊士人很多，但"好景"却"惟君独能赋"，这句话也应理解为游历滦京上都时就已赋诗歌咏山川风物和巡幸的典章惯例了。这些诗作得到虞集、揭傒斯等诗人的认可，谁能料想到杨允孚归老故山后，惊见元末战乱（烟尘惊），滦京被焚，诗人年老发白，却对曾经往来供职的上京城魂牵梦萦，当年的贞元朝士多已离世，唯有杨允孚以《滦京诗集》而留下"少年诗思千载名"。诗的最后一句说什么时候能到你的西云亭，为你舞剑歌滦京。诗中有"太平自是多佳句"，亦足以说明《滦京诗集》写作于元亡前君臣恬嬉的太平时代，而非元亡入明后。

从现存《滦京杂咏》108 首诗歌文本看，前一百首中除了第 99 首直接抒发兴衰感怀，其他作品主体都是以欣赏的口吻歌咏赞美元帝两都巡幸之事，从记行程到叙典事再到咏风物，前一百首基本属于"太平"时期的"佳句"，大都清新婉丽，格调明快。结尾的八首则重在写兴亡之感，格调凄楚苍凉。前后差异显著。因此，前一百首为北游滦京时所作，后八首则是元亡后整理《滦京诗集》时续写的。史铁良所撰《中国文学家大辞典》"杨允孚"条也说："在前一百首中，他将自己完全置于当日的时空之中，以当日之情，记当日之事，后八首情调迥然不同，在追忆之后回到现实，不禁感慨系之，音调凄楚，表现出兴亡之感。"② 史铁良先生首先认同《四库全书总目》的观点，认为《滦京杂咏》写于入明之后，但他在文本分析时却发现前一百首为"以当日之情，记当日之事"，而后八首则"感慨系之，音调凄楚，表现出兴亡之

---

① （元）郭钰：《静思集》卷三，文渊阁《四库全书》本。

② 邓绍基、杨镰主编：《中国文学家大辞典·辽金元卷》，中华书局 2006 年版，第 117 页。

感"，这恰如本书所分析的，前百首写于游滦京之时，后八首为元亡后感慨系之的续作补作。后史铁良在《元末诗人杨允孚及其〈滦京杂咏〉》中修正前说，也认为前百首写于游滦京之时，后八首为续补抒情之作①，并分析"今朝建德门前马，千里滦京第一程"中的"今朝"显然是表明随顺帝往上都的时间概念，并非回忆。而"欲问前朝开宴处，白头宫使往还稀"的"前朝"也并非处在明朝而指称前代的元朝，按诗人自注，是指元文宗朝。其第99首诗云："宫监何年百念销，冠簪惊见鬓萧萧。挑灯细说前朝事，客子朱颜一夕凋。"其中的"前朝"亦指顺帝前的元朝各皇帝之朝，而非明朝前边的整个元朝，属于唐人"闲坐说玄宗"式的回忆。

从《滦京杂咏》的诗体性质也可推测其创作是两阶段集成性作品。《四库全书总目》曾总结："其体本王建宫词，而故宫禾黍之感，则与孟元老之《东京梦华录》、吴自牧之《梦粱录》、周密之《武林旧事》同一用意矣!"② 四库馆臣认为《滦京杂咏》属宫词性作品。自唐代王建《宫词百首》创作之后，晚唐至宋元，大型宫词组诗都是以百首为定制的，晚唐花蕊夫人《宫词百首》、和凝《宫词百首》，北宋宋白《宫词百首》、王珪《宫词百首》、宋徽宗《宫词三百首》，《元宫词百首》等即是明证。杨允孚《滦京杂咏》当中叙典事的写作明显有着宫词的性质，深受前代宫词作品的影响，因此其游滦京上都时记咏元帝两都巡幸也仿照前代宫词而赋百篇，这种可能性是极大的。元亡后，整理这百首诗作，并续写其兴亡感怀至108首，逻辑上分析，也是合情合理的。

二、元亡后抒发黍离之悲

《滦京杂咏》前一百篇与后八篇的写作，虽然有时段前后的差异，但也不

---

① 史铁良：《元末诗人杨允孚及其〈滦京杂咏〉》，载《古籍研究》第48辑，安徽大学出版社2005年版。

② （清）纪昀等：《四库全书总目》卷一六八，中华书局1965年版，第1458页。

是截然分开的。前期所作《滦京诗集》百首，元亡后经过整理和续写，变成了一个追忆往事、感慨兴亡的组诗整体。前一百首，清新婉丽，格调明快，为"君臣恬嬉"太平生活的记载。后八首，为续补抒情之作。前百首中第93首云："百事关心有许忙，秋风掠削鬓边凉。晓来为忆西山雨，怕看行人归故乡。"第94首说："滦京九月雪花飞，香压荧囊与梦违。雁字不来家万里，狐裘旋买换征衣。"这里的"归故乡""家万里"表达的是滞留上京的怀乡之愁与桑梓情怀。第88首言："霜寒塞月青山瘦，草宾平坡黄鼠肥。欲问前朝开宴处，白头宫使往还稀。"第99首曰："宫监何年百念销，冠簪惊见鬓萧萧。挑灯细说前朝事，客子朱颜一夕凋。"都是表达对顺帝之前各朝的咏叹与怀念之情，而非入明后对前代元朝的追怀与伤悼。后八篇虽是后补，却成为组诗抒情言志的重心，表达了诗人面对元朝覆亡而产生的强烈感伤与无奈，是诗人故宫禾黍情感的集中表达。

黍离之悲，是历代诗人文士历经朝代鼎革，面对国破家亡，内心的理想大厦崩塌，失去精神家园之后的忧伤与悲慨之情。《诗经·王风·黍离》篇，《毛诗序》说："《黍离》，闵宗周也。周大夫行役至于宗周，过故宗庙宫室，尽为禾黍。闵周室之颠覆，彷徨不忍去，而作是诗也。"[1] 全诗三章，写周大夫经过宗周故国，看到宗庙宫室"彼黍离离，彼稷之苗""彼黍离离，彼稷之穗""彼黍离离，彼稷之实"，进而引发"知我者，谓我心忧；不知我者，谓我何求。悠悠苍天！此何人哉？"的无限感慨，后世便把这种易代的兴亡感怀称为黍离之悲或故宫禾黍之情。

杨允孚的黍离悲情，源于他以布衣身份得到元廷的重用，供职于上京宫廷，源于他对滦京上都的熟悉与热爱，更源于他对元朝的忠爱情感。《滦京杂咏》最后几首，诗人以极富情韵的笔调，抒写了对元亡的感伤与失落。杨氏诗云：

---

[1] 李学勤主编：《十三经注疏·毛诗正义》，北京大学出版社1999年版，第252页。

强欲驱愁酒一卮，解鞍闲看古祠碑。

居庸千载兴亡事，惟有天中月色知。

塞边羝牧长儿孙，水草全枯奶酪存。

不识江南有阡陌，一犁烟雨自黄昏。

帝里风光入梦频，凤城金阙一般春。

故乡不是无秋雨，听过匡庐始怆神。

试将往事记从头，老鬓征衫总是愁。

天上人间今又昔，滦河珍重水长流。

玉京惯识别离人，勒马云关隔世尘。

不比江南花事早，家家儿女解伤春。

面对元朝的灭亡，曾经魂牵梦绕的上都城"莽为丘墟"，诗人留恋往昔的美好，借酒浇愁，对游牧于塞边的蒙古民族寄以深深的同情，交代整组诗篇创作的意图，并对上都滦京及"羝牧长儿孙"送上美好真挚的祝福，流露出"伤春""怆神"的悲伤情感。时至当下，有关上京纪行诗的研究和杨允孚《滦京杂咏》研究基本都看到了诗中所抒黍离之悲或故宫禾黍之悲的主题思想，但对这种主题思想的价值意义都没有给予足够重视。其实，这种黍离之悲与感伤之情不仅是杨允孚个人的感伤，也是同代士人共同的情感体验，是汉族士人认同元朝统治，元亡后失落精神家园与情感归属的迷惘悲歌，在古代文学史和古代诗歌史上具有极为重要的文化价值。

三、《滦京杂咏》的遗民情结

《滦京杂咏》抒发的黍离之悲，本质上是元亡后诗人文士的遗民情结。杨氏从遗民情结的角度对游牧于北方草原的蒙古族入主中原并建立元朝表示了认同，具有认元朝为正统并为其正统地位正名的深刻意义，是中国文学由单一的汉民族文学走向多民族文学共同繁荣的又一重要体现。

以汉民族为主体的华夏民族，自古就有"夷夏之辨"和"华夏中心主义"

的民族情感与文化倾向。先秦时期，以中原华夏民族为中心，形成东夷西戎南蛮北狄的地域文化观念，以农耕民族的自大心理藐视周边落后的游牧民族。《论语·八佾》："夷狄之有君，不如诸夏之亡也。"① 视周边游牧部族为野蛮落后的象征，形成"夷夏之辨"和"华夏中心主义"的文化观念。

与华夏中心主义观念相对应，先秦人形成以"服事观"为代表的边塞意识。以中原农耕王朝为中心，以五百里为一服，向遥远的边地分层衍射，其政治统治的末梢之地即为边地。"服事观"虽然有"五服"与"九服"的差异，但都体现出农耕民族优越于周边游牧民族的民族自大意识。秦汉以后，随着地域性国家的形成，人们认为边塞结束于周边四夷所居的属国之地，相应地形成"守在四夷"的边塞观念——"四夷观"。无论是先秦的"服事观"，抑或秦汉以后的"四夷观"，本质上都是汉族中心主义民族自大意识的体现，是儒家"夷夏之辨"观念的具体落实。汉唐时代虽然有南北朝时期的五胡乱华，但总体说汉唐盛世是尚武文明，没有出现周边游牧民族整体统治中原与南方的局面。宋以后，中国文化进入宗教文明阶段，汉唐时代的尚武因子消失，造就游牧在周边的契丹、蒙古和女真族等骑马民族相继在中原建金、元、清三个王朝，虽然统治数百年，但受"夷夏之辨"的影响，往往得不到汉民族特别是传统观念浓厚的士人的认可，甚至近代孙中山先生发动辛亥革命时，尚且以"驱逐鞑虏，恢复中华"为口号。从这个意义上说，杨允孚《滦京杂咏》抒发的黍离之悲与遗民情结，是以诗化的方式对元朝正统地位的认同，从多民族国家形成与多民族文化交融的角度说，具有积极意义。

《滦京杂咏》中所表现出来的黍离之悲与遗民情结并不是孤立的，代表了元亡以后一批诗人文士的共同情感归属。虽然终元一世都将人分为蒙古、色目、汉人、南人四等，施行种族歧视政策，且在元文宗时期，科举对南方文士也采取歧视政策。元代刘定之序王礼《麟原文集》时就说："昔元盛际，专

---

① 杨伯峻：《论语译注》，中华书局 1980 年版，第 24 页。

假科举抑南士，南士多伏处，用诗文自写。"① 尽管元廷在科举方面对南士多所裁抑，但作为有良知和明确社会责任感的代表，元末士人的情感归属仍然体现为对元王朝的归属与认同。因此，当元朝灭亡，作为南士重要代表的江西吉水众多诗人文士，不约而同地选择了隐居、不仕新朝的人生道路。

清刘声木《苌楚斋四笔》卷二《论眷怀故主诸书》系统地梳理《四库全书总目》提到的五代宋元时期"不仕新朝，眷怀故国"的文化现象。其中有云：

> 吾观《四库全书提要》，于宋元两代不仕新朝，眷怀故主者，特于《提要》中著明，庶足以见孤忠劲节，搘拄纲常，是庙堂之上，褒励臣节，虽事隔两代，犹矜善伐恶如此。《提要》中虽寥寥数语，实如帝典王谟，炳若日星，真可资人劝感。谨摘于后，以免遗忘。②

其后刘声木列举了《四库全书总目》高度肯定的宋代周密、刘辰翁、柴望、汪元量、谢翱、周密、真山民、邓牧、方凤、于石等十位诗人忠于社稷、眷怀故国的民族情感。这种民族情感是汉民族、汉文化自身认同的体现，并没有令人惊异的地方，但他列举的元代士人在元亡后，坚守士人品节，"不仕新朝，眷怀故国"，却令人耳目一新：

> 《羽庭集》六卷　元刘仁本撰。所作感慨阽危，眷怀王室。《友石山人遗稿》一卷　元王翰撰。翰终始皆似谢枋得，故慷慨激烈，一一托之于诗。虽篇什无多，而即物遇情，恒凛凛有生气也。《北郭集》六卷、《补遗》一卷　元许恕撰。恕以元代遗民，潜踪海上，使人不能识，可谓鸿冥，其诗大抵多愁苦之词。《丁鹤年集》一卷　元丁鹤年撰。顺帝北狩以后，兴亡之感，一托于诗，悱恻缠绵，眷眷然不忘故国。《石初集》十卷、《附录》一卷　元周霆震撰。其诗忧时伤乱，感愤至深，叙述乱离，沉痛酸楚，使异代尚如见其情状。

---

① （元）王礼：《麟原文集·（元）刘定之〈序〉》，文渊阁《四库全书》本。
② （清）刘声木：《苌楚斋随笔续笔三笔四笔五笔》下册，中华书局1998年版，第708页。

汪元量《水云集》，论者以为宋末之诗史，霆震此集，亦元末之诗
史。《吾吾类稿》三卷　元吴皋撰。时值至正之季，目击艰危，每深
忧愤。《静思集》十卷　元郭钰撰。隐居不仕，目击时事阽危之状，
言之确凿，每多愁苦之词。《九灵山房集》三十卷　元戴良撰。元亡
后，追念故主，眷怀宗国，歌黍离麦秀之诗，咏剩水残山之句。《滦
京杂咏》一卷　元杨允孚撰。体本王建宫词，有故宫禾黍之感。《南
湖集》七卷　元贡性之撰。惓惓不忘故国，不事二姓。①

这些人中，除丁鹤年为少数民族诗人，其他如刘仁本、王翰、许恕、周霆震、
吴皋、郭钰、戴良、杨允孚、贡性之九人皆为汉族。他们于元朝灭亡之际，
保持对元王朝的归属认同，实出当代人预料之外，而且也没有引起当代学界
的广泛关注与足够重视。梳理这种现象会发现，清曾廉《元书》卷九十一
《隐逸传下》载：

李祁，字一初，别号希蘧，茶陵州人也。元统元年进士，除应
奉翰林文字，累迁江浙儒学副提举，以世乱隐永新山中。祁与诸将
言，必陈君臣大义，闻诸城不守，辄愤切，食不下咽，及谈国家，
辄流涕不自胜。元亡，自称不二心老人。明初，以耆儒召，祁力拒
不起，年七十余卒。同时王礼，字子尚，更字子让，庐陵人。官广
东元帅府照磨。元亡不仕。明聘为考官，亦不就。尝选辑同时人诗
为《天地间气集》，仿谢翱也。

杨允孚，字和吉，郭珏，字彦章，皆吉水人。允孚至正时为尚
食供奉官，后弃去，襆被岁走万里，穷西北之胜。凡山川地产、典
章风俗，无不记以诗歌。元亡，作《滦京杂咏》。时兵燹所过，莽为
邱墟，四视曩游，慨然兴叹，实故宫禾黍之思也。珏以时乱遂隐。
明初，征茂才不就，抗迹行吟，与允孚齐名。

---

① （清）刘声木：《苌楚斋随笔续笔三笔四笔五笔》下册，中华书局1998年版，第710—711页。

> 鲁贞，字起元，自号桐山老农，开化人。诗集题至正年号，入明惟题甲子。吴皋，字舜举，临川人。从吴澄游，官临江教授。元亡，遁迹以终。又嵊许汝霖时用、纯安徐九龄大年，皆第进士，终不仕明。①

曾廉《元书》也传论七位（郭钰作"郭珏"，误）忠于元朝而拒仕明朝的遗民代表，其中李祁、王礼、鲁贞、许汝霖四人未入《四库全书总目》。由此可见，《滦京杂咏》所抒发的黍离之悲与遗民情结具有代表性，是一批坚守士人品节的诗人文士的共同心声与情感归属。从这个意义上说，《滦京杂咏》抒发的黍离之悲与遗民情结既有群体代表性，又是对蒙古族建立的元王朝的正向肯定，是一种多民族国家形成过程中的民族认同，在中国文化史上，具有积极的创新意义，特别值得珍视与赞扬。对于这种民族认同，赵延花在论及上京纪行诗的新变意义时说："元代是蒙古人建立的统一王朝，经历了元初的战争和南人北上、北人南下的融合过程，蒙古族的统治地位逐渐得到认可。"② 类似的见解还有王双梅，其论上京纪行诗也说："文人对异域风光、草原风情或铺张或细致的描绘，是农耕文化与草原文化融合、胡汉一家态度的自觉表达；其浓厚的盛世情调与传盛世之音文学精神的发扬，是对蒙古族统治的元朝政权的由衷礼赞。"③ 这正是《滦京杂咏》思想价值与思想高度的体现，是其文化价值最集中的体现。

第二节 《滦京杂咏》的传播

杨允孚《滦京杂咏》面世后，以抄本的形式在家族和朋友间传诵。其好

---

① （清）曾廉：《元书》卷九一《隐逸传下》，清宣统三年（1911）刻本，第14b—15a。

② 赵延花：《元代诗歌中的草原民俗书写与士人心态》，《内蒙古大学学报》（哲学社会科学版）2019年第5期。

③ 王双梅：《元代文人的两都纪行之作》，《河北大学学报》（哲学社会科学版）2019年第5期。

友郭钰写有《题杨和吉〈滦京诗集〉》，称："钰也不识滦京路，送君几向滦
京去。滦京才俊纷往来，好景惟君独能赋。"感慨"贞元朝士几人在，少年诗
思千载名。"① 叹喟随着时光易逝，从"少年诗思"到"老病征衫"的短暂。
同邑好友罗大巳于洪武五年（1372）为《滦京杂咏》题写了跋语，成为今天
了解杨允孚和研究《滦京杂咏》弥足珍贵的史料。杨允孚去世后，郭钰《哀
杨和吉》诗赞美杨允孚"茫茫天壤名长在，赖有《滦京百咏》诗"②。

明代《滦京杂咏》的传播，值得关注的有三点。

一是明初杨士奇撰有《〈杨和吉诗集〉附萧德舆〈故宫遗录〉》。其中
有言：

> 余生十余岁，读刘云章先生《和杨和吉〈滦京百咏〉诗》，思
> 见和吉之作不可得。今年在北京康甥孟嘉馆授，文明门得此诗于其
> 徒。又有和吉《西云小草》《野人杂录》《悟非小稿》，通为一集，
> 而附萧德舆《故宫遗录》在后，皆胜国遗事，可以资览阅，备
> 鉴戒。③

杨士奇的文章透露两个有价值信息。其一是他称自己幼年曾读过刘云章
先生《和杨和吉〈滦京百咏〉诗》，这应是《滦京杂咏》传播过程中最具影
响的代表性成果。刘云章为杨允孚交游好友刘霖，前文已有考证，惜其作已
佚。其二是知杨允孚还有《西斋小草》《野人杂录》《悟非小稿》等集，在明
初尚存。

二是明代诗人金幼孜撰有《滦京百咏集序》。序文在历数自身扈从北征行
程路线，和"随其所见，辄记而录之，且又时时作为歌诗，以述其所怀"后，
称："予自幼闻西云杨先生以诗名，今观其所为《滦京百咏》，则知先生在元
时，以布衣职供奉，尝载笔属车之后，因得备述当时所见，而播诸歌咏者如

---

① （元）郭钰：《静思集》卷三，文渊阁《四库全书》本。
② （元）郭钰：《静思集》卷九，文渊阁《四库全书》本。
③ （明）杨士奇：《东里续集》卷一九，文渊阁《四库全书》本。

此。然燕山至滦京仅千里，不过为岁时巡幸之所度，先生往来，正当有元君臣恬嬉之日，是以不转瞬间，海内分裂，而滦京不守，遂为煨烬。数十年来，元之故老殆尽，无有能道其事者。"① 因此杨允孚《滦京杂咏》以组诗加注的方式，详述元代帝王两都巡幸之盛事，"后之君子欲求有元两京之故实，与夫一代兴亡盛衰之故，尚于先生之言有征乎!" 充分肯定了《滦京杂咏》的文学与史料价值。

三是明成化十三年（1477）三月罗璟抄录再跋本。

罗璟，字明仲，泰和人。《明史》本传载："天顺末，进士及第。授编修，进修撰。预修《宋元通鉴纲目》。累官洗马。孝宗为太子，简侍讲读。母丧归。璟与尚书尹旻子侍讲龙同娶于孔氏。旻得罪，李孜省指璟为旻党，调南京礼部员外郎。孝宗嗣位，王恕等言璟才，乃授福建提学副使。弘治五年召为南京祭酒。久之，卒。"② 清（雍正）《江西通志·人物志》载："罗璟，字明仲，泰和人。天顺甲申进士及第，授翰林编修，充经筵讲官，命纂《续通鉴纲目》成，进司经局洗马。时李孜省恶不附己，阴中伤之，调南京部属，转福建提学副使。宰王恕荐为南京国子祭酒，后以疾乞归。著有《冰玉集》。"③ 二书记载其后期职官变化虽略有出入，然从其小传可知罗璟为明中期学者型官员，预修史书，喜爱文献。自抄《滦京杂咏》，嫌其潦草，又请弟弟罗璋重录。跋文虽短，却明确了《滦京杂咏》流传过程中在明代曾以抄本行世的重要一环。其文如下：

> 《滦京杂咏》百首，元杨允孚所赋。读之，当时事宛然如见，亦可谓善赋者矣。杨文贞家有录本，璟尝借录于表叔司务公，录时草草。此本则舍弟璋为予重录者。允孚，字和吉，出吉水湿塘，盖文

---

① （明）金幼孜：《金文靖集》卷七，文渊阁《四库全书》本。
② （清）张廷玉：《明史》卷一五二，中华书局 1974 年版，第 4199—4200 页。
③ （清）谢旻修：（雍正）《江西通志》卷七八，文渊阁《四库全书》本。

贞公故族云。①

由此可知，《滦京杂咏》抄本传承体系中，家藏本从杨文贞到罗璋抄本的传播脉络。清代鲍廷博《知不足斋丛书》刻本取自陶式玉鉏园所抄周氏荣古堂本，则为另一个抄本线索。

清代以来，《滦京杂咏》的传播状况有三点值得关注：一是经历三位著名学者的亲手校勘。二是抄本之外，有了刻本。三是被多部选本和丛书选取和收录。

《滦京杂咏》传播史上，有记载的第一次校勘工作是清前期的劳季言。《皕宋楼藏书志》卷一〇八载："《滦京百咏》一卷，旧抄本，劳季言手校。"劳季言为清代著名学者劳格，《两浙輶轩续录补遗》卷五《劳格小传》曰："劳格字季言，仁和诸生。劳检曰，季言弟，性沈静，勤于诵读。年十三，卒业诸经，得咯血疾，医家谓宜静摄，乃窃阅汉、唐诸史、《资治通鉴》，三年病愈，史学亦能融会矣。长洲陈硕甫、钱唐严厚民、仁和赵星甫孙两人诸先生皆引为忘年交。平居读书时，每置空册于案，遇有疑义，辄笔之，暇时翻阅诸书，互相考证，必至精审而后已。尤勤于校书，尝镌一印曰'实事求是，多闻阙疑'。凡所校书，必钤其印于卷端。迨寇氛日逼，迁吴江同里以卒。丁君兆庆为编次遗著，得《读书杂识》十二卷、《唐郎官石柱题名考》二十四卷、《唐御史台精舍题名考》三卷。丁兆庆曰，季言喜校书，密行细书，丹黄齐下，援证精博，尤熟于唐代典故。壬戌、癸亥之间，避寇双溪，僦居一室，犹自汇萃著述，手写不辍。俄又播迁同里，自顾家室飘零，图书散失，竟以忧郁卒于旅居，年四十有五。无子。"②他曾根据旧抄本，对《滦京杂咏》做过校证工作，为其众多校勘古籍之一种，可惜其校本未能得见。

第二次校勘《滦京杂咏》是在嘉庆十年（1805），校勘者是一著名文献学

---

① （元）杨允孚：《滦京杂咏·罗璟跋》，清光绪八年（1882）岭南芸林仙馆据鲍廷博刻《知不足斋丛书》重印，光绪三十三年（1907）修刊本。

② （清）潘衍桐：《两浙輶轩续录补遗》卷五，清光绪间刻本。

家鲍廷博。其《滦京杂咏》题跋云：

> 辛卯（康熙五十年，1711）秋八月，鉏园手录于周氏荣古堂。

> 乾隆己丑（乾隆三十四年，1769）十二月廿一日，阻风虞山，阅市购此。

> 《滦京杂咏》通百有八首，罗璟跋云百首，举成数耳。秀野草堂选元诗，遂乃删去八首，以符其数。举世遂不见其全。中如"故乡不是无秋雨，听过匡庐始怆神"及"不比江南花事早，家家儿女解伤春"诸作，在卷中尤极风韵，转置不录，不知操选之意何在也，亟为刊定，以还旧观。

> 嘉庆十年（1805）十一月十八日通介叟鲍廷博识。[①]

乾隆三十四年（1769）十二月在江苏虞山书市购得康熙五十年辛卯（1711）秋八月鉏园手录于周氏荣古堂《滦京杂咏》抄本，经过整理校勘，于嘉庆十年（1805）十一月刻入其《知不足斋丛书》。"鉏园"是谁？检索辞书及古籍可知，清代号鉏园者有四：一为陶式玉，二为王福田，三为管鸿词，四为王道。

王福田，生卒年不详。《清续文献通考》卷二百六十八《经籍考》著录有："《竹里秦汉瓦当文存》，不分卷，王福田撰。福田，字心耕，号鉏园，浙江嘉兴人。"[②] 王福田从14岁开始接触汉瓦，道光年间着手搜集，于咸丰二年（1852）编成《竹里秦汉瓦当文存》一书，收秦汉瓦当61种，其中残瓦7种。总字数100多个，不重复单字66个。由此可知王福田为道咸之际的学者。

管鸿词，（民国）《海宁州志稿》卷末载："管鸿词，字景霞，号仙裳，又号锄园，晚号薇阁。庭芬再侄，世居路仲里。入桐庠，补增广生，官州同。然生平仍以馆幕为家。所著有《律赋韵枕》《嚼梅仙馆骈散文草》《锄园吟

---

① （元）杨允孚：《滦京杂咏·鲍廷博跋》，清光绪八年（1882）岭南芸林仙馆据鲍廷博刻《知不足斋丛书》重印光绪三十三年（1907）修刊本。

② 刘锦藻《清续文献通考》卷二六八《经籍考》，民国间景"十通"本。

草》各若干卷。"①

管廷芬（1797—?），一作庭芬，字培兰，号芷湘，一作芷香，晚号芷翁。浙江海宁诸生。善画山水，尤善兰竹，出入文董，精鉴赏。光绪时重游泮宫，年已八十四。著《别下斋书画录》。管鸿词为管庭芬再侄，应为同光时期士人。

王道，民国修《上海县续志》卷二十载："王道字海鸥，号锄园。嗜书好古，力学不倦。临董香光书，深得三昧。晚年造诣益粹，真力弥满，骨老气苍。曾游日本，彼都人士争购其书。"② 由此判断，王道应该为近代人士。

上述王福田、管鸿词、王道虽号鉏园，但与鲍廷博跋文所载鉏园时代不合，此三人可以排除。

陶式玉，综合（乾隆）《绍兴府志》卷五十及其他相关文献可知，陶式玉是清代著名学者、棋谱编纂家。字尚白，号霍童山人，又号存斋、鉏园，会稽（今浙江绍兴）人。九岁能文，过目成诵，康熙十五年（1676）彭定求榜进士，初为蠡县令，兴利除弊，为于成龙赏识，对策列一等，授广西道监察御史。康熙二十五年（1686）为御史朱弘祚赏识，荐入都察院。翌年赴扬州任两淮盐运使，旋遭弹劾罢官。康熙二十八年（1689）后，致力于搜集和研究围棋残局资料，以过伯龄等《官子谱》为基础，参考前人著作，反复切磋研讨，六年六易其稿，编成《官子谱》三卷。另著有《澄淮录》（《奏疏》二卷、《文告》十卷）、《参同契注》三卷、《悟真篇注》四卷、《承志录注》若干卷，又有《鉏园诗抄》一卷。由此判断，鲍氏所说鉏园应为顺康时期的陶式玉。陶式玉抄录于周氏荣古堂。

关于荣古堂，明清之际号"荣古堂"者为浙江海宁查嗣珣，《两浙輶轩录》卷十五载："查嗣珣，字阁瑛，号东亭，海宁人。康熙癸未进士，官太和

---

① 朱锡恩续纂：（民国）《海宁州志稿》卷末，民国十一年（1922）铅印本。
② 吴馨修，姚文枏纂：（民国）《上海县续志》卷二〇，民国七年（1918）铅印本。

知县，擢吏部主事，著《荣古堂诗》一卷。"① 《八千卷楼书目》卷十七著录有"《荣古堂文集》四卷，国朝查嗣珣撰，抄本，残"。其他如（民国）《海宁州志》、（民国）《杭州府志》等也都有查嗣珣简短的传记资料，但鲍氏明确说是"周氏"荣古堂，而非查氏荣古堂，周氏荣古堂的主人到底是谁，存疑待考。②

鲍廷博依据陶式玉抄录周氏荣古堂的抄本，以顾嗣立《元诗选》本等为参照，校勘《滦京杂咏》，并刻入所编《知不足斋丛书》，对于《滦京杂咏》的传播具有重大贡献。

第三次校勘《滦京杂咏》的是近代著名文献学家傅增湘。《北京图书馆古籍善本书目》载："《滦京杂咏》二卷，元杨允孚撰。清嘉庆十年鲍廷博刻，道光元年重修《知不足斋丛书本》，傅增湘校并跋，一册。九行二十一字，细黑口，左右双边。"③ 惜此本未能得见。

《滦京杂咏》为清人选本或丛书收录情况：一是收入顾嗣立《元诗选初集》庚集，删除其中八首，凑足百咏之数，以此遭鲍廷博深刻批判。二是收入《四库全书》。三是《御选宋金元明四朝诗》选《滦京杂咏》40 首。四是晚清陈衍《元诗纪事》收录有自注的诗篇 54 首。

由上可见，元明清三代，《滦京杂咏》一直备受关注，其抄本和刻本，代有传播与整理，形成比较清晰的传播线索。然而进入现当代，古代文学研究和地域文化研究中，人们对《滦京杂咏》虽有关注，但仍留下许多可供拓展和提升的空间，因此研究与整理杨允孚及其《滦京杂咏》具有多重意义。

---

① （清）阮元辑：《两浙輶轩录》卷一五，清嘉庆间刻本。

② 据黄伟煌先生判断，"荣古堂"疑为书肆之名。周氏当为书贾，今仅存其姓，失其名。如李文藻《琉璃厂书肆记》、缪荃孙《琉璃厂书肆后记》等书中所记录的书肆，皆以"书肆名+书肆主人名"为格式，不知主人名者，则称"某某氏。"此说当是。

③ 北京图书馆编：《北京图书馆古籍善本书目》，书目文献出版社 1987 年版，第 2292 页。

第三节 《滦京杂咏》版本考

通过上述梳理《滦京杂咏》传播状况可知，杨允孚《滦京杂咏》流传版本有三：抄本系列、刻本系列、选本系列。

一、抄本系列

明洪武五年（1372）罗大巳题跋的《滦京杂咏》，当为后世传播的最早抄本。此后抄本系列分为单抄本和合抄本两个线索流传。

明清两代的单抄本主要有：一是金幼孜作序的《滦京百咏集》。二是成化十三年（1477）罗璟请其弟罗璋从杨士奇（文贞公）处抄得的《滦京杂咏》抄本。三是清代劳格校旧抄本，即《皕宋楼藏书志》卷一〇八著录的"《滦京百咏》一卷，旧抄本，劳季言手校。"① 四是《四库全书》本。简称四库本。四库本严格讲是写本而非抄本，但从现存存公私目录著录情况看，《滦京杂咏》只有嘉庆十年（1805）鲍廷博刻入《知不足斋丛书》的这一种刻本。《四库全书总目》标记《滦京杂咏》为"浙江鲍士恭家藏本"，此本亦当为抄本，经四库馆臣整理，抄入《四库全书》，故此将四库写本一并归入抄本系列。五是"周氏荣古堂"抄本，康熙五十年（1711）秋八月陶式玉以此为底本抄录一通。陶氏抄本又于乾隆三十四年（1769）十二月廿一日被鲍廷博在虞山购得，经过精心校勘整理，刻入其《知不足斋丛书》中。从现存知不足斋刻本看，诗后附有罗大巳跋和明成化十三年罗璟跋语。应该是罗璋抄、罗璟跋本的转抄本。

合抄本系列：一是明杨士奇《〈杨和吉诗集〉附萧德舆〈故宫遗录〉》提到的《滦京杂咏》抄本，"又有和吉《西云小草》《野人杂录》《悟非小稿》，

---

① （清）陆心源：《皕宋楼藏书志》卷一〇八《集部》，清光绪八年（1882）陆氏十万卷楼刻本。

通为一集，而附萧德舆《故宫遗录》。"此为最早合抄本，现已散佚不见。二是清抄本，与朱长文《乐圃余稿》合抄为一集。《北京图书馆古籍善本书目》载："《滦京杂咏》一卷。元杨允孚撰。清抄本。与《吴郡乐圃朱先生余稿》合二册，十行二十字，无格。"①《中国古籍总目》亦有著录："《吴郡乐圃朱先生余稿》十卷《附编》一卷《补遗》一卷，宋朱长文撰，清抄本，与元杨允孚撰《滦京杂咏》一卷合抄。"此合抄本今存。

二、刻本系列

《滦京杂咏》首个刻本为嘉庆十年（1805）十一月鲍廷博根据陶式玉抄录周氏荣古堂抄本，进行精心校勘后，刻入其《知不足斋丛书》。此本前文已分析梳理清楚，此不赘言。

《北京图书馆古籍善本书目》著录："《滦京杂咏》二卷，元杨允孚撰。清嘉庆十年鲍廷博刻，道光元年重修《知不足斋丛书》本，傅增湘校并跋，一册。九行二十一字，细黑口，左右双边。"② 由此，知《滦京杂咏》在清嘉庆十年（1805）由鲍廷博刻，道光元年（1821）重修再版。后傅增湘在此本基础上进行过重校工作，并题写了跋语。此姑为《滦京杂咏》第二个刻本。

《滦京杂咏》的第三个刻本为清光绪八年（1882）岭南芸林仙馆刻，光绪三十三年（1907）修刊本。本次校笺即以此本为底本。

民国编《丛书集成初编》第95册收录《知不足斋丛书》刻本《滦京杂咏》二卷。当代人编纂《全元诗》《中国边疆研究资料文库》《元史研究资料汇编》《吉安文献著述》等也都影印知不足斋刻本，姑作为刻本系统，列于此。

三、选本系列

主要包括四大选本，简列于下。

---

① 北京图书馆编：《北京图书馆古籍善本书目》，书目文献出版社1987年版，第2292页。
② 北京图书馆编：《北京图书馆古籍善本书目》，书目文献出版社1987年版，第2292页。

一是清顾嗣立《元诗选初编》庚集选录《滦京杂咏》一卷，选 100 首，删除 8 首，凑为百咏。此选本曾被鲍廷博批为不明取舍。与知不足斋刻本相校，被《元诗选》删除的 8 首，过录于此，方便读者阅读。

　　百事关心有许忙，秋风掠削鬓边凉。晓来为忆西山雨，怕看行人归故乡。

　　蒙茸貂帽豁双眸，欲识渠侬语漫求。土屋人人愁出户，书生日日懒梳头。

　　与客飞觞夜讨论，梦回犹自酒微醺。一天星斗三更月，白雪飞花何处云。

　　始我来京一布衣，故人曾见未生时。等闲只作江南别，官有清名卷有诗。

　　我忆江南好梦稀，江山于我故多违。离愁万斛无人管，载得残诗马上归。

　　急管繁弦别画楼，一杯还递一杯愁。洛中惆怅路千里，塞上凄凉月半钩。

　　帝里风光入梦频，凤城金阙一般春。故乡不是无秋雨，听过匡庐始怆神。

　　玉京惯识别离人，勒马云关隔世尘。不比江南花事早，家家儿女解伤春。

顾嗣立《元诗选初编》庚集《滦京杂咏》一卷，现藏哈佛燕京图书馆，为长洲顾氏秀野草堂（1694—1720）刻本。

　　二是《御选宋金元明四朝诗》选《滦京杂咏》40 首。

　　三是《御定佩文斋咏物诗选》选《滦京杂咏》26 首。

　　四是陈衍《元诗纪事》选《滦京杂咏》有自注者 54 首。

　　另外，《辽金元宫词》引用《滦京杂咏》28 首，史梦兰《全史宫词》引用《滦京杂咏》26 首。以其为选用，故列于选本系列，以引起读者关注。

第三章 滦阳记忆与黍离之悲

　　《滦京杂咏》是杨允孚扈从元帝两都巡幸，以诗歌记咏滦京上都生活的组诗。他以南方士子的身份，置身新鲜异趣的北方，无论是高山大川、险关要塞，还是塞外苍茫辽阔的草原，举凡"江山人物之形状、殊产异俗之瑰怪、朝廷礼乐之伟丽，与凡奇节诡行之可警世厉俗者"①，都让他倍感新鲜、震撼，他以南人的眼光"咏歌记之"，成为有元一代两都巡幸的美好记忆。元亡后，诗人抚今追昔，感慨兴亡盛衰，整理旧编，抒发易代兴亡的忧伤与落寞，全篇108首的《滦京杂咏》成为元帝两都巡幸经典化的诗歌文本，是诗学、史学、文献学、风俗学、地理学等多学科的重要文献与艺术文本，在文化史上具有很高的历史和艺术价值。

　　《滦京杂咏》组诗，虽然有分一卷或两卷的版本差异，然而按诗人自注之意，《滦京杂咏》可分为三大部分：前二十六首为第一部分，描绘巡幸滦京的途中之景，记述诗人的途中见闻和皇帝北巡途中的活动内容，为纪行程之作。中四十首为第二部分，记滦京之景及圣驾往还之典故，为叙典事之作。这些诗描绘滦京一带的自然人文景观，按时间顺序勾画上京避暑巡幸的活动内容与各类仪式典礼的程序与惯例，表现北巡上都的休闲意趣与多方面的政治意

---

　　① （元）杨允孚：《滦京杂咏·罗大巳跋》，清光绪八年（1882）岭南芸林仙馆据鲍廷博刻《知不足斋丛书》重印，光绪三十三年（1907）修刊本。

图。后四十二首为第三部分，杂咏滦京四季风物，为咏风物之作。集中表现了上京的自然风物与风土人情，对当时上京的风光景物、植被物产、生产生活、节日典礼、衣食起居、迎来送往等习俗风尚都作了细致的描绘，展现了以蒙古族为主的边地各民族的文化传统与民族习尚。这三部分内容融为一体，构成了规模最大、系统性最强的组诗体系，是杨允孚精心设计的艺术结晶。

吟咏元帝的两都巡幸并非杨允孚的专利。有元一代，众多诗人对这一别具时代特色与草原风情的避暑巡幸活动赏爱有加，纷纷以诗的形式放歌吟咏，留下上千首不同的诗歌作品。[①] 袁桷、马祖常、虞集、柳贯、萨都剌、张翥、贡师泰、乃贤、吴师道、周伯琦、黄溍、张昱、胡助等二十多位诗人都写有咏巡幸避暑之诗歌，其名篇佳作如袁桷《次韵继学途中竹枝词十首》、马祖常《丁卯上京四绝》《上京翰苑书怀三首》、虞集《白翎雀歌》、柳贯《滦水秋风词四首》《后滦水秋风词四首》、萨都剌《上京即事》十首、张翥《上京秋日三首》、贡师泰《滦河曲二首》《上都诈马大宴五首》、乃贤《塞上曲五首》、吴师道《次韵张仲举助教上京即事六首》、张昱《塞上谣八首》、胡助《滦阳十咏》等（详见《附录》）。少者二首四首，多者十首八首，都是作者就滦京上都巡幸避暑某一感兴趣的侧面加以歌咏，美则美矣，但少有系统性和全面性。其中能做到成规模、成建制地写作有周伯琦，其《扈从诗》和《近光集》中也有近百首集中表现两都巡幸的诗篇，但也都属于耳闻目见、随手随性而作，缺少系统化的精心设计与经营安排。只有杨允孚的《滦京杂咏》是有意精心设计，组织安排，具有系统性、全面性的诗化表现两都巡幸的组诗文本，具有独创性与集成性。

本章分三节，从自然山川与植被物产、民情风尚与巡幸活动、滦京记忆与黍离之悲三个层面，对《滦京杂咏》丰富的题材主题加以论析，力求发掘

----

① 据刘宏英、吴小婷统计，上京纪行诗共 973 首，涉及诗人 58 位。见刘宏英、吴小婷《元代上京纪行诗的研究状况及意义》，《河北北方学院学报》（社会科学版）2008 年第 4 期。此统计仍有增补的可能。

其多方面的文化内涵与价值意义。

第一节　自然山川与植被物产

描绘两都之间的自然山川与植被物产是《滦京杂咏》的第一主题，其中有近一半的作品，为边塞山水诗。这些诗篇描绘塞外草原的自然风光，展现北巡途中及上京周边高山大川、险关要塞、气候特征、植被物产等自然景观与地理风貌，集中表现了长城以北至内蒙古草原的自然风貌与塞上风情。这些边塞山水诗，按其所写地理方位，又可分为途中写景诗与上京风情诗两部分。

一、途中写景诗

元朝疆域辽阔，史称"北逾阴山，西极流沙，东尽辽左，南越海表"①。其版图远超汉唐之世。罗大已曾骄傲地说："百年以来，海宇混一，往所谓勒燕然，封狼居胥，以为旷世希有之遇者，单车掉臂，若在庭户，其疆宇所至，尽日之所出与日之所没，可谓盛哉！"② 柳贯也说："滇池出西南，疆理亦中州。"③ 历代称为边塞之地的蒙古草原及滦京上都之地，已成为中书省统辖的核心要地。

为了加强对广袤国土的统治，元朝建立了四通八达的驿站体系，众多的驿站分布在各个军政要地，使元朝天下"梯航毕达，海宇会同"。大都与上都之间交通尤为便利，所谓"碛中十里号五里，道上千车联万车"④。从大都至

---

① （明）宋濂：《元史·地理志一》，中华书局1976年版，第1345页。

② （元）杨允孚：《滦京杂咏·罗大已跋》，清光绪八年（1882）岭南芸林仙馆据鲍廷博刻《知不足斋丛书》重印，光绪三十三年（1907）修刊本。

③ （元）柳贯：《待制集》卷一《文子方寓直翰林数日即使往云南典选诗用识别》，文渊阁《四库全书》本。

④ （元）柳贯：《待制集》卷六《后滦水秋风词四首》，文渊阁《四库全书》本。

上都有四路，周伯琦《扈从诗·前序》曰："大抵两都相望，不满千里，往来者有四道焉：曰驿路，曰东路二，曰西路。东路二者，一由黑谷，一由古北口。"① 这四条道路中，驿路长约八百里，大致从大都经居庸关西行至怀来，转而北上，翻越枪竿岭、偏岭等大山进入塞外草原，直达上都。往来两都的一般官员和商人多走此路。因为驿路途中有"枪竿岭"之山，"俗云龙上枪竿，是以御驾不由此处"②。圣驾北巡专走经黑谷的东路，俗称为辇路，全程约七百五十里，设有十八处停宿纳钵之地，是皇帝北巡的专道。皇帝北巡"每岁扈从，皆国族大臣及环卫有执事者，若文臣仕至白首，或终身不能至其地也"③。此路出居庸关后，继续北上，经过今北京延庆区，翻越山岭进入草原，至牛群头与驿路相会合直达上都。皇帝北巡上都大多是"东出西还"，去时走辇路而归程走西路。西路全长 1095 里，沿途设有二十四处停宿纳钵之地。此路本是原大蒙古国的正驿路，原称"孛老站道"。元世祖忽必烈中统三年（1262）驿路改线，孛老道变成"专一搬运缎匹、杂造、皮货等物"的专运线。古北口东路全长八百七十余里，是供监察按行官员和军队专用之路。

杨允孚一生多次经驿路北上滦京，元郭钰《题杨和吉〈滦京诗集〉》有"钰也不识滦京路，送君几向滦京去"④ 之句。驿路上设有昌平、榆林、洪赞、雕窝（亦作"窠"）、龙门、赤城、独石口、牛群头、明安、李陵台、桓州等十一处驿站，沿途又有龙虎台、居庸关、过街塔、弹琴峡、枪竿岭、李老谷、尖帽山、东凉亭、李陵台等景点。这些重要景点在诗人笔下大都得到了具体的表现，如组诗中的第七、十四、十八、二十五首诗，其文如下：

穿崖幻出梵王宫，双塔中间一径通。四月雨余山更碧，六龙行

处日初红。

---

① （元）周伯琦：《扈从诗·前序》，文渊阁《四库全书》本。

② 见（元）杨允孚《滦京杂咏》第 11 首自注，清光绪八年（1882）岭南芸林仙馆据鲍廷博刻《知不足斋丛书》重印，光绪三十三年（1907）修刊本。

③ （元）周伯琦：《扈从诗·前序》，文渊阁《四库全书》本。

④ （元）郭钰：《静思集》卷三，文渊阁《四库全书》本。

莫道枪竿危复危，有人家住白云西。儿童采棘巅崖去，杜宇伤春尽日啼。

万古龙门镇两京，悬崖飞瀑一般清。天连翠壁千寻险，路绕寒流百折横。

鸳鸯坡上是行宫，又喜临歧象驭通。芳草撩人香扑面，白翎随马叫晴空。

第七首写北巡经过居庸关中过街塔时的情景。在雨余山碧、朝日初红的晴好日子里，三塔跨于通衢之上，北巡车骑从塔下经过，崖壁上的永明佛寺，宫殿巍峨，显得更加壮丽。读者仿佛置身北巡队伍之中，感受行进队伍的浩浩荡荡和周围环境的自然清新，轻松欣喜愉悦的心情溢于言表。第十四首写驿路上著名的"枪竿岭"一带的自然人文景观，"危复危""白云西"写出了山中景色的层次感，而"儿童采棘"与"杜宇伤春"又突出了山间的幽静与生机。第十八首写的两山对峙、一水中流的赤城龙门天险，景观奇伟。翠壁接天，瀑流百折，峰回路转，又是一番令人目不暇接、激昂振奋的场景。而第二十五首则是写驿路与辇路相合的察罕诺尔一带的自然人文景观。既写出了芳香沁脾的草原气息，也流露出北巡至此千里会师般的喜悦心情。

途中写景诗集中于前二十六首，它们有两个鲜明的特点：一是诗人以一个首次扈从北巡者的眼光与口吻，依北行路线的先后顺序，由南而北描写途中所见之景。可以从中清楚地理出一条由大都建德门至上都欢喜坡的行进路线。它像一张驿路游览图与宣传画，概括地为我们展现了沿途名山大川的自然风貌、驿市居民的风俗习尚，以及诗人途中的所见所感，形象鲜明，亲切有味。如前面还是"四月雨余山更碧""杜宇伤春尽日啼"的早春怡人之景，后面则是"北去云州去路赊，马驼残梦忆京华。寒风渐沥山无数，树影参差月未斜"和"塞北凝阴无子规，晓看山色不胜奇。坚冰怪石涧边路，残月疏星马上诗"。诗人一路北上，渐感北地春寒的气候变化与沿途景色的差异，诗中有旅途的孤寂，也有诗人对自然景色的欣赏与感慨，语言简练且富有画面感，情感真挚而深沉，给人以身临其境之感。

二是品读途中写景诗会发现，诗人除去写自然之景外，还有意舍去那些平凡的征行、勤务等劳顿行为，选择突出北巡途中的奇景、奇物、奇人、奇事，重在写出一种诗趣、情趣与景趣。如写启程的第一首云："北顾宫庭暑气清，神尧圣禹继升平。今朝建德门前马，千里滦京第一程。"不仅点出两都巡幸是元朝帝王"继升平"的盛事惯例，更勾画出建德门前揽辔驻马、瞻望前程的盛大启程仪式，给人如临其境的庄严感与雕像感，写启程的特殊场景，既有景趣又有事趣。写经过居庸关的第三首中有"宫车次第起昌平，烛炬千笼列火城"之句，选取的是"以夜度关，跸止行人，列笼烛夹驰道而趋"①的特殊场景，突出暗夜度关，千笼火炬的热烈与热闹，可谓北巡又一盛景。此外，如"羽猎山阴射白狼，太平天子狩封疆"句，写途中射猎习武的场景也别具游牧特色。

写奇物如"纳宝盘营象辇来，画帘毡暖九重开"句抓住元帝北巡最令人耳目一新的神奇"象辇"来写。"凭君莫笑穹庐矮，男是公侯女是妃"，则选择蒙古族最富特色的"穹庐"即蒙古包来突出民族习性。写奇人如"燕姬翠袖颜如玉，自按辕条驾骆驼"，描写的是南方人少见的女子驾车。"回纥舞时杯在手，玉奴归去马嘶风"，写蒙古佳人可以顶杯顶碗而舞、骑马其快如风的奇异能力。写奇事如"汲井佳人意若何，辘轳浑似挽天河。我来濯足分余滴，不及新丰酒较多"。塞外缺水，夸张地形容水不如酒多。如此写来，对于来自中原或南方的诗人与读者来说，都充满着异域他乡的别致情调。

二、上京风情诗

上京写景诗集中在组诗的后两部分，多写上京地区一年四季的自然物候与风物特点。写自然物候的诗作，如第二十八首"铁幡竿下草如茵，淡淡东

---

① （元）熊梦祥著，北京图书馆善本组辑：《析津志辑佚·属县》，北京古籍出版社1983年版，第251页。

风六月春。高柳岂堪供过客，好花留与踏青人。"写六月里铁幡竿下绿草如茵的温暖春景；第三十六首"大安阁下晚风收，海月团团照上头。谁道人间三伏节，水晶殿里十分秋"。写上京宫中的凉爽夏景；第六十三首"銮舆八月政高翔，玉勒雕鞍万骑忙。天上龙归才带雨，城头夜午又经霜"。写皇帝南归后的初霜秋景。第九十四、九十五首写上京酷寒的冬景，"滦京九月雪花飞，香压黄囊与梦违。雁字不来家万里，狐裘旋买换征衣"，"雪深连月与檐齐，谁把新吟向客题。一字成时笔如铁，不如载酒画楼西。"重九登高之日，正当中原南方采菊花、插茱萸之时，滦京却已是雪花飘飞的季节。而深冬时节，更是雪与檐齐，滴水成冰，突出了北地高寒的特点。其他如第四十一"相国门前柳未花，不多嫩绿便藏鸦"，第七十六首"四月东风渐渐和，流波细细出官河"，第八十三"东风亦肯到天涯，燕子飞来相国家"，第八十五首"李陵台北连天草，直到开平县里青"等，都是集中抒写塞外春光，表现上京独特的自然物候。这些诗作仿佛把我们带进了夏景如春、凉爽宜人的塞外草原，给人赏心悦目的美好感觉。

上京风情诗，还细致全面地记录和表现了当地的植被物产与富有民族特色农牧产品。上京地处蒙古高原南缘，属典型的温带草原气候，这里有一望无际的草原和草原植被。"天苍苍，野茫茫"的美丽草原上，有紫菊、金莲、芍药等各色花卉，有黄鼠、蘑菇、瓜果等特色美味，还有双飞和鸣的沙漠精灵白翎雀。对这些风物特产元人诗中多有题咏，如乃贤《塞上曲五首》："乌桓城下雨初晴，紫菊金莲漫地生。最爱多情白翎雀，一双飞近马边鸣。"[1] 许有壬《和友人北苑马上》："金莲紫菊带烟铺，画出龙冈万世图。"[2]《李陵台》也说："李陵台下驻分台，红药金莲遍地开。"[3] 杨允孚对此也表现出浓厚的兴趣，他以饱含赏爱之情的诗笔记写这些富有草原特色的自然风物。

---

[1] （元）乃贤：《金台集》卷二，文渊阁《四库全书》本。
[2] （元）许有壬：《至正集》卷二十七，文渊阁《四库全书》本。
[3] （元）许有壬：《至正集》卷二十四，文渊阁《四库全书》本。

紫菊花开香满衣，地椒生处乳羊肥。毡房纳实茶添火，有女褰

裳拾粪归。

东风亦肯到天涯，燕子飞来相国家。若较内园红芍药，洛阳输

却牡丹花。

诗人自注云："紫菊花，惟滦京有之，名公多见题品。地椒草，牛羊食之，其
肉香肥。"又注："内园芍药，迷望亭亭，直上数尺许，花大如斗。扬州芍药
称第一，终不及上京也。"传统的汉唐边塞诗作重在表现边地苦寒，往往用夸
张的笔调描写北地苦寒、战争酷烈，诗人笔下大多展现的是茫茫瀚海、崔嵬
雪山、冰天雪地、飞沙走石等残酷暴戾的自然景观，除去岑参那四句"片雨
过城头，黄鹂上戍楼，塞花飘客泪，边柳挂乡愁"① 及《优钵罗花歌》而外，
汉唐边塞诗的边塞写景，很少把边塞之花作为描绘对象，也少有花开花落的
伤春感怀的抒写。以杨允孚《滦京杂咏》为代表的元代边塞山水诗，一改汉
唐边塞诗荒凉苦寒的色调，写青青边草、嫩绿的柳丝和各式野花，尤其表现
富有北方草原特色的紫菊花、芍药花、金莲花，使边塞山水诗充满了优美的
花色调。

除去描写上京的奇花异草，诗人还写物产，对被奉为"滦京奇品"的黄
鼠和有"口蘑"之称的滦京蘑菇倍加赞赏："霜寒塞月青山瘦，草宾平坡黄鼠
肥"，"更说高丽生菜美，总输后山蘑菇香。"特别是那句"芳草撩人香扑面，
白翎随马叫晴空"，使人想起周伯琦《扈从诗·前序》中所说牛群头以北"皆
刍牧之地，无树木，遍生地椒、野茴香、葱韭，芳气袭人。草多异，花五色，
有名金莲花者，似荷而黄"② 的记载，好像真的置身于芳香扑鼻、沁人心脾的
草原之中，那雌雄双飞的白翎雀婉转的鸣唱仿佛就在耳畔回响。这些自然风
物的描写，一改传统边塞诗表现边塞之景偏重灰、白、黄等冷色调描绘的特

① （唐）岑参撰，廖立笺注：《岑嘉州诗笺注》卷三《五言律诗·武威春暮闻宇文判官安西使还
已到晋昌》，中华书局 2004 年版，第 455 页。

② （元）周伯琦：《扈从诗·前序》，文渊阁《四库全书》本。

点，全新地写出了塞外自然之景优美动人的色彩。从这个意义上说，杨允孚的诗与元人扈从诗一道把古典诗歌的边塞之景推进到了以优美、趣美取胜的新境界。

三、价值意义

从边塞诗角度看，传统的汉唐边塞诗作以征戍诗和战争诗为主，其边景描写重在表现边地苦寒，往往用夸张的笔调描写残酷暴戾的自然景观。以对比映衬的手法，通过戍边将士克服和战胜奇寒、奇险、奇苦的自然淫威，取得与大自然决斗的胜利来表现人的英雄气概与无畏精神。如鲍照《代出自蓟北门行》："箫鼓流汉思，旌甲被胡霜。疾风冲塞起，沙砾自飘扬。马毛缩如猬，角弓不可张。"① 作为边塞诗史上第一个自觉的边塞诗人，鲍照的边塞诗有意识地强化描写苦寒的边景。唐代岑参的边塞诗更是以山水诗人的眼光写边塞，其表现征战题材往往忽略沙场鏖战的场面，而重在表现出征与凯旋的场景，从侧面歌颂人的勇武与不可战胜。如《走马川行奉送出师西征》："君不见走马川行、雪海边，平沙莽莽黄入天。轮台九月风夜吼，一川碎石大如斗，随风满地石乱走。"②《天山雪歌》："天山有雪常不开，千峰万岭雪崔嵬。北风夜卷赤亭口，一夜天山雪更厚"③ 等，这些描写使汉唐边塞诗聚焦于茫茫瀚海、崔嵬雪山、冰天雪地、飞沙走石等残酷暴戾的自然景观，整体呈现出以灰、黄、白为主的冷色调、暗色调。而以杨允孚《滦京杂咏》为代表的元代扈从诗与元代上京诗，一方面，标志着元代边塞诗由前代的以边塞征戍诗、战争诗为主导，向边塞山水诗、风俗诗转型演进；另一方面，同为边塞山水诗，却改变了汉唐边塞诗因情造境的写法，以写实的笔调呈现边塞自然景观，

① 逯钦立：《先秦汉魏晋南北朝诗》，中华书局1983年版，第1262页。

② （唐）岑参撰，廖立笺注：《岑嘉州诗笺注》卷二《七言古诗·走马川行奉送出师西征》，中华书局2004年版，第323页。

③ （唐）岑参撰，廖立笺注：《岑嘉州诗笺注》卷二《七言古诗·天山雪歌送萧治归京》，中华书局2004年版，第338页。

写出了边塞自然景观的多样性、丰富性，把单一的冷色调变为多彩的花色调。这是元代边塞诗的巨大新变，而《滦京杂咏》在其中的创新意义，功不可没。①

第二节　民情风尚与巡幸活动

描写上京地区的生产生活状况，表现当地的风俗习惯与民情好尚，记录元帝上都巡幸的各种政务仪式活动及其程序惯例，是《滦京杂咏》的又一写作重心。从这个意义上来说，《滦京杂咏》具有宫词的性质与特征。

一、民情风尚的书写

诗人一生多次到上京，又曾在宫中任职，怀着对元朝的爱恋与怀念，他以饱含深情的诗笔，展现皇帝北巡对上京的巨大影响，以赏爱的眼光审视当地居民的生产生活状况，细致地记录了当地居民的衣食起居、宴饮歌舞、迎来送往等习俗惯例，记录了上京宫中一年四季的各种节日典礼和富有特色的节日活动，表现了以蒙古族为主的边地各民族的文化传统与民族风尚，具有很深的文化内涵，是我们了解蒙古族风俗文化与历史的重要史料。如写饮食起居，诗人写道：

夜宿毡房月满衣，晨餐乳粥碗生肥。凭君莫笑穹庐矮，男是公侯女是妃。

不须白粲用晨炊，奶酪羊酥塞北奇。泥土炕床银瓮酒，佳人椎髻语侏离。

写出了塞外居民住毡房，睡火炕，食奶酪，喝乳粥，饮马酒，说蒙语的生活习惯与语言特点。他们在长期生活实践中总结出许多独特的生活经验，如以

①　参见阎福玲《论元代边塞诗创作及特色》，《内蒙古社会科学》1998年第6期。

雪医治冻伤之耳，所谓"冻生耳鼻雪堪理"；又用井水化解冻梨，所谓"买得香梨铁不如，玻璃碗里冻潜苏"。这些诗既写出了当地的风俗习惯，也反映了塞上居民的生活智慧。

在表现上京人衣食起居风尚时，诗人写得最多的当数富有民族特色的衣着服饰，其中以固姑冠、只孙服、花靴、皮帽最为独特。如第五十五首"香车七宝固姑袍，旋摘修翎付女曹。别院笙歌承宴早，御园花簇小金桃"。写蒙古特色服装"固姑袍"。"固姑袍"是固姑冠和长袍的合称。固姑冠是蒙古族已婚妇女非常有特色的冠帽头饰。宋彭大雅《黑鞑事略》载："妇人顶故姑。"徐霆疏："霆见故姑之制，用画木为骨，包以红销（一作绢）金帛，顶之上用四五尺长柳枝或铁打成枝，包以青毡，其向上人则用我朝翠花或五采帛饰之，令其飞动，以下人则用野鸡毛。"[①]《事林广记·服用原始》也说："固姑，今鞑靼、回回妇女戴之。以皮或糊纸为之，朱漆剔金为饰，若南方汉儿妇女，则不得戴之。"明叶子奇《草木子》卷三："元朝后妃及大臣之正室，皆带姑姑，衣大袍，其次带皮帽。"[②] 固姑冠上饰有长长的美丽羽毛，坐车或进入蒙古包时都需要拔下长长的羽毛，相对而坐，所谓"旋摘修翎付女曹"是也。

第四十二首"千官万骑到山椒，个个金鞍雉尾高。下马一齐催入宴，玉阑干外换宫袍"。是写参加诈马宴时改换"只孙服"。只孙服，亦作"质孙服"。元虞集《句容郡王世绩碑》载："国家侍内宴者，每宴必各有衣冠，其制如一，谓之只孙。"[③] 质孙服是帽、袍、带、靴相配套的仪式礼服。每宴，皇帝更换何种颜色的衣服时，朝臣贵族也相应地换同样的衣服。史载，皇帝的质孙服冬有十一等，夏有十五等。百官质孙服冬有九等，夏有十四等。《元史·舆服志一》说："质孙，汉言一色服也。内庭大宴则服之。冬夏之服不

① （宋）彭大雅：《黑鞑事略》，载朱易安等主编《全宋笔记》第七编二，大象出版社 2015 年版，第 249 页。

② （明）叶子奇：《草木子》下卷三，中华书局 1959 年版，第 63 页。

③ （元）虞集：《道园学古录》卷二三，文渊阁《四库全书》本。

同，然无定制。凡勋戚大臣近侍，赐则服之。下至于乐工、卫士，皆有其服，精粗之制，上下之别，虽不同，总谓之质孙。"① 元陶宗仪《南村辍耕录》卷三十《只孙宴服》亦载："只孙宴服者，贵臣见飨于天子则服之。"②

第五十三首"金线蹙花靴样小，免教罗袜步轻寒"是写宫女所穿的"花靴"，第五十八首"马上琵琶仍按拍，真珠皮帽女郎回"是写蒙古族特色皮帽。"花靴"与"皮帽"，此不再一一举例详解。

《滦京杂咏》除写特色民族服饰外，还写蒙古族能歌善舞的艺术演出与欣赏。诗人写其宫中乐舞时，说："仪凤伶官乐既成，仙风吹送下蓬瀛。花冠簇簇停歌舞，独喜箫韶奏太平。"而另一首"为爱琵琶调有情，月高未放酒杯停。新腔翻得《凉州曲》，弹出《天鹅避海青》"则是通俗歌乐的表演展示。《天鹅避海青》为元代新创乐府名曲。

在描写上京居民衣食住行习惯的同时，组诗的第三部分中诗人还用了大量笔墨记录当地居民和上京宫中的年节习俗。从第六十七首开始至第七十二首，依次写了元旦、元宵、至日九九图、上巳、端午、游皇城等年节礼俗。如第七十首"脱圈窈窕意如何？罗绮香风漾绿波。信是唐宫行乐处，水边三月丽人多"。写的是上京三月三上巳节仕女游春修禊活动。上巳节，佳人以菽黍秸秆编成圆圈，自套于头上，临水弃之，谓可以脱贫穷，故称"脱圈"。弃脱圈以代脱贫穷，表达了人们对富足生活的美好向往。最具特色的是第六十九首：

> 试数窗间九九图，余寒消尽暖回初。
>
> 梅花点遍无余白，看到今朝是杏株。

此诗写的是上京人于冬至的后一天在窗间画《九九图》以迎新春的节日习俗。《九九图》，又称《九九消寒图》，明刘侗、于奕正《帝京景物略》卷二说："日冬至，画素梅一枝，为瓣八十有一，日染一瓣，瓣尽而九九出，则春深

---

① （明）宋濂：《元史》卷七八，中华书局1976年版，第1938页。

② （元）陶宗仪：《南村辍耕录》卷三〇，上海古籍出版社2012年版，第336页。

矣，曰《九九消寒图》。"还附有民间流行的《九九歌》曰："一九二九，相唤不出手。三九二十七，篱头吹觱篥。四九三十六，夜眼如露宿。五九四十五，家家堆盐虎。六九五十四，口中呬暖气。七九六十三，行人把衣单。八九七十二，猫狗寻阴地。九九八十一，穷汉受罪毕。才要伸脚睡，蚊虫蟰蚕出。"① 这种梅花消寒图既包含了古人对节候气象的精确把握，也为人们度过荒凉冷落的寒冬增添了无尽的情趣。其他如元宵赏灯，端午品凉糕香粽、互赠丝绦，立秋日摘红叶等，不再一一列举。

二、记录皇帝北巡的各种政务活动

杨允孚一生不仅多次往来上都，又为宫廷尚食供奉，不仅对上京地区的自然风物、风俗民情、文化氛围等怀有深爱之情，而且对元帝北巡上京的故事典例也有详尽细微的了解与体察，熟谙元帝两都巡幸的各种政务活动。《滦京杂咏》以欣赏玩味的眼光看待北巡盛事，根据自己的亲历见闻，按时间顺序概括勾画出皇帝上京避暑时狩猎讲武、宴饮朝会、赏赐宗王、祭祀求福等活动内容及常规惯例，全方位地展现了皇帝北巡的各类仪式典礼、活动内容、惯常典例，忠实而全面地记录了上京消夏避暑的活动内容，描绘了皇帝北巡的所作所为，表现了北巡的休闲意趣与多方面的政治功能，成为元朝皇帝北巡上都生活的诗化记录。

元帝北巡，惯例之一是从大都建德门启程。所谓"今朝建德门前马，千里滦京第一程"。惯例之二是皇帝不是乘坐一般的车轿，而是特制的象辇。这种象辇是为皇帝北巡特制的轿具。平展之路用四只大象驮载，宽敞舒适，可坐可卧。窄路则用双象或单象驮载。所谓"当年大驾幸滦京，象背前驮幄殿行"②，杨允孚对这独特轿具也颇有兴趣。他以欣赏的笔调写道："纳宝盘营象

① （明）刘侗、（明）于奕正著，栾人群注：《帝京景物略》卷二，故宫出版社 2013 年版，第 65 页。

② （元）张昱《可闲老人集》卷二《辇下曲》，文渊阁《四库全书》本。

辇来，画帘毡暖九重开。"又说："峰峦频转丹楼稳，辇辂初停白昼长。"惯例之三是皇驾由黑围走辇路，以避绕驿路之上的"枪竿岭"，为此组诗第十一首写道："榆林御苑柳丝丝，昨夜宫车又黑围。宿卫一时金帐卷，枪竿珍重白云飞。"惯例之四是在初霜之前南归。所谓"銮舆八月政高翔，玉勒雕鞍万骑忙。天上龙归才带雨，城头午夜又经霜。"自注云："每年驾起，其夕即霜。"这是北巡往来途中的典例。

元帝在上京，其政务活动主要有四方面：一是借避暑之机，大会蒙古番王，所谓"宗王朝会"，皇帝以丰厚的赏赐来笼络周边的蒙古上层人物，以此来维护元朝的统治。如：

> 又是官车入御天，丽姝歌舞太平年。侍臣称贺天颜喜，寿酒诸王次第传。
>
> 结采为楼不用扃，角声扶上日初明。龙驹河北王来觐，直入金门下马行。
>
> 偶因试马小盘桓，明德门前御道宽。楼下绿杨楼上酒，年年万国会衣冠。

第一首写百官贺寿、诸王祝酒，第二首写番王朝觐，第三首写宗王朝会的情景。通过这些典礼仪式，密切元朝中央与地方、朝廷与番王的隶属关系与亲情联系，对于强化元朝的集权统治，稳定政权与社会起到至关重要的作用。从这个意义上说，两都的巡幸避暑，不仅仅为避暑纳凉，实属政治行为，具有深刻的政治内涵与稳定政权的战略意义。

二是利用北巡之机，狩猎讲武，以此保持蒙古民族能征惯战的民族特性，同时借讲武之机威慑远方民族，显示大元帝国在东方的赫赫雄风。元世祖忽必烈具有高瞻远瞩的战略眼光。为防止蒙古族入主中原后被汉文化同化，保持民族骑马尚武的民族习惯与品性，移种漠北草原的青草于上都、大都宫中，称"示俭草"，昭示子孙后代，不忘草原。同时，以狩猎、比赛等方式，锻炼和保持蒙古民族能骑善射、能征惯战的民族特性。如《滦京杂咏》的第五、

三十四、六十五首诗写道：

  羽猎山阴射白狼，太平天子狩封疆。峰峦频转丹楼稳，辇辂初

停白昼长。

  九奏钧天乐渐收，五云楼阁翠如流。宫中又放滦河走，相国家

奴第一筹。

  月出王孙猎兔忙，玉骢拾矢戏沙场。皮囊乳酒锣锅肉，奴视山

阴对角羊。

第一首表现北巡途中山阴羽猎的场景，即使太平时期，亦不丢失能骑善射的
民族尚武习性。第二首写近似于当代马拉松长跑比赛的"贵由赤"长跑比赛。
最初在朝廷御林军中流行，后逐渐扩大为民间性体育活动。赛程共 180 里，相
当于 90000 米，是当今马拉松赛程 42195 米的两倍多。元杨瑀《山居新话》
载："皇朝贵由赤，每岁试其脚力，名之曰'放走'。监临者封记其发，以一
绳拦定，俟齐，去绳走之。大都自河西务起至内中，上都自泥河儿起至内中，
越三时行一百八十里，直至御前，称万岁礼拜而止。"① 这种超长赛程的赛跑，
比的是脚力、体力、毅力与自信力，是元朝独有、别具特色的运动形式。第
三首表现蒙古王孙"良马骤驰，拾堕箭"的骑术比赛活动。这些活动内容，
意在提高人的体能毅力与骑射技能，保持骑马民族能征善战的民族品性。

  三是举行传统的诈马大宴。诈马宴，亦称"质孙宴"，亦作"只孙宴"。
是元帝每年六月三日在上都举行的重要燕飨项目。预宴者须穿皇帝赐予的贵
重服装。宴会上从皇帝到大臣、卫士乃至乐工人等，都是同样颜色的服装。
展列珍奇异兽，听主持者宣讲成吉思汗颁布的《大札撒》。节目庄严神圣，是
元代宫廷重祖训、尚礼法的典型表现。诗人写道："千官万骑到山椒，个个金
鞍雉尾高。下马一齐催入宴，玉阑干外换宫袍"，"锦衣行处猰㺄习，诈马筵
前虎豹良。特敕云和罢弦管，君王有意听尧纲。"千人万人同一妆色，非常震

---

  ① （元）杨瑀：《山居新话》，清鲍廷博刻《知不足斋丛书》本。

撼，为上都宫中一大盛典盛事。

四是举行传统的马奶子宴，望祭先帝陵寝。《滦京杂咏》第六十二首写道："内宴重开马湩浇，严程有旨出丹霄。羽林卫士桓桓集，太仆龙车款款调。"诗人自注云："马湩，马奶子也。每年八月开马奶子宴，始奏起程。"是北巡南返前最后一场盛大的祭祖仪式。

组诗中第三十二首写上京举行盛大祭天活动后去狩猎的场景，第三十九写上京宫中的早朝景象，第六十六首写番僧求福场景，第七十二写上都城六月十五日声势浩大的游皇城禳灾求福的活动，等等，这些诗作不仅诗化地记录了元帝上都消夏避暑的活动内容，而且含蓄地展示了活动背后深刻的政治意义。一些诗作还写了百官大臣，宫女侍卫的生活情景。此不一一赘言。

这些叙典事之作，全方位地展现了皇帝北巡的各类仪式、典礼、程序和用意，对于了解元代社会历史及政治具有很高的史料价值。因此，明金幼孜称赞说："欲求有元两京之故实与夫一代兴亡盛衰之故，尚于先生之言有征乎！"[①]

第三节　滦京记忆与黍离之悲

《滦京杂咏》既是元代"岁以为常"的两都巡幸的诗化记录，又是杨允孚黍离之悲的抒情文本。前一百首，诗人以轻松的笔调、赏爱的眼光，吟咏自己深爱的滦京上都，从途中写景诗到上京风情诗，系统地描绘了两都往来驿路沿线及上京周边的自然山川、险关要塞、地理气候、植被物产等自然景观和衣食起居、迎来送往、年节文化等风俗民情，记录了元帝北巡的活动内容、朝会宴飨与各种典礼等政务行为，成为有元一代皇帝两都巡幸的集成性的诗化记录，是一代士人美好的滦京记忆。前百首诗作，为诗人"岁走万里""穷

---

① （明）金幼孜：《金文靖集》卷七《滦京百咏集序》，文渊阁《四库全书》本。

西北之胜"过程中对"江山人物之形状、殊产异俗之瑰怪、朝廷礼乐之伟丽，与凡奇节诡行之可警世厉俗者""咏歌记之"的作品。

后八首，是元亡后杨允孚据"旧编"整理和补写的诗作，集中抒发易代兴亡、伤时感世的复杂情怀，流露出浓重的黍离之悲，凝聚成深挚的遗民情结。

诗人早年以布衣身份供职宫中御膳房，对朝廷的破例任用心存感激，因此在诗人心中，上京不仅是诗人引为自豪的京城与陪都，也是诗人寻求功名、追求理想的重要地方，是诗人心中的第二故乡。从这种意义上说，上京是诗人所钟爱的朝廷与国家的象征，上京生活成了诗人人生历程中最辉煌、最值得纪念的黄金时代。他为疆域辽阔、威震寰宇的大元王朝深感自豪，对皇帝北巡盛事无比地欣赏与热爱。正因为有这种强烈的热爱之情，所以元朝的灭亡与上京的毁灭，对诗人来说，就意味着失去了精神家园与情感寄托。因此"试将往事记从头，老鬓征衫总是愁"，"挑灯细说前朝事，客子朱颜一夕凋。"诗人晚年闲居故乡，对早年的上京生活经历念念不忘，自言"帝里风光入梦频，凤城金阙一般春。"（第 106 首）然而现实是无情的，"岂知归去烟尘惊，山中闭门华发生。云气蓬莱心未已，梦中犹在东华行"①。自身曾经魂牵梦绕的上京城在元末战火中"莽为丘墟"，自己梦寐不忘的元朝已被赶出了政治历史的舞台。诗人引以为豪和为之骄傲的精神家园，几年之间便轰然倒塌，他感到不解，难以接受，内心陷入了深深的感伤之中，迷惘、彷徨，找不到情感的寄托，缺少心灵归属之地。浓重的哀愁袭扰着诗人，啃噬着诗人流血的心，他惆怅、痛苦、有着无尽的幻灭感怀。他以自己的诗笔，追怀往昔的生活，寻找已经失落的精神家园，追悼上京生活的岁月与印迹，凭吊元帝北巡上京的不朽盛事，为此诗人以"旧编"为基础，整理修改补写，最终完成 108 首的杂咏组诗，以表达对元朝的追悼，抒发改朝易代给诗人心灵造成的巨大

---

① （元）郭钰《静思集》卷三《题杨和吉〈滦京诗集〉》，文渊阁《四库全书》本。

创伤与无奈。

正因如此，细细品味组诗就会发现，组诗中萦绕着两种截然对立的异质情感，即自豪之情与伤感之绪并存。自豪之情缘于诗人受朝廷重用，心存感激，他以诗化的笔调描绘两都之间自然山川、气候特征、植被物产，以及巡幸中一件件盛典要事，自己如数家珍，读者如临其境，诗人自觉不自觉地把对大元王朝的热爱之情浸入诗作的字里行间，进而表现出豪迈乐观的情感基调。梳理百首组诗就会发现，前一百首大多抒豪迈乐观的情感。如：

铁番竿下草如茵，淡淡东风六月春。高柳岂堪供过客，好花留待踏青人。

圣祖初临建国城，风飞雷动蛰龙惊。月生沧海千山白，日出扶桑万国明。

嘉鱼贡自黑龙江，西域葡萄酒更良。南土至奇夸凤髓，北陲异品是黄羊。

海红不似花红好，杏子何如巴榄良。更说高丽生菜美，总输山后蘑菰香。

这些诗作，无论描写上都自然山水，还是展现上都的风物特产，尤其"日出扶桑万国明"，字里行间流露着诗人乐观豪迈、欣喜赏爱的情感。这既是诗人游历上都真实的闻见记录，也是诗人对元朝挚爱情感的载体。

最后八首写作于元亡之后，追悼元亡之前的种种往事，追怀上京巡幸的踪影，由于诗人太留恋已逝的元朝，太爱那段令他自豪、令他魂牵梦绕的上京生活，所以诗人抚今追昔，悲从中来，感伤迷惘，幻灭无奈，其感伤无奈之情喷涌而来，于是留下了"我忆江南好梦稀，江山于我故多违。离愁万斛无人管，载得残诗马上归"和"强欲驱愁酒一卮，解鞍闲看古祠碑。居庸千载兴亡事，惟有中天月色知"的诗句。诗人借酒浇愁，然而酒不解愁，残月半钩，凄凉如旧。他勒马云关，恍有隔世之感。写出了伤心至极、地老天荒的幻灭感怀。最后，诗人似在总结一般，吟咏道："试将往事记从头，老鬓征衫总是愁。天上人间今又昔，滦河珍重水长流。"既表明以一个亲历者身份从头至尾系统全面地表现和记载了元帝两都巡幸的真实历史情境，又表达了对逝去王朝的美好祝愿，祝愿美好的滦京，芳草永绿，滦水长流！

这种黍离之悲与遗民情结的抒发与表达，具有深刻的文化价值。杨允孚以一介布衣的朴素情感，传达了一代士人共有的兴衰感叹。他打破传统的"夷夏之辨"和汉民族中心主义观念，对游牧于北方草原的蒙古族入主中原建立的统一王朝，给予了正面的肯定，这是多民族国家形成过程中新的民族认同观念在文学领域的反映，是民族交融发展的必然结果。

第四章 《滦京杂咏》之艺术特色

第一节 独特的七绝组诗加注的诗体形式

《滦京杂咏》艺术上最显著的特色是其七绝组诗加注的诗体形式。

一、独特的七绝组诗加注体

首先是组诗采取了七言绝句诗体形式。

张国伟先生《绝句审美》一书概括绝句具有含蓄美、凝练美、自然美、意境美、音乐美五种美。[①] 刘承华先生进而分析,绝句不同于律诗"网状织体和绵密稳实的美",而呈现一种"单线性律动的、圆柔的、富于弹性的美"[②]。其以简省的笔墨,写意传神,简洁明快,具有概括美、凝练美。元代杨载也说:"绝句之法,要婉曲回环,删芜就简,句绝而意不绝。"[③] 绝句不像律诗需要采用上下联对仗的并置结构,其线性的句式,舒展圆润,婉曲回环,疏宕

---

① 张国伟:《绝句审美》,红旗出版社 1993 年版。
② 刘承华:《萧洒与飘逸的极致——对绝句艺术的美学分析》,《东方丛刊》1998 年第 2 辑。
③ (清)何文焕:《历代诗话·(元)杨载〈诗法家数·绝句〉》,中华书局 1981 年版,第 732 页。

中富有弹性美、空灵美。其音节嘹亮，气势飞扬，呈现一种灵动之美，飘逸之美。①

杨允孚《滦京杂咏》采用七绝诗体形式，凸显这种弹性美、空灵美和飘逸之美。他无论描绘自然景物，还是吟咏特色风物，很少用密集的意象咏物式的描写，而是喜欢以大写意的方式，把滦京之景与滦京之物凝缩在一两句诗中，调动人的感官体验，给人以身临其境之感，如："铁幡竿下草如茵，淡淡东风六月春""紫菊花开香满衣，地椒生处乳羊肥""芳草撩人香扑面，白翎随马叫晴空"，甚至应该一一展开吟咏的特色风物也压缩在一首诗中，咏物而不滞于物，给读者留下想象的空间，极富抒情张力，如"嘉鱼贡自黑龙江，西域蒲萄酒更良。南土至奇夸凤髓，北陲异品是黄羊"，以大写意的笔法，造就一种灵动飘逸之美。

其次是组诗结构。绝句体音节嘹亮，灵动飘逸，但四句的字数限制，无论怎样凝练和富有弹性，相比七古或七律而言，其叙写的容量与抒情含量总有一定局限，打破这种局限的最好办法就是采取组诗的方式。杨允孚的《滦京杂咏》采用组诗的结构方式，以一首首空灵清丽的绝句，描绘两都巡幸的美好记忆。对于组诗，诗人经过精心设计安排，他以一个北巡者的眼光与身份，按照由大都至上京的先后顺序来记录巡幸盛事。纪行程之作由南而北，像一张游览图和宣传画，次第展开；叙典事之作由春到秋，由景到事；咏风物之作则由元旦到岁终，次第写来。这样通过恰当的时空顺序的编织，就使组诗的排列有了严谨的秩序，构成了一个各部分间各有侧重而总体上浑然一体的组诗结构。

最后是加注的方式。凡描写巡幸典例或民情风俗的诗作，诗人皆作小注，

---

① 参见刘承华《潇洒与飘逸的极致——对绝句艺术的美学分析》，《东方丛刊》1998 年第 2 辑，第 196—217 页。

整个组诗 108 首，有注的诗作 54 首，占总数的一半。① 这种组诗加注的方式，诗作与注文相互补充，交相辉映，既有利于读者理解诗意，了解上京宫廷的故事典例和塞外草原的风俗民情，也大大提升了诗作的史料价值，可谓相得益彰。

二、七绝组诗加注的创作渊源

杨允孚《滦京杂咏》七绝组诗加注形式，有其前代诗歌创新发展的直接影响。从诗歌属性与外在形式看，《滦京杂咏》吸收了中唐以来兴起的竹枝词写地域风俗、宫词作品歌咏别有趣味的宫廷生活故事、七绝组诗加注咏边塞题材的有益因素，综合贯通，经过精心的设计与安排，形成成熟完善的组诗体系结构。

（一）竹枝词的影响

竹枝词兴起于中唐时期的巴蜀一带，顾况诗有"渺渺春生楚水波，楚人齐唱竹枝歌"之句，张籍诗也有"向南渐觉云山好，一路唯闻唱竹枝"的记述。刘禹锡晚年贬官朗州司马，借鉴当地演唱的竹枝词，作《竹枝词十首》《杨柳枝词》，从此竹枝词由原来的山歌进入诗人创作之中。刘禹锡和同代的白居易等人都有唱和，晚唐李涉、皇甫松起而效之，竹枝词兴盛延开来，"宋、元、明、清直至民国，历代诗人、大学者，诸如苏轼、黄庭坚、杨万里、范成大、袁桷、虞集、杨维桢、徐渭、袁宏道、王士禛、查慎行、郑燮、袁枚等，都有《竹枝词》佳作传世"②。刘禹锡的竹枝词多写男女爱情和地域风土人情，如人们耳熟能详的"杨柳青青江水平，闻郎江上唱歌声。东边日出西边雨，道是无晴却有晴"。元代竹枝词创作渐成规模，题材也不断扩大，

---

① 关于诗注的注释类别与内容，韩璐《杨允孚〈滦京杂咏〉校注与研究》（辽宁师范大学 2019 年硕士学位论文）论述全面细致，此不赘言。

② 雷梦水、潘超、孙忠铨、钟山等编：《中华竹枝词·前言》，北京古籍出版社 1997 年版。

如宋褧《竹枝词六首》、袁桷《次韵继学途中竹枝词十首》、马祖常《和王左司竹枝词十首》、许有壬《竹枝十首和继学韵》等，其中袁桷、马祖常、许有壬都曾以竹枝词咏元帝北巡之故事。如袁桷诗："毡房锦幄花簇匀，酥凝叠饼生玉尘。晚传宫壶檀板急，酒转一巡先吐茵。""土屋苫草成屠苏，前床翁媪后小姑。我郎南来得小妇，芦笛声声吹鹧鸪。"① 马祖常诗："翠华宴镐承恩多，羽林似飞尽沙陀。从臣乞赐官法酒，千石银瓮来滦河。""红蓝染裙似榴花，盘梳钉馉芍药芽。太官汤羊厌肥腻，玉瓯初进江南茶。"② 许有壬诗如"居庸泉石胜概多，桑干北去渐沙沱。龙门钩带水百折，一日驱车几渡河"。"草色迎秋便弄黄，青山尽处暮云长。秋风关塞迢迢路，望断美人天一方。"③ 从这些元人竹枝词来看，从题咏内容、风格基调到情感色彩都与杨允孚《滦京杂咏》极其神似，足见前人竹枝词和杨允孚《滦京杂咏》之间存在相互借鉴学习的关系。

另外，宋代以来的百咏组诗对《滦京杂咏》的百咏规模也有直接的影响。宋诗中方信儒《南海百咏》、张尧同《嘉禾百咏》、阮阅《郴江百咏》、曾极《金陵百咏》、董嗣杲《西湖百咏》、许尚《华亭百咏》等富有竹枝词特色的百咏组诗的创作，也成为《滦京杂咏》百首规模的重要借鉴。

（二）宫词的影响

宫词产生于唐代，以吟咏别具情调的宫廷生活为基本题材。较早涉及宫词创作的有崔国辅、张祜等人。崔国辅有《魏宫词》，诗云："朝日照红妆，拟上铜雀台。画眉犹未了，魏帝使人催。"张祜有《宫词二首》，其一云："故国三千里，深宫二十年。一声河满子，双泪落君前。"都是以五言绝句形式吟咏宫廷宫女生活，在一定程度上带有宫怨色彩，尚属宫词的尝试性写作。顾

---

① （元）袁桷：《清容居士集》卷一五《次韵继学途中竹枝词》，文渊阁《四库全书》本。
② （元）马祖常：《石田文集》卷五《和王左司竹枝词十首》，文渊阁《四库全书》本。
③ （元）许有壬《至正集》卷二七《竹枝十首和继学韵》，文渊阁《四库全书》本。

况的《宫词》"长乐宫连上苑春，玉楼金殿艳歌新。君门一入无由出，唯有宫莺得见人。"较早地采用七绝形式，但仍然带有宫怨色彩。白居易也写有两首《后宫词》，情感仍然以宫怨为主。至王建《宫词百首》是宫词创作的里程碑。一是确立了七绝的诗体形式，二是变零散写作为百首建制，三是由宫怨的单一题材变为吟咏宫廷生活的方方面面，四是由同情宫女的不幸遭遇，转而以欣赏玩味的口吻书写宫廷日常生活，突出其不同于民间的高雅而别致的宫廷情调。此后，虽然仍有诗人不断零星地以五言律或七绝形式写宫词，如王涯的七绝《宫词三十首》、杜牧五律的《吴宫词二首》、李商隐的七绝《汉宫词》《齐宫词》等，但有影响且占主导地位的如晚唐五代花蕊夫人、和凝，宋代宋白、王珪等人的《宫词百首》乃至宋徽宗《宫词三百首》，基本延续了王建《宫词百首》的传统。

杨允孚《滦京杂咏》一方面继承了唐以来竹枝词写风土的传统，另一方面则吸收了《宫词百首》的选材趣尚与基本格调，以欣赏玩味的口吻书写上京宫中生活，明显带有宫词的属性与特征。如：

> 宫人两两凭阑干，又喜新除内监宽。金线蹙花靴样小，免教罗袜步轻寒。

> 淡墨轻黄浅画眉，小绒绦子翠罗衣。君王又幸西宫去，齐向花阴斗草归。

> 香车七宝固姑袍，旋摘修翎付女曹。别院笙歌承宴早，御园花簇小金桃。

> 凤楼春暖翠重重，内禁门开晓日红。宝马香车金错节，太平公主幸离宫。

此类诗作混入《元宫词百首》之中，定难区分哪些为杂咏，哪些为宫词。清钱曾《读书敏求记》卷四著录"《滦京杂咏》，二卷。"解题云：

> 诗有云："又是宫车入御天，丽姝歌舞太平年，侍臣称贺天颜喜，寿酒诸王次第传。"注曰："千官至御天门，俱下马徒行。独至

尊骑马直入。前有教坊舞女引导，舞出'天下太平'字样，至玉阶乃止。"王建《宫词》："每遍舞时分两向，太平万岁字当中。"此犹是唐人"字舞"之遗制欤？①

虽然钱曾意在分析元代宫廷与唐代宫廷"字舞"的承继关系，但将王建的《宫词》诗作与杨允孚《杂咏》诗作加以对比，足见《滦京杂咏》对宫词的学习与借鉴之多。《滦京杂咏》的创作深受宫词的影响，其问世后也备受世人关注。许多宫词作品都争相征引《滦京杂咏》中的诗作，如清陆长春《辽金元宫词》诗人自注引用《滦京杂咏》诗作及诗注 29 次，清史梦兰《全史宫词》自注也引用《滦京杂咏》13 次。今人傅乐淑《元宫词百章笺注》引用《滦京杂咏》诗及注 18 次。清刘声木《苌楚斋随笔》卷五《宫词类汇录》更是直接将《滦京杂咏》列为"非名宫词而实为宫词"的组诗作品。其《苌楚斋四笔》卷二亦言："《滦京杂咏》一卷，元杨允孚撰。体本王建宫词，有故宫禾黍之感。"②

（三）前代组诗加注的影响

回溯中国诗歌史，组诗形式出现很早，汉班固有《咏史五首》，魏武帝曹操有《步出夏门行四首》，此外，还有阮籍《咏怀》八十二首、西晋左史《咏史八首》、北朝庾信《拟咏怀二十七首》、唐陈子昂《感遇三十八首》、李白《古风》五十九首等。五言组诗自汉以后，代代不绝。七绝组诗如王昌龄《从军行七首》、常建《塞下曲四首》等，包括前文提及的多种《宫词百首》等都是七绝组诗。

七绝组诗加注形式始于南宋范成大，其《使金绝句》72 首，题下自注，或交代地理位置，或记载相关典故。如《赵州石桥》，题下自注云："在城南

---

① （清）钱曾：《读书敏求记》卷四，书目文献出版社 1984 年版，第 140 页。
② （清）刘声木：《苌楚斋随笔续笔三笔四笔》，中华书局 1998 年版，第 710 页。

泆河上，以铁笋卯贯石卷篷，不类人工。"① 这样诗与注相引发，开创了诗与学相结合、文与史相辉映的学者诗新形式。元前期诗人耶律铸继承这种七绝组诗加注形式，又增加了尾注，用尾注确定边塞地名的方位所在，梳理山川地理的沿革流变。其后，元袁桷诗中偶见加注形式，但尚不够自觉，到了元周伯琦、乃贤笔下，就自觉起来。杨允孚《滦京杂咏》一方面继承了古典诗歌中风俗诗奇特有趣、以趣取胜的传统，另一方面沿用宋元诗人七言组诗加注的新形式，并且吸收了中唐以来兴起的记风俗、描风物、清新明白、活泼自然的竹枝词的优势与特点，又融合了六朝以来的宫词咏生活琐事侈丽隽永的风格特色，最终创立了具有竹枝词情调的七言组诗加注的新形式，成为元代诗歌中颇富时代特色的新诗体。② 这种新的诗体形式对清代边塞风俗诗创作产生了深远的影响。清纪昀《乌鲁木齐杂诗》一百六十首、王芑孙《西陬牧唱词》六十首、张光藻《龙江杂咏》一百二十首、洪亮吉《伊犁纪事诗四十二首》等边塞风俗诗大多采用这种七绝组诗加注的形式，与宋元以来组诗加注，特别是《滦京杂咏》的影响密不可分。从这个意义上来说，杨允孚的《滦京杂咏》应引起学界更多的关注。

第二节　高超的抒情策略与独特的结构模式

《滦京杂咏》组诗另一突出的艺术特色是形象鲜明。无论是写景，还是叙事、抒情都具有鲜明的形象性，给人身临其境之感。正如罗璟题跋所说："读之，当时事宛然如见。"其鲜明的形象性来源于诗人高超的抒情策略。

一、高超的抒情策略

首先，诗人描写自然之景时，注重调动人的各种感觉，包括视觉、听觉、

---

① （宋）范成大：《石湖集》卷一二，上海古籍出版社 1981 年版，第 153 页。
② 参见阎福玲《论元代边塞诗创作及特色》，《内蒙古社会科学》1998 年第 6 期。

触觉乃至于嗅觉等多种感知能力，去感知他所描绘的景观，通过各种感官的综合作用把所写景观以鲜活的感知印象呈现于读者面前。调动视觉感知，诗人喜用颜色词来增加读者对画面的感官印象，如"卖酒人家隔巷深，红桥正在绿杨阴"。以"红"与"绿"相映衬来描写红桥掩映在杨柳绿荫之中。"四月雨余山更碧，六龙行处日初红""诗人策马红桥过，御柳今朝绿较多"两句也是以红绿相映衬。又如："白白毡房撒万星，名王酣宴惜娉婷，李陵台北连天草，直到开平县里青。"毡房之白色与连天草的青色相映衬，突出塞上草原的民族风情。"东凉亭下水蒙蒙，敕赐游船两两红""背人笑指青霄上，认得宫庭白鸽飞"两句亦是以"红""青""白"等鲜艳的色彩来增加视觉感知。诗人有时甚至还巧用名物意象中的颜色来增加、强化视觉色彩感，如"霜寒塞月青山瘦，草宾平坡黄鼠肥"和"宿卫一时金帐卷，枪竿珍重白云飞"，以"青山"与"黄鼠"之色彩、金帐之"黄"与云朵之"白"颜色相对，来强化读者的感知。又如调动听觉、嗅觉感知，"芳草撩人香扑面，白翎随马叫晴空"和"紫菊花开香满衣，地椒生处乳羊肥"，以沁人心脾的芳香调动读者的嗅觉感知，以悦耳的白翎雀歌声引发读者的联想。"日光未透香烟起，御道声声驼鼓来"，在袅袅炊烟、声声驼鼓中，圣驾北巡的队伍浩荡而来。"驼鼓声声"未见其人，先闻其声，产生先声夺人的艺术效果。而"铁幡竿下草如茵，淡淡东风六月春""四月东风渐渐和"等写春景，虽然语句平淡至极，但它恰当地调动了人的视觉、触觉乃至于联觉，使人获得鲜活的视、听、触、嗅各种刺激，产生如临其境的亲历感受。

其次，诗人在叙事描写中，注重对所叙之事、所描之景的时空方位和具体情态给予清楚明白的交代，通过叙写对象"在什么地方、怎么样"，使对象清晰地呈现在读者面前。如"黄门控马天街立，丞相簪花御苑回""诗人策马红桥过，御柳今朝丝较多""鹦鹉临阶呼万岁，白翎深院度清秋"，形象清晰而不朦胧，具有鲜明的形象性，宛在目前，如临其境。因此，也让杂咏组诗具有了清新明丽的艺术特点。

二、独特的艺术结构

七言绝句仅有四句二十八个字，从艺术结构来说，一般遵循律诗起承转合的结构方式，但不同的诗人、不同的描写对象及不同的情感抒发，也使七言绝句呈现多样化的结构方式。有网络文章概括七言绝句有递进式、并列式、两分式、混合式、连承式、连转式六种结构方式。按照七绝诗作句意之间的关系分析七绝诗作的艺术结构，能够发现，杨允孚百首《滦京杂咏》组诗做到了各种结构方法的综合运用，但最为显著的惯用结构方法与模式有三种。

第一种是按照绝句诗作常规的起承转合的结构方式，前两句写景，后两句抒情。而且写景的两句往往是两组递进相关联的情境，抒情的两句则多构成一个因果联系的假设判断。如组诗中的第十五、二十三、二十四、二十六、三十六、五十一、六十四、七十九、八十三首等皆如此。

李陵台畔野云低，风清月白狼夜啼。健卒五千归未得，至今芳草绿萋萋。

大安阁下晚风收，海月团团照上头。谁道人间三伏节，水晶殿里十分秋。

南坡翠暖接南屏，云散风轻弄午晴。寄与行人停去马，六龙飞上计归程。

这种结构模式介于"递进式"与"两分式"之间，属混合式。其法得之于唐人绝句的启发。唐人绝句之作多用这种结构方式，前两句写景叙事，后两句抒情，如王昌龄《出塞》二首之一："秦时明月汉时关，万里长征人未还。但使龙城飞将在，不教胡马度阴山。"李益《边思》："腰悬锦带佩吴钩，走马曾防玉塞秋。莫笑关西将家子，只将诗思入凉州。"晚唐曹松《己亥岁》二首之一："泽国江山入战图，生民何计乐樵苏。凭君莫话封侯事，一将功成万骨枯。"杨允孚化用这类绝句的诗法结构，如"凭君莫笑穹庐矮，男是公侯女是妃""老龙若作三更雨，顷刻茅檐数尺余""可惜东游巡海者，不教骑看试何如"等，前两句叙事写景，后两句以假设、因果或递进手法抒情，在慨叹、比较中深化诗意，以达到强调、突现种种观感的目的。有时还用对比映衬手法强调这种观感，如第七十五首"海红不似花红好，杏子何如巴榄良。更说高丽生菜美，总输山后麽菰香"，第十三首"我来濯足分余滴，不及新丰酒较多"，以内地中原或南方之物作对比映衬，突出表现上京风物的地域特点。

第二种模式为平行地并列四种景境，情由字里行间透出，即所谓"并列式"，如组诗中的第七、十四、十八、十九、二十五、二十八、三十、四十三、四十七、四十九、五十二、七十三、七十五和八十二等首。"莫道枪竿危复危，有人家住白云西。儿童采棘巅崖去，杜宇伤春尽日啼。""仙娥隐约上帘钩，笑倚阑干出殿头。鹦鹉临阶呼万岁，白翎深院度清秋。""嘉鱼贡自黑龙江，西域葡萄酒更良。南土至奇夸凤髓，北陲异品是黄羊。"相比于前一类，这种模式诗人更多地用于客观描景或叙事，诗人的自我情感寓于景境之中，含而不露，给读者留下了更多的想象空间。这种近似于无我之境的诗作具有更丰富的内涵。清方东树《昭昧詹言》卷二十一说："七言绝句，以语近情遥，含吐不露为主。只眼前景、口头语，而有弦外音、味外味，使人神远。"[1] 这种并列式的诗作，四句之间，基本都是眼前景、口头语并置在一起，读者不受诗句的限制，以生活阅历与审美想象建构句意与句意间的联系，创造性地解读作品，填补诗中的空白空间，因而更能创造弦外之音、味外之味，属有韵致意趣的神远之作。

第三种模式是以自我切身感受为重心，叙事写景，直抒心怀，创造典型的有我之境。这种模式集中于组诗中的感伤之作，尤其是第一百首以后的诗作，或写酒不解愁，或抒兴亡感恨，或写离愁之思，或追怀往日好景，或写前程未卜、没有归宿的远行，或写岁月无情、年华渐老的悲哀，情调低回，凄凉酸楚。诗人爱用对比映衬的手法，造成今昔、前后、北南等各种境况的

---

① （清）方东树：《昭昧詹言》卷二一，人民文学出版社 1961 年版，第 515 页。

反差，抒发易代之际的兴亡感怀，如"始我来京一布衣，故人曾见未生时。等闲只作江南别，官有清名卷有诗"。为诗人自我的前后今昔的差异与不同心境。"塞边羝牧长儿孙，水草全枯奶酪存。不识江南有阡陌，一犁烟雨自黄昏""玉京惯识别离人，勒马云关隔世尘。不比江南花事早，家家儿女解伤春"则是塞北与江南、今昔对比的差异与感怀。

除去结构方式造成对比映衬的抒情效果，诗人还爱用"残""瘦""老"等衰瑟的字眼抒写哀婉凄凉、惆怅不甘的情感。用"残"字者，如"马驮残梦忆京华""残月疏星马上诗""离愁万斛无人管，载得残诗马上归""宿雨残风半灭磨"。用"瘦"字、"老"字，如"出塞书生瘦马骑""霜寒塞月青山瘦""试将往事说从头，老鬓征衫总是愁"等。这些衰瑟的意象与惆怅不甘的感恨内容相结合，使一个无限怅惘的诗人形象跃然纸上。这一形象好似担荷了所有的易代之愁与失落之感，沉重无比，伤感无限。

第三节 清丽自然的风格特色

清冒春荣《葚原诗说》卷三论七言绝句曰："意贵深，语贵浅。意不深则薄，语不浅则晦。宁失之薄，不失之晦。"[①] 就艺术风格来看，《滦京杂咏》组诗清丽自然，明白晓畅，可诵可承，属于意深语浅的清丽风格。"清"体现为清新自然的语言运用，"丽"体现为绚丽多彩的吟咏对象，综合形成清丽为主的风格基调。

一、清新自然的语言运用

语言运用上，诗人崇尚自然朴实的语言风格，不刻意雕琢，不追求华丽藻饰。诗中无论写景还是叙事，重视表现最富地方特色、最具代表意义的景

---

① 转引自郭绍虞《清诗话续编》，上海古籍出版社1983年版，第1607页。

象与典事，选取最恰当最具内涵的意象构筑诗境，因此《滦京杂咏》总体上以题材的新奇异趣取胜，而不以语言的雕琢藻饰为能。其写景如"芳草撩人香扑面，白翎随马叫晴空""铁幡竿下草如茵，淡淡东风六月春""鹦鹉临阶呼万岁，白翎深院度清秋""紫菊花开香满衣，地椒生处乳羊肥"等，都是眼前景、口头语，丝毫不见雕琢藻饰的成分。其叙事如"侍臣称贺天颜喜，寿酒诸王次第传""月出王孙猎兔忙，玉骢拾矢戏沙场""老翁携鼠街头卖，碧眼黄髯骑象来""泥土炕床银瓮酒，佳人椎髻语侏离"等，也都是冲口出常言，自然清新，具有唐诗清水芙蓉式的语言特点。其直抒胸臆之作，如"宫监何年百念销，冠簪惊见鬓萧萧。挑灯细说前朝事，客子朱颜一夕凋"和"我忆江南好梦稀，江山于我故多违。离愁万斛无人管，载得残诗马上归"等，更是以清新自然的语言表现出浓重深厚的追忆感怀，体现了清丽自然的语言风格。

值得注意的是，杨允孚《滦京杂咏》清新自然的语言特点，并非一味追求浅显，其语言运用也重视锤炼语言，恰当地运用修辞手法，巧妙地运用意象组合，或者化用前人句意，但都出于自然，不露雕琢痕迹，达到巧夺天工的自然境界。其表现有四。

一是他重视锤炼动词。在叙事写景中恰当运用能传情达意的动词来抒情写境，如"曲曲阑干兔鹿驯，雨肥绿草度青春。"（第五十首）"南坡翠暖接南屏，云散风轻弄午晴。"（第六十四首）"芳草撩人香扑面，白翎随马叫晴空。"（第二十五首）句中通过"度""弄""撩""叫"等动词的运用，写出一种春来日暖、天长昼永、闲极情慵的气氛，十分传神，使人仿佛置身于芳香扑鼻的驿路，又似处于幽静的宫中，闲暇至极。

二是他善于运用双关修辞手法表情达意。如"四月雨余山更碧，六龙行处日初红"（第七首），"须臾云拥千官出，又带天边好雨来"（第三十九首），"天上龙归才带雨，城头夜午又经霜"（第六十四首）等，把对元朝皇帝的赞美放在写景之中，语意双关，耐人寻味。

三是诗人善用意象并置手法。如第十九首"塞北凝阴无子规，晓看山色不胜奇。坚冰怪石涧边路，残月疏星马上诗"，第六十五首"月出王孙猎兔忙，玉骢拾矢戏少场。皮囊乳酒罗锅肉，奴视山阴对角羊"，以多个名物意象并置排列表现上京自然人文景观的特色，富有趣味性。诗人咏上京风物特产，如紫菊、金莲、黄鼠、黄羊、白翎雀、蘑菇等，写"嘉鱼贡自黑龙江，西域蒲萄酒更良。南土至奇夸凤髓，北陲异品是黄羊"。诗人舍去咏物诗作单首诗多角度吟咏的写作模式，都以意象组合方式，并置名物意象，取得画龙点睛的艺术效果。

四是诗人善于化用前人诗句语词来增加诗作情感含量。如"天上人间今又昔，滦河珍重水长流"暗用李煜《浪淘沙》"流水落花春去也，天上人间"意；"雁字不来家万里"用范仲淹《渔家傲》"浊酒一杯家万里"之意；"宝马香车金错节"用欧阳修《蝶恋花》"宝马香车寒食路"与李清照《永遇乐》中"宝马香车，谢他酒朋诗侣"意。这种化用既增加了诗作的情感含量，又自然不露痕迹，不仅提升了诗作的人文色彩，而且鲜明地体现出了七绝诗作"语浅意深"的艺术特色，余味绵长。

二、绚丽多彩的吟咏对象

首先，两都巡幸是元代特有的亮丽风景。回溯中国历史，自周代始，历代王朝大多采取多都城制度。按朱士光《试论我国古代陪都制的形成与作用》研究考证，中国古代多都城制度起源于周代。周朝本为西土之国，东征成功，统治了中原，然周之王都丰、镐，远在关中，对于加强东方统治有鞭长莫及之忧。因此，武王出于巩固政治统治的需要，曾在伊、洛一带营建新都，但武王"营周居于洛邑而后去"，并未真正建成东都洛阳。周成王时期，在丰京"使召公复营洛邑，如武王之意"，最终建成东都洛阳。东都之建置，在中国都城史上是一件划时代的大事。自此以后，历代均以周王朝为范本，推行两京或多京制。

秦汉实行郡县制，京城长安外，有否陪都，学界争议较多，有长安为都、洛阳为陪都之说。曹魏都洛阳，以谯（今安徽省亳州市）为先人故土，许昌为汉献帝所居，长安为西汉旧京，邺为武帝创业之基，皆冠以"都"号，与洛阳并称为五都。北魏初都平城（今山西省大同市），后迁都洛阳，实行两都制。隋唐以长安为都，洛阳为东都。宋以汴梁为东京，又设西京洛阳、南京商丘、北京大名为陪都。元在今北京市建立大都，又保留内蒙古自治区锡林郭勒盟正蓝旗的开平为上都滦京。明清实行南北二都制，明有北京、南京之制，清有盛京（今辽宁省沈阳市）和北京之制。同时，从秦汉至清代，两千多年间皇室的离宫制度亦相沿不绝。清代就建有承德避暑山庄行宫。

历代多都城制度中，元、清两朝均为游牧民族在中原建立的统一王朝，都保有两都或离宫避暑巡幸的制度。元朝夏秋之际皇帝到上都避暑巡幸，清朝每年夏秋至承德避暑理政，都是草原游牧民族在中原建立王朝后的政治特例。

元朝的上都巡幸，皇帝带着后妃、怯薛、文武百官，浩浩荡荡，形成"岁以为常"的军政惯例，是历代多都城制度中最具时代特色与民族特色的一代盛事。杨允孚《滦京杂咏》是系统全面、成规模、成建制地吟咏两都巡幸的组诗，其吟咏对象本身就新鲜有趣，成为诗歌创作中一道亮丽的风景。

其次，巡幸内容丰富有趣。皇帝北巡乘象辇，从建德门出发，乘夜列炬通过居庸关，途中狩猎，北巡四条道路有序分工，驼鼓声声入滦京等巡幸惯例，都充满着塞外北地的新奇异趣。到达上都后的宫廷生活、政务组织、宴飨仪式、民族风情与审美情趣都带有独特的蒙古民族特色。沿途的风光和到达目的地之后的见闻都似万花筒一般绚烂多彩，独具魅力。

最后，上京风情充满特殊情调。上都滦京地处内蒙古高原南缘，属典型的北温带草原风光，其高山大川、丘陵湖泊、草地牧场、气候特征、植被物产迥异中原。城外北有龙冈之山，南有滦河之水，著名的铁幡竿耸立西山，城内有皇城，宫城、大安之阁、棕殿凉殿等。上京的植被，草有地椒、苜蓿，花有金莲、紫菊、芍药。禽鸟有猛禽海东青、雌雄双飞和鸣的白翎雀，兽有白狼、黄鼠与黄羊，高丽生菜美，难比蘑菇香。上京人住毡房、睡火炕、善骑马、喜饮酒、爱歌唱的边地习俗与多种多样的年节风尚，都让南方人倍感新奇，充满他乡的别样情调。① 《滦京杂咏》歌咏两都巡幸，记载别有情趣的上京生活，不仅成为有元一代两京巡幸的诗化记录，有着很高的史料价值，而且也是古代诗歌史上的一朵奇葩，对组诗清丽自然的艺术风格的形成有着重要的影响。

三、清丽为主的风格基调

《滦京杂咏》总体上呈现出清新明丽的艺术风格。由于组诗创作分不同阶段完成，元亡后经过整合、补写与完善，使得整组诗作以百首为界，前后之作有着鲜明的差异。前一百首抒发对元帝两都巡幸的欣赏赞美之情，后八首追怀元朝，流露出元亡后的感伤无奈之情。整组诗歌抒发两种异质情感——自豪与伤感。诗人以布衣得到元廷重用，行走于宫廷之中，他以欣赏的眼光看待北巡盛事，如数家珍地叙写巡幸之景、巡幸之事与上京风俗，情不自禁地流露出对元朝的热爱，充满着时代自豪感，所以前一百首诗中虽然也有如第九、十四、十七、十九、二十一、六十首等伤怀之作，但总的基调是清新明丽、隽永爽朗的，具有元诗清新婉丽的时代特色。

后八首的写作重心更多地转向了对元亡的伤感与慨叹，因此灰暗凄凉代替明丽爽朗成为诗的主调。诗人在此集中抒发了元亡引发的失落感与幻灭感，情调衰瑟孤寂，情感惆怅不甘，酸涩之泪、伤感之怀，充盈于诗，呈现为哀婉感伤、凄寂无奈的情调。与前一百首中的感伤之作相应，共同构成一种凄婉之美，极富风韵情调。正如唐韩愈所谓"夫和平之音淡薄，而愁思之声要眇"。

---

① 参见阎福玲《论元代边塞诗创作及特色》，《内蒙古社会科学》1998 年第 6 期。

尽管如此，整组《滦京杂咏》诗总体上呈现出以清丽自然为主的风格特色，清新明丽，隽永有味。结尾两句"不识江南有阡陌，一犁烟雨自黄昏"和"不比江南花事早，家家儿女解伤春"，虽抒感伤无奈之情，却也表现得清新隽永，与组诗和谐一致。

结　语

《滦京杂咏》是极富时代特色和诗体特色的组诗。

它全面、系统地表现了元代两都巡幸的一代盛事，为一代盛事的诗化记录，具有很高的史料价值，可以"补史之阙"，是今人了解元代两都巡幸史实细节和蒙古族民族文化的重要文本资料。

《滦京杂咏》也是元代诗歌史上别具特色的诗歌文本，其融合竹枝词、宫词、百咏组诗、七绝组诗加注等前代诗歌之长，集成性完成了杂咏组诗的经典化定型，对后世明清边塞风俗诗产生直接而深远的影响。

《滦京杂咏》的另一重要价值还体现在对蒙古族入主中原，建立元王朝统治的正面歌颂与肯定，其"黍离之悲"与"遗民情结"的抒发，冲破了千百年来"夷夏之辨"与华夏中心主义思想的禁锢，歌咏"岁以为常"的两都巡幸之盛事，追怀凭吊逝去的元王朝，这是统一的多民族国家发展的自然结果。同时，《滦京杂咏》得江山之助，歌咏蒙古族草原文化，对中国文学史由单纯的华夏文学向多民族文学的全面发展亦具有重大转折意义。

主要参考文献

一、基本古籍

1. （汉）司马迁：《史记》，中华书局 1959 年版。

2. （汉）班固：《汉书》，中华书局 1962 年版。

3. （汉）赵晔：《吴越春秋》，江苏古籍出版社 1999 年版。

4. （南朝宋）范晔《后汉书》，中华书局 1965 年版。

5. （晋）陈寿：《三国志》，中华书局 1971 年版。

6. （梁）沈约：《宋书》，中华书局 1974 年版。

7. （北齐）魏收：《魏书》，中华书局 1974 年版。

8. （唐）房玄龄：《晋书》，中华书局 1974 年版。

9. （唐）魏徵等：《隋书》，中华书局 1973 年版。

10. （唐）吴兢撰，谢保成集校：《贞观政要集校》，中华书局 2003 年版。

11. （唐）徐坚：《初学记》，中华书局 2004 年版。

12. （宋）陈元靓：《事林广记》，中华书局 1999 年版。

13. （宋）陈元靓：《岁时广记》，中华书局 2020 年版。

14. （宋）程大昌：《雍录》，中华书局 2002 年版。

15. （宋）范成大：《石湖集》，上海古籍出版社 1981 年版。

16. （宋）孟珙：《蒙鞑备录》，载《全宋笔记》第七编二，大象出版社 2015

年版。

　　17.（宋）彭大雅：《黑鞑事略》，载《全宋笔记》第七编二，大象出版社 2015 年版。

　　18.（宋）朱彧：《萍洲可谈》，中华书局 2007 年版。

　　19.（元）贡师泰：《玩斋集》，文渊阁《四库全书》本。

　　20.（元）郭钰：《静思集》，文渊阁《四库全书》本。

　　21.（元）胡助：《纯白斋类稿》，文渊阁《四库全书》本。

　　22.（元）柳贯：《待制集》，文渊阁《四库全书》本。

　　23.（元）马祖常：《石田文集》，文渊阁《四库全书》本。

　　24.（元）乃贤：《金台集》，文渊阁《四库全书》本。

　　25.（元）萨都剌：《雁门集》，文渊阁《四库全书》本。

　　26.（元）陶宗仪：《南村辍耕录》，上海古籍出版社 2012 年版。

　　27.（元）脱脱等：《金史》，中华书局 1975 年版。

　　28.（元）脱脱等：《辽史》，中华书局 1974 年版。

　　29.（元）吴师道：《礼部集》，文渊阁《四库全书》本。

　　30.（元）熊梦祥撰，北京图书馆善本组辑：《析津志辑佚》，北京古籍出版社 1983 年版。

　　31.（元）许有壬：《至正集》，文渊阁《四库全书》本。

　　32.（元）杨允孚：《滦京杂咏》，《丛书集成初编》本。

　　33.（元）杨允孚：《滦京杂咏》，哈佛燕京图书馆藏清顾嗣立《元诗选》本。

　　34.（元）杨允孚：《滦京杂咏》，清鲍廷博刻《知不足斋丛书》本。

　　35.（元）杨允孚：《滦京杂咏》，清抄本（与朱长文《乐圃余稿》合抄）。

　　36.（元）杨允孚：《滦京杂咏》，文渊阁《四库全书》本。

　　37.（元）耶律楚材：《西游录》，商务印书馆、中国旅游出版社 2016 年版。

　　38.（元）袁桷：《清容居士集》，文渊阁《四库全书》本。

　　39.（元）张昱：《可闲老人集》，文渊阁《四库全书》本。

　　40.（元）张翥：《蜕庵集》，文渊阁《四库全书》本。

41. （元）周伯琦：《扈从诗》，文渊阁《四库全书》本。

42. （元）周伯琦：《近光集》，文渊阁《四库全书》本。

43. （明）李时珍：《本草纲目》，中国文联出版社 2016 年版。

44. （明）李贤、（明）万安等纂修：《大明一统志》，三秦出版社 1990 年版。

45. （明）刘侗、于奕正：《帝京景物略》，故宫出版社 2013 年版。

46. （明）宋濂：《元史》，中华书局 1976 年版。

47. （明）叶子奇：《草木子》，中华书局 1959 年版。

48. （清）曾国藩修，（清）刘绎纂：（光绪）《江西通志》，清光绪七年（1881）刻本。

49. （清）曾廉：《元书》，清宣统三年（1911）刻本。

50. （清）陈衍：《元诗纪事》，上海古籍出版社 1987 年版。

51. （清）定祥修，（清）刘绎纂：（光绪）《吉安府志》，清光绪元年（1875）刻本。

52. （清）董诰：《全唐文》，中华书局 1983 年版。

53. （清）方东树：《昭昧詹言》，人民文学出版社 1961 年版。

54. （清）顾嗣立：《元诗选》，中华书局 1987 年版。

55. （清）何文焕：《历代诗话》，中华书局 1981 年版。

56. （清）和珅、（清）梁国治纂修：《钦定热河志》，文渊阁《四库全书》本。

57. （清）刘声木：《苌楚斋随笔续笔三笔四笔》，中华书局 1998 年版。

58. （清）潘锡恩、（清）穆彰阿修：《大清一统志》，上海古籍出版社 2008 年版。

59. （清）彭定求：《全唐诗》，中华书局 1979 年版。

60. （清）彭际盛修，（清）胡宗元纂：（光绪）《吉水县志》，清光绪元年（1875）刻本。

61. （清）沈涛：《瑟榭丛谈》，《续修四库全书》本。

62. （清）唐执玉、（清）陈仪等：《畿辅通志》，文渊阁《四库全书》本。

63. （清）西清撰：《黑龙江外纪》，黑龙江教育出版社 2014 年版。

64. （清）姚之姻：《元明事类钞》，文渊阁《四库全书》本。

65.（清）张廷玉等：《明史》，中华书局 1974 年版。

66. 郭绍虞：《清诗话续编》，上海古籍出版社 1983 年版。

67. 何宁撰：《淮南子集释》，中华书局 1998 年版。

68. 何清谷著：《三辅黄图校释》，中华书局 2012 年版。

69. 柯劭忞：《新元史》，开明书店 1935 年版。

70. 逯钦立：《先秦汉魏晋南北朝诗》，中华书局 1983 年版。

71. 杨镰主编：《全元诗》，中华书局 2012 年版。

72.［意大利］马可·波罗著：《马可·波罗游记》，梁生智译，中国文史出版社 2008 年版。

二、研究著作

1. 陈高华、史卫民：《元上都》，吉林教育出版社 1988 年版。

2. 陈高华：《元代风俗史话》，中国社会科学出版社 2020 年版。

3. 陈高华、史卫民：《元大都元上都研究》，中国社会科学出版社 2020 年版。

4. 丁海斌：《中国古代陪都史》，中国社会科学出版社 2012 年版。

5. 傅乐淑：《元宫词百首笺注》，书目文献出版社 1995 年版。

6. 雷梦水、潘超、孙忠铨、钟山：《中华竹枝词》，北京古籍出版社 1997 年版。

7. 刘宏英：《元代上京纪行诗研究》，中国经济出版社 2016 年版。

8. 马大正主编：《中国边疆经略史》，武汉大学出版社 2013 年版。

9. 马大正主编：《中国古代边疆政策研究》，中国社会科学出版社 1990 年版。

10. 那木吉拉：《中国元代习俗史》，人民出版社 1994 年版。

11. 杨镰：《元诗史》，人民文学出版社 2003 年版。

12. 叶新民、齐木德道尔吉编：《元上都研究文集》，中央民族大学出版社 2003 年版。

13. 叶新民、齐森德道尔吉编：《元上都研究资料选编》，中央民族大学出版社 2003 年版。

14. 张国伟：《绝句审美》，红旗出版社 1993 年版。

三、研究论文

1. 李军：《论元代的上京纪行诗》，《民族文学研究》2005 年第 2 期。

2. 刘宏英、吴小婷：《元代上京纪行诗的研究状况及意义》，《河北北方学院学报》（社会科学版）2008 年第 4 期。

3. 邱江宁：《元代上京纪行诗论》，《文学评论》2011 年第 2 期。

4. 史铁良：《再论杨允孚的〈滦京杂咏〉》，《株洲高等师范专科学校学报》2006 年第 4 期。

5. 王双梅：《元代文人的两都纪行之作》，《河北大学学报》（哲学社会科学版）2019 年第 5 期。

6. 阎福玲：《论元代边塞诗创作及特色》，《内蒙古社会科学》1998 年第 6 期。

7. 叶新民：《从元人咏上都诗看滦阳风情》，《内蒙古大学学报》（哲学社会科学版）1984 年第 1 期。

8. 赵延花：《元代诗歌中的草原民俗书写与士人心态》，《内蒙古大学学报》（哲学社会科学版）2019 年第 5 期。

9. 史铁良：《元末诗人杨允孚及其〈滦京杂咏〉》，载《古籍研究》第 48 辑，安徽大学出版社 2005 年版。

10. 郭小转：《多元文化背景中元代边塞诗的发展》，中央民族大学 2012 年博士学位论文。

11. 韩璐：《杨允孚〈滦京杂咏〉校注与研究》，辽宁师范大学 2019 年硕士学位论文。

12. 王双梅：《元上都文学活动研究》，南开大学 2017 年博士学位论文。

下　编
《滦京杂咏》校笺

凡　例

一、以天津图书馆藏清光绪八年（1882）岭南芸林仙馆据鲍廷博刻《知不足斋丛书》重印，光绪三十三年（1907）修刊本为底本。以国家图书馆藏清康熙间曹寅所藏抄本为对校本，以清文渊阁《四库全书》本、哈佛燕京图书馆藏清长洲顾嗣立秀野草堂《元诗选初集》庚集本为参校本。国图藏清抄本简称"清抄本"，《四库全书》本简称"四库本"，《元诗选初集》庚集本简称"诗选本"。

一、本次校笺在底本分上下两卷基础上，按诗人自注将108首诗作分为纪行程、叙典事、咏风物三部分并加文字说明。原底本诗作未标序号，为方便阅读，加"其一""其二"等序号。

一、每首诗先"解题"后校笺。解题部分介绍和概括诗歌主题思想及艺术特色。校笺部分在校勘基础上，对地名、名物、典故、语词进行笺注，校勘融于注释之中，不另出校记。

一、校勘中对异文现象，义可两通者不作正误判断。明显错误者，用"误"字指明。异体字如"暖"与"煖"、"碗"与"椀"、"淡"与"澹"等，直接按规范字使用标准取舍。对于个别生僻字，不做硬性改动，以保持原貌。

一、校笺之后，附录传记资料、历代著录、题咏序跋、背景资料、唱和资料、元代诗人咏上京等，以拓展阅读。附录资料中有异文现象者，义可两通者，保持原版本字样，明显错误者，如"收"误作"牧"、"悬"作"县"者，径改。

一、考虑《滦京杂咏》生僻字、异体字运用并不复杂，本次校笺采用规范简体字，横排版式。

滦京杂咏上

元吉水杨允孚和吉撰

纪行程（二十六首）

　　"纪行程"为校笺者所加。《滦京杂咏》共一百零八首诗，按诗人自注之意，前二十六首多述巡幸滦京的途中之景，中四十首叙滦京之景及圣驾往还典故，后四十二首杂咏一年风物，故校笺者依此意将组诗分为三组，分标题目为纪行程、叙典事、咏风物。纪行程为纪咏从元大都（今北京）至元上都（今内蒙古自治区锡林郭勒盟正蓝旗一带）途中见闻之诗。元代驿站发达，众多的驿站分布在各个军政要地，使元朝天下"梯航毕达，海宇会同"。两都之间交通更为便利，所谓"碛中十里号五里，道上千车联万车"（元柳贯《滦水秋风词》）。从大都至上都有四条路，元周伯琦《扈从诗·前序》说："大抵两都相望，不满千里，往来者有四道焉：曰驿路，曰东路二，曰西路。东路二者，一由黑谷，一由古北口。"这四条道路中，驿路长约八百里，大致上是从大都经居庸关西行至怀来，转而北上，翻越枪竿岭、偏岭等大山进入塞外草原，直达上都。往来两都的一般官员和商人多走此路。因为驿路途中有"枪竿岭"之山，"俗云龙上枪竿，是以御驾不由此处。"（《滦京杂咏》第十一首

注）圣驾北巡专走经黑谷的东路，俗称此路为辇路，全程约七百五十里，设有十八处停宿纳钵之地，是皇帝北巡的专道。皇帝北巡"每岁扈从，皆国族大臣及环卫有执事者，若文臣仕至白首，或终身不能至其地也"。此路出居庸关后，继续北上，经过今北京延庆区，翻越山岭进入草原，至牛群头与驿路相会合直达上都。皇帝北巡上都大多是"东出西还"，去时走辇路而归程走西路。西路全长 1095 里，沿途设有二十四处停宿纳钵之地。此路本是原大蒙古国的正驿路，原名"孛老站道"。元世祖忽必烈中统三年（1262）驿路改线，孛老道变成"专一搬运缎匹、杂造、皮货等物"的专运线。古北口东路全长约八百七十余里，是供监察按行官员和军队专用之路。

杨允孚北上滦京走的是驿路，驿路上设有昌平、榆林、洪赞、雕窝（亦作"窠"）、龙门、赤城、独石口、牛群头、明安、李陵台、桓州十一处驿站，沿途有龙虎台、居庸关、弹琴峡、枪竿岭、李老谷、尖帽山等景观。《滦京杂咏》虽意在咏皇帝巡幸上都之事，但"纪行程"诗作以纪驿路之景为主，沿途的重要景观大都在诗人笔下得到了具体的表现。诗人"纪行程"，基本上依北行路途的先后顺序，描绘沿途的名山大川等自然景观，记述各地风俗民情，同时也夹叙了圣驾行幸途中的典例。由于诗人对元王朝怀有深深的爱恋之情，故而诗中纪行写景或注述典例都对元帝北巡充满着赏赞之意和自豪之情。诗作清丽晓畅，可诵可咏，有身临其境之妙。

其一

北顾宫庭暑气清[1]，神尧圣禹继升平[2]。今朝建德门[3] 前马，千里滦京[4] 第一程。

此以下多述途中之景。行幸上京，盖避暑也[5]。

【解题】

此诗咏元帝由大都建德门启程，北巡上都。元代自元世祖忽必烈定都大都（今北京市）以后，元朝历代皇帝每年夏季都到上都消夏避暑，称为北巡。明叶子奇《草木子》卷三曾载："元世祖定大兴府为大都，开平府为上都。每年四月，迤北草青，则驾幸上都以避暑。颁赐于其宗戚，马亦就水草。八月草将枯，则驾回大都。自后宫里，岁以为常。"此所谓"巡幸两都，岁以为常"。北巡时，皇帝带着后妃、怯薛、侍者及大批廷臣士人在大都西北建德门举行隆重的启程仪式，之后便浩浩荡荡踏上了北去征程。此诗前两句叙北巡避暑为祖宗家法，后两句点出由建德门出都的启程惯例，在平实的叙述中映现出揽辔立马、展望征程的鲜明形象和浩大气势，字里行间流露出诗人的自豪之情。

【校笺】

[1] 北顾：北望之意。宫庭：即宫廷，此指元上都。1251 年 6 月忽必烈总领漠南汉地军国庶事，第二年移王府于桓州，开设"金莲川幕府"。1256 年忽必烈命刘秉忠在桓州东滦水北的龙冈（今内蒙古自治区锡林郭勒盟正蓝旗境）建造开平城。1260 年 3 月忽必烈在开平继汗位，1263 年 5 月升开平城为上都。元人诗中多称上都为"上京"，又因其处在滦水北，故也称滦阳、滦京。1264 年 8 月忽必烈改燕京（今北京市。原名燕京，金朝改称中都。金亡后蒙古又改称燕京）为中都。1272 年 2 月再改中都为大都。从此，上都由原来的主要都城退为陪都，成为驻夏消暑的夏都。两都制一直实行到至正十八年（1358）元末农民起义军攻入上都烧毁上都宫廷为止。清：清凉，清爽。

[2] 神尧圣禹：皆传说中古帝名。神尧指古帝喾之子尧，姓伊祁，名放勋。初封于陶，后封于唐，世号陶唐氏，曾传位于舜。圣禹：即传说中治水的大禹，姒姓，鲧之子，相传禹继承父亲治水大业，以疏导法抑水患，十三年中三过家门而不入。舜去世，禹继任部落首领。这里用神尧圣禹代指元代历朝皇帝。继升平：开继升平气象，这里指遵循祖宗成法北巡上京安边定塞的活动。《析津志辑佚·岁纪》中所谓"大驾幸滦京，遵成宪也"。

[3] 建德门：元大都都城西北门称建德门。元大都城周约 28600 米，呈方形，共设十一门。南面自东而西有文明门（又称哈达）、丽正门、顺承门。东面自南而北有平则门、和义门、肃清门。西面自南而北有齐化门、崇仁门、光熙门。北面有二门，东为安贞门，西为健德门。《元史·地理志》："京城右拥太行，左挹沧海，枕居庸，莫朔方。城方六十里，十一门：正南曰丽正，南之右曰顺承，南之左曰文明，北之东曰安贞，北之西曰健德，正东曰崇仁，东之右曰齐化，东之左曰光熙，正西曰和义，西之右曰肃清，西之左曰平则。"健德门亦作"建德门"，位在今北京市德胜门外小关。元乃贤《京城杂言六首》："憧憧十一门，车马如云烟。"张昱《辇下曲》："大都周遭十一门，草苦土筑那咤城。谶言若以砖石裹，长似天王衣甲兵。"元欧阳玄《渔家傲·南词》："岁幸上京车驾动，近臣准备銮舆从。建德门前飞玉鞚，争持送，葡萄马乳归银瓮。"就是描写皇帝北巡百官在建德门相送的情景。

[4] 千里滦京：滦京即上都。大都至上都四条路中，驿路长约 800 里，辇路长约 750 里，东路长约 870 里，西路长约 1095 里。元周伯琦《扈从诗·前序》曰："大抵两都相望，不满千里。""千里滦京"约指大都至上都有千里之远。

[5] "盖避暑也"，四库本、诗选本皆作"盖云避暑也"。

其二

纳宝盘营[1] 象辇[2] 来，画帘毡暖九重开[3]。大臣奏罢行程记[4]，万岁声传龙虎台[5]。

龙虎台，纳宝地也。凡车驾行幸宿顿之所，谓之纳宝，又名纳钵[6]。

【解题】

此诗咏元帝北巡驻跸龙虎台的情景。元帝北巡，征途千里，为减少奔波劳顿之苦，乘坐用大象驮载的特制玉辇，坐于辇中如在室内，平稳舒适。诗的前两句写皇帝乘象辇一路而来，后两句写大臣奏罢行程计划安排，皇帝传令停宿龙虎台。诗中虽然全是描述语句，但是通过动词"来""开"描述象辇、毡帘两意象，便赋予陈述语句很强的动作性和形象感，后两句人物形象也很鲜明，使人如亲睹皇帝驻跸宿营情景。

【校笺】

[1] 纳宝：亦作"纳钵""捺钵""捺拨"。契丹语，意为"行在"，指国君的行营。《辽史·营卫志上》："有辽始大，设制尤密。居有宫卫，谓之斡鲁朵；出有行营，谓之捺钵；分镇边国，谓之部簇。"故纳宝指皇帝外出的停宿之所。盘营：扎营，安排宿营。

[2] 象辇：一种靠大象驮载的特制大轿，供皇帝北巡乘坐。《元史·舆服志一》："象轿，驾以象，凡巡幸则御之。"《舆服志二》："行幸则蕃官骑引，以导大驾。以驾巨辇。"此种象辇，始制于至元十七年（1280），是专为北巡特制的轿具。平展开阔之路用四只大象合载，宽敞舒适，可坐可卧。窄路有单象之辇或双象合载之象辇。《马可·波罗游记》："大汗打猎所经过的一些地方，因为有些隘口狭窄，他就乘坐在二头象的背上，有时则独乘一头，因为这比乘在许多头象上来得方便。在其他情况下，他用四条象载着一个木制亭子名叫'宝盆'，里面可以坐人。这种精雕细镂的亭子，里面衬着金线织的布作垫，外面挂着狮子皮。"这段文字就是描写元帝乘象辇的情景。除此之外，还有元柯九思《宫词》："黄金幄殿载前车，象背驼峰尽宝珠。"元张昱《辇下曲》："当年大驾幸滦京，象背前驮幄殿行。国老手炉先引导，白头联骑出都城。"

[3] 画帘：带有彩色图案的毡帘。九重：本指帝王宫禁，极言其深远。《楚辞·九辩》："君之门以九重。"王逸注："君门深邃，不可至也。"这里以九重指皇帝乘坐之象辇。九重开：意谓打开彩绘的毡帘，犹如打开九重宫门。

[4] 行程记：即北巡行程的计划安排。

[5] 龙虎台：亦称新店，在今北京市昌平区境西，是元代两京行幸的重要停宿驿所。元周伯琦《扈从诗·前序》称自己扈从圣驾"启行至大口，留信宿，历皇后店，皂角至龙虎台，皆巴纳也。国语曰巴纳者，犹汉言宿顿所也。龙虎台在昌平县境，又名新店，距京师仅百里。"元乃贤《龙虎台》诗自注云："龙虎台。大驾巡幸，往返皆驻跸台上。"《析津志辑佚·属县》记："龙虎台，在昌平县西北，居庸山南，高平宽敞，有踞虎蟠龙之势。大驾每来幸，往还驻跸于此。"嘉庆《大清一统志》卷八亦载："龙虎台，在昌平州西旧县四十里居庸关南口，地势高平如台，广二里，袤三里。元时车驾岁幸上都，往来皆驻跸其上。"

[6] "又名纳钵"：四库本作"如云巴纳"。巴纳：蒙古语，意为停宿之所，即纳宝、纳钵。

其三

宫车次第起昌平[1]，烛炬千笼列火城[2]。才入居庸[3] 三四里，珠帘高揭听啼莺[4]。

【解题】

此诗咏皇帝北巡过居庸关之情景。居庸关位于今北京市昌平区西北的军都山中，三国时称西关，北齐称纳款关，唐时称居庸关、蓟门关或军都关，辽以后皆称居庸关。此关建于长达五十里的关沟之中，两侧高山屹立，山形陡峭，构成险峻的狭长沟谷，谷中山水奔流，沟谷南北两端各建关口，南口为关沟入口，北口为出口（今八达岭口），是万里长城上最负盛名的关隘之一，为太行八陉的第八陉，也是元大都通往塞外的重要咽喉要道。自古以来，历朝都在此设重兵防守，有"绝险"之称。元朝统治者对此关也十分重视，在南北二口建有大红门，"设局，置斥候"。（《析津志辑佚》）设立隆镇卫亲军都指挥使司，统率哈剌鲁族和来自中亚的钦察、阿速等族的士兵，负责居庸关一带防务，"徼巡盗贼于居庸关南北口"（《元史·百官志二》）。皇帝北巡避暑由此经过，"率以夜度关，跸止行人，列笼烛夹驰道而趋……国言谓之纳钵关"。（《析津志辑佚·属县》）此诗就此巡幸典例着笔，写经过居庸关夜昼两种不同的情境。前两句说北巡车驾从昌平启程，在千笼烛火的映照下度过南口；后两句写穿行关沟时，揭帘听莺的轻松氛围。前者庄重热烈，后者静谧轻松。在对比中写出了北巡路途有张有弛的节奏氛围。

【校笺】

[1] 宫车：宫廷的车乘。元帝北巡除去侍卫怯薛护驾外，还有后妃和众多文武大臣扈从，规模庞大；浩浩荡荡。次第：按次序，依官阶品位顺序。《汉书·燕王旦传》："旦以次第当立，上书求入宿卫。"唐白居易《春风》："春风先发苑中梅，樱杏桃梨次第开。"昌平：即今北京市东北的昌平区。是当时北巡重要的纳钵之所。《析津志辑佚·天下站名》云："大都，正北微西昌平。西北八十榆林。"起昌平即由昌平起驾出发。

[2] 烛炬：灯笼火把。指夜晚度关所用的照明之物。火城：指居庸关的南口。句意是说千万盏灯笼排列在居庸关南口，把关口照得通明如昼，犹如火城。即《析津志辑佚·属县》中所说的"列笼烛夹驰道而趋"。

[3] 居庸：即居庸关，在今北京市昌平区西北。此关建在长达五十里狭长关沟之中。句意是说在居庸关中仅仅行进了三四里路。

[4] 珠帘：宫车上镶有珠宝用来挡风的帘子。高揭：高高地撩起。啼莺：山莺的鸣唱。居庸关中多禽鸟。春日里，山莺歌唱，布谷催耕，宁静的山谷充满着勃勃生机。元胡助《居庸关》："涧谷四十里，崖峦争献奇。禽鸟鸣相和，草木蔚华滋。"

其四

营盘风软[1] 净无沙，乳饼羊酥当啜茶[2]。底事燕支山[3] 下女，生平马上惯琵琶[4]。

【解题】

此诗写北巡途中所见北方少数民族饮食、娱乐习尚。前两句写宿营生活景象。宿营之地，春风吹拂，天气和暖，没有沙尘飞扬，北巡之人品着乳饼羊酥，如同南人喝茶一样，一副悠然自得的情态。然而，悠然的生活并不意味着北人生活的柔弱无力，相反，北地女子自幼便与骏马为伴，惯弹琵琶，性格独立、坚韧、自有一种尚武豪健的生活气息。前后映衬中写出了北地生活的民族特色。诗人巧妙地运用陌生化手法处理北方民族静穆与豪健并存的性格特点，在疑问中写出了一种意料之外的新奇感。

【校笺】

[1] 营盘：宿营之地。风软：形容春风柔和。

[2] 乳饼：蒙古族喜爱的奶制食品。宋孟元老《东京梦华录·清明节》曾载："节日坊市卖稠饧、麦糕、奶酪、乳饼之类。"羊酥：酥油茶。啜：饮。

[3] 底事：何事，为什么。清赵翼《陔余丛考》卷四十三说："江南俗语，问何物曰底物，何事曰底事。唐以来已入诗词中。"如唐皇甫冉《洪泽馆壁见故礼部尚书题诗》："底事洪泽壁，空留黄绢词。年年淮水上，行客不胜悲。"宋张元干《贺新郎·送胡邦衡待制赴新州》："底事昆仑倾砥柱，九地黄流乱注？"燕支山：亦作"焉支山""胭脂山"，在今甘肃省永昌县西、山丹县东南，绵延于祁连山和龙首山之间。本为匈奴之地，因山中多燕支草，故称燕支山。山势险峻，历代皆以为战略要地。汉代《匈奴歌》有云："失我祁连山，使我六畜不蕃息；失我燕支山，使我妇女无颜色。"组诗中此处以燕支代指塞外。

[4] 琵琶：乐器名。亦作"批把""枇杷"，有四弦、六弦两种。一般用桐木制作，曲首长颈，下部呈椭圆状，面平背圆，初期以木拨弹，唐代开始

改用手拨。《宋书·乐志》引晋代傅玄《琵琶赋》云："汉遣乌孙公主嫁昆弥，念其行道思慕，故使工人裁筝、筑，为马上之乐，欲从方俗语，故曰琵琶，取其易传于外国也。"元朝蒙古及色目人皆善弹琵琶。句意是说北方女子生来惯于马上琵琶之尚武生活。元代扈从诗中多表现女子豪健尚武性格的作品。杨允孚《杂咏》的第六十八首"生平不作桑蚕计，只解青骢辔马鞍"亦是。此类作品还有柳贯《后滦水秋风词》"丈夫射猎妇当御，水草肥甘行处家"等。

其五

羽猎山阴射白狼[1]，太平天子狩封疆[2]。峰峦频转丹楼[3] 稳，辇辂[4] 初停白昼长。

【解题】

此诗反映的是北巡途中狩猎习武的情况。元朝统治者入主中原后，十分重视保持其民族本色。上京宫中植示俭草，诫示子孙不忘草原之本；皇帝每饭之前先进黄粱，所谓"有训不教忘险阻，御厨先饭进黄粱"，以示节俭；又常常用习武打猎来保持子孙后代的勇武本色，所谓"祖宗马上得天下，弓矢斯张何可忘"（张昱《辇下曲》）。

【校笺】

[1] 羽猎：即打猎，古人围猎以弓箭为主，箭柄上饰有羽毛，故称狩猎为羽猎。山阴：山之北侧谓山阴。白狼：毛色发白的狼，活跃于塞外山中，是元代北方游牧民族狩猎的对象。元萨都剌《上京即事》十首之九对此曾有吟咏："紫塞风高弓力强，王孙走马猎沙场。呼鹰腰箭归来晚，马上倒悬双白狼。"元乃贤《塞上曲五首》说："秋高沙碛地椒稀，貂帽狐裘晚出围。射得白狼悬马上，吹笳夜半月中归。"元柳贯《还次桓州》亦云："塞雨初干草木

霜，穹庐秋色满沙场，割鲜俎上荐黄鼠，献获腰间悬白狼。"

[2] 狩：打猎。《左传·隐公五年》："故春蒐、夏苗、秋狝、冬狩。"此处狩泛称打猎。封疆：疆界，代指拥有的疆土，此指边地。《战国策·燕策三》："国之有封疆，犹家之有垣墙。"《史记·商君列传》："为田开阡陌封疆，而赋税平。"张守节正义："封，聚土也；疆，界也；谓界上封记也。"

[3] 峰峦频转：即峰回路转。山路随着山峰而回转。丹楼：清抄本作"画楼"，即皇帝所乘的象辇。在较为开阔的路段，以四只大象驮载。辇内隔断成坐卧不同的空间，像一座小小的楼阁。

[4] 辇辂：清抄本作"辇路"。辇本指人拉的车，《诗经·小雅·黍苗》："我任我辇，我车我牛。"后用以专指皇帝所坐的车。辂为天子所乘的大车。《论语·卫灵公》："乘殷之辂。"《文选注·汉张衡〈东京赋〉》："龙辂充庭，云旗拂霓。"注："辂，天子之车也。"辂，通路。《仪礼·觐礼》："路先设西上，路下四亚之。"郑玄注："路谓车也，凡君所乘之车曰路。"《释名·释车》："天子所乘曰路，路亦车也，谓之路者，言行于道路也。"辇辂、辇路皆指皇帝的车轿。元朝皇帝的车轿多种多样，有玉辂、金辂、象辂、革辂、木辂等形式，其中最有特色的是象辂，也称象辇（详见第二首注 [2]）。

其六

居庸千古翠屏环[1]，飞骑将军驻两关[2]。南口，北口[3]。万里车书来上国[4]，太平弓矢护青山[5]。

【解题】

此诗写居庸关重要的防卫地位与作用。关于居庸关的战略地位，元人诗中多有吟咏，如元元明善《居庸关》："一山万里限中原，神凿居庸百二关。"元柳贯："两都扼喉南北镇，九州岛通道东西行。"元周伯琦："崇关天险控幽燕，万迭青山百道泉。"元胡助："涧谷才容两轨行，全燕扼塞自天成。折冲险道四十里，制胜中原百万兵。"

【校笺】

[1] "居庸"句写居庸关苍崖环翠的形势。居庸关建于长达五十里的关沟之中，两侧高山屹立，山形陡峭，构成险峻的狭长沟谷，谷中山水奔流，所谓"上有藤束万仞之崖，下有泉喷千丈之壑"（元陈孚《居庸关》）。关中"林霏递掩映，磴道随萦回"（元吴师道《居庸关》），古木苍松，翠屏环绕，有"居庸迭翠"的美称。元陈刚中有《居庸迭翠八咏》，其中一首说："断崖千仞如削铁，鸟飞不度苔石裂。槎枒古树无碧柯，六月太阴飘急雪。寒沙茫茫出关道，骆驼夜吼黄云老。征鸿一声起长空，风吹草低山月小。"

[2] 飞骑将军：指隆镇卫亲军都指挥使。《元史·百官志二》载："隆镇卫亲军都指挥使司，秩正三品，掌屯军、徼巡盗贼于居庸关南、北口。"《新元史·百官志二》亦载："隆镇卫亲军都指挥使司。品秩同前。掌屯军、徼巡盗贼于居庸关南、北口。"两关：即居庸关南北口。居庸关为南北狭长的沟谷。《析津志辑佚·属县》载："居庸关在直都城之北，中断而为关，南北三十里，古今夷夏之所共由定，天所以限南北也。"又云："玄都百里，南则都城，北则过上京，止此一道，昔金人以此为界。自我朝始于南北作大红门，今上以至正二年（1280）始命大丞相阿鲁图、左丞相别儿怯不花等创建焉。其为壮丽雄伟，为当代之冠……皇畿南北为两红门，设扃钥，置斥候。每岁之夏，车驾消暑滦京，出入必由于是。"南北两端的关口，南口为关沟入口，北口为出口（今八达岭口），是万里长城上最负盛名的关隘之一，为太行八陉的第八陉，也是元大都通往塞外的重要咽喉要道，有"绝险"之称。元朝统治者在此设立隆镇卫亲军都指挥使司，统率哈剌鲁族和来自中亚的钦察、阿速等族的士兵，负责居庸关一带防务，"徼巡盗贼于居庸关南北口"（《元史·百官志二》）。

[3] 诗人自注"南口、北口"：诗选本位在诗后，作"两关：南口、北口"。

[4] 万里车书:《礼记·中庸》有"今天下车同轨，书同文"之语，车乘轨辙相同，文字相同，是谓制度划一，天下一统。后因以"车书"泛指国家的文物制度。唐杜甫《题桃树》:"寡妻群盗非今日，天下车书已一家。"万里车书意在颂扬元朝海内一统。"上国"尊称朝廷之意，此处代指上都。句意谓今日大元王朝万里一统，我亦得以随驾来到上都。

[5]"太平"句说塞外驻扎重兵是防卫边塞的需要。青山代指边塞之地。

其七

穹崖幻出梵王宫[1]，双塔[2] 中间一径通。四月雨余山更碧，六龙[3] 行处日初红。

至正年间，始营双塔。宫阙巍峨，直通绝岭[4]。

【解题】

此诗写春末夏初北巡经过居庸关过街塔时的情景。雨后的春山更加碧绿，旭日东升，映照佛寺。在宜人的春景中，北巡的队列浩浩荡荡地通过了过街塔。诗人紧扣北巡之事，视角由近而远，从过街双塔到梵王宫，再到远山红日，以清丽的笔调勾画了双塔周围的自然人文景观。

【校笺】

[1] 穹崖:高崖。梵王宫:佛寺宫殿，即居庸关中的永明宝相寺。乃贤《金台集·居庸关》注云:"关北五里，今敕建永明宝相寺，宫殿甚壮丽，有三塔跨于通衢，车骑皆过其下。"《析津志辑佚·岁纪》亦载:"居庸关南佛殿，亦上位自心创造，并过街三塔，雄伟据高，穹碑屹立。西则石壁，东则陟峻深壑，蔚为往来之具瞻。"巡幸"车驾往回或驻跸于寺，有御榻在焉。其寺之壮丽，莫之与京。"(《析津志辑佚·属县》)

[2] 双塔:即过街三塔。元顺帝至正二年(1342)在居庸关中修建过街

白塔，以汉白玉砌成石台，下有供车马通行的券门，台上矗立三座石塔。双塔即指过街三塔。《析津志辑佚·属县》："过街塔在永明寺之南，花园之东，有穹碑二，朝京而立。"又云："过街塔铭　欧阳玄文。关旧无塔……今上以至正二年，始命大丞相阿鲁图，左丞相别儿怯不花等创建焉。其为壮丽雄伟，为当代之冠。"此塔"塔形穹窿，自外望之，逾相奕奕。人由其中，仰见图覆，广壮高盖，轮蹄可方。中藏内典宝诠，用集百虚以召诸福"。所引元诗"当道朱扉司管钥，过街白塔耸穹窿"即写南北口的大红门和过街三塔。后来塔身毁坏，只存石台，今称云台。杨允孚为何称过街三塔百双塔，待考。

[3] 六龙：帝王车驾的代称。《仪礼·觐礼》："天子乘龙。"汉郑玄注："马八尺以上为龙。"汉刘歆《述初赋》："揔六龙于驷房兮，奉华盖于帝侧。"唐李白《上皇西巡南京歌》之四："谁道君王行路难，六龙西幸万人欢。"六龙行处即帝王车驾所到之处。

[4] 宫阙：指永明寺宫殿。巍峨：高耸的样子。绝岭：山顶。此句意在解说与双塔相辉映的永明寺壮丽景象。《析津志辑佚·属县》："既而缘崖结构，作三世佛殿，前门翚飞，旁舍棋布，赐其额曰：'大宝相永明寺'。势连岗峦，映带林谷，令京城风气完密。"正与注中的"宫阙巍峨，直通绝岭"相吻合。

其八

翎赤王侯[1] 部落多，香风簇簇锦盘陀[2]。燕姬翠袖[3] 颜如玉，自按辕条[4] 驾骆驼。

辕条，车前横木，按之则轻重前后适均。

【解题】

此诗表现蒙古族妇女按辕驾车的情景。诗中女子虽出身高贵，衣着华美，赤翎翠袖，香风四溢，却能挥鞭按辕，驾驭骆驼车，与中原的闺中女子情趣迥异。诗的妙处在于前三句极力夸饰女子的出身高贵、装扮超群，娇美如玉，塑造一个娇弱婀娜的形象，而末句却出人意料地写出她按辕驾车的壮举。在似乎不谐调中突出了女子粗犷勇武的性格，别有情趣。

【校笺】

[1] 翎赤王侯：诗选本、四库本皆作"翎出王侯"。蒙古贵族妇女以头饰中所装饰的羽毛作区分，不同的贵族王侯妇女有不同的部族标志。

[2] 香风簌簌：香气四溢。锦盘陀：用织锦做成的马鞍衬垫。唐杜甫《魏将军歌》："星缠宝校金盘陀，夜骑天驷超天河。"

[3] 燕姬：燕地美女。南朝宋鲍照《舞鹤赋》："燕姬色沮，巴童心耻。"唐李白《齮歌行上新平长史兄粲》："赵女长歌入彩云，燕姬醉舞娇红烛。"翠袖：宽大而长的衣袖。蒙古族妇女多穿长袍。西方传教士普兰诺·加宾尼《出使蒙古记》称蒙古人"结婚的妇女穿一种非常宽松的长袍，在前面开口至底部"。

[4] 辕条：即车前驾牲畜的横木。《周礼·考工记·车人》："凡为辕，三其轮崇。"按诗人自注可知，辕条即车前横木，有平衡车子前后重量的作用。驾骆驼：即驾驭骆驼所拉的车。草原上的车一般分为两大类，一类是供人乘坐的车辆，称黑车或毡车。已婚女子往往为自己造一辆这样的大篷毡车。《马可·波罗游记》称这种车"是一种双轮上等轿子车，质量优良，上覆黑毡甚密，雨水不透，架以牛、驼。"诗中所写骆驼车即这种黑毡车。另一类是载物车，类似中原的平板车或架子车。这种车速度很慢，用一头牛或骆驼拉着，一名妇女可以驾驭二三十辆，赶车人把它们一个一个地拴在一起，自己坐在第一辆上驾驭，后面的车就自动地跟随行进。元柳贯《后滦水秋风词》之三"丈夫射猎妇当御，水草肥甘行处家"。元乃贤《塞上曲五首》之二"杂沓毡车百辆多，五更冲雪渡滦河。当辕老妪行程惯，倚岸敲冰饮橐驼"。皆表现妇女驾车之情景。

其九

仙峡琴鸣水木多[1]，别离见月奈愁何[2]。题名石壁辽金字[3]，宿雨[4] 残风半灭磨。

弹琴峡也。

【解题】

此诗写居庸关中弹琴峡一带的景观。居庸关沟谷狭长，两岸岩崖壁立，林木繁茂，谷中流水潺潺，所谓"岩峦争吞吐，风水清且激。逶迤五十里，曲折殊未息"（元揭傒斯《居庸行》），著名的弹琴峡以水声凄哀、势如弹琴而得名。元吴师道《居庸关》称："夙闻弹琴峡，洞响逾清哀。"凄哀鸣唱的洞水与易于引发乡愁情感的皎洁月色，再加上石壁上已漫漶不清的前朝摩崖石刻，引发诗人无尽的兴衰感慨。全诗在写景中寄寓诗人对人世兴衰的哀思与慨叹。

【校笺】

[1] 仙峡：即弹琴峡。（雍正）《畿辅通志》卷十七："居庸关有弹琴峡，水流石罅，声若调琴。"元陈孚《弹琴峡》诗："月作金微风作弦，清声岂待指中传。伯牙别有高山调，写在疏松乱石边。"《析津志辑佚·属县》引《弹琴峡》诗："万迭高山如画图，峡名绿绮枕平芜。风清时听琴三弄，人世知音同有无。"水木多：居庸关中多激水，两岸树木繁茂。元贡奎《居庸关》写关中激水，"阴风白昼吹飕飕，乱石当溪泉啮齿"。元吴师道《居庸关》写关中多树木，"林霏递掩映，磴道随萦回"。

[2] 奈愁何：对见月而生的乡愁没有办法。

[3] 辽金字：辽金时代的摩崖石刻。

[4] 宿雨：久雨。南朝陈江总《诒孔中丞奂》："初晴原野开，宿雨润条

枚。"此句极言时间久远，辽金时代的石刻已在风雨中模糊难辨。

其十

狼山[1] 山下晓风酸[2]，掩面佳人半怯寒[3]。倚户[4] 殷勤唤尝粥，止宜倦客宿征鞍[5]。

俗卖豆粥。

【解题】

此诗写狼山一带卖豆粥的习俗，从中可窥北地草市买卖交易情景。前两句重在写北地高寒的气候，后两句重在写卖粥之人的殷勤热情。一冷一热，形成鲜明对比，突出了诗人对北地民情的赏爱之情。

【校笺】

[1] 狼山：大都至上都途中山名。从诗作顺序看，约在居庸关以西至榆林驿一带。

[2] 晓风酸：凄寒的晓风吹人泪下。唐李贺《金铜仙人辞汉歌》："东关酸风射眸子。"句意说狼山一带早晨的寒风凄冷至极，吹人脸面，使人泪下，犹如鼻酸而下泪。

[3] 怯寒：怕冷。

[4] 倚户：靠着门。

[5] 止宜：最适合之意。倦客：疲倦的远行之人。宿征鞍：停宿歇马。

其十一

榆林御苑柳丝丝[1]，昨夜宫车又黑围[2]。宿卫一时金帐卷[3]，枪竿[4] 珍重白云飞。

此处有御苑。黑围，地名，大驾经由之所，俗云"龙上枪竿"，是以御驾不由此处。

【解题】

此诗咏北巡避暑御驾走辇路而不走驿路的惯例。由大都到上都的驿路之间有著名的高山枪竿岭，诗人自注"俗云'龙上枪竿'"为不吉之言，为避忌讳，皇帝北巡由此改走辇路，由黑谷直接北上（驿路则西行往怀来方向），经北京延庆区达草原。此诗先写皇驾由榆林驿与驿路相分，取道黑谷北上。后两句选取扈从侍卫收卷金帐的特定场景表现皇帝北巡不走驿路的原因。"金帐卷"与"白云飞"相对，不仅使诗境色彩明丽，而且弃驿路走辇路的避忌珍重之意也被写得空灵潇洒，诗境高妙。

【校笺】

[1] 榆林：在今北京市延庆区西南康庄与东花园之间的西榆林一带，是元代二京之间驿路南端的重要驿站。《析津志辑佚·天下站名》："大都，正北微西昌平，西北八十榆林。"（嘉庆）《大清一统志》卷四十："榆林驿堡，在怀来县东南三十里，东至延庆州岔道口二十五里，至居庸关五十八里，元置榆林驿。"元周伯琦《榆林驿》："此地名榆林……驿亭当要冲，人烟纷辐辏。崇山峙东西，步障明锦绣。辇路中平平，形胜信天授。"元黄缙《榆林》："向来边陲地，今见风尘清。禾黍被行路，牛羊散郊坰。"御苑：皇帝的苑囿。柳丝丝：柳条飘动的样子。句意说正是杨柳飘丝的时节，北巡上京的车驾来到了驿路上重要的榆林驿站。

[2] 宫车：皇帝的车乘。黑围：亦称黑谷、黑峪，在今北京市延庆区东北一带。（雍正）《畿辅通志》卷四十一："黑峪口，在延庆州东北。"由大都到上京的驿路与辇路由此分岔。元周伯琦《扈从诗·前序》："大抵两都相望，不满千里，往来者有四道焉，曰驿路，曰东路二，曰西路。东路二者，一由黑谷，一由古北口，古北口路东道御史按行处也。"走黑谷的东路在此与驿路

分道。句意说北巡的车驾昨夜在黑谷之地与驿路分道北去。

[3] 宿卫：在宫中值勤、担任警卫称宿卫。此处指担负扈从保卫任务的卫兵。金帐：蒙古族特有的一种移动式毡帐。制作简便，易于拆装，便于搬运，耐御风寒。蒙古人称之为"格尔"（蒙古语 ger），汉语多称帐幕、毡房、毡帐、穹庐，清代始称蒙古包。宋彭大雅《黑鞑事略》称蒙古人"居穹庐，无城壁栋宇，迁就水草无常"。穹庐即这种可拆卸移动的毡帐。蒙古语称为 caca-cacar，汉译为"察赤儿""擦折儿""擦者儿"。因毡帐内的什物常以金涂饰，故蒙古语又称为"阿勒坦察察尔"，意为"金帐"。句意说扈从侍卫收卷起停宿时使用的金帐，踏上辇路征程。参见第二十六首注 [1] 和注 [3]。

[4] 枪竿：即枪竿岭，亦称"将干岭""长安岭""桑干岭"，在今河北省与北京延庆区交界处的大海坨山中，是元代北巡驿路上的最高峰。此山高耸入云，路险曲折，山中多乱石杂树，又有杜鹃鸣蜩等禽鸟。（雍正）《畿辅通志》卷二十："长安岭，一名桑干岭，龙门县东南。本名枪竿岭，明永乐中改名。今有堡。"元人扈从诗多咏此山。元黄溍《枪竿岭》："兹山称最高，扬鞭入烟雾。矗矗多峭峰，蒙蒙绕杂树。"元周伯琦《枪竿岭二首》之一亦云："高岭薄青天，晨光晻蔼间。云中数十里，马上万重山。"

其十二

断堤遗址古长城[1]，一径中分万柳青[2]。年少每忺春酒美[3]，诗人偏厌绮罗腥[4]。

【解题】

此诗写北巡经过古长城脚下的所见所感。枪竿岭是北去上都驿路上的最高峰，山腰处有古长城遗址。元乃贤《枪竿岭》诗自注云"山腰长城遗迹尚存"即指此。前两句写扈从所见，行进在绿柳掩映的驿路上，可遥见枪竿岭山腰处已是断壁残垣的古长城遗址。后两句写诗人由行路所见引发的遐思。

历史遗迹总能引起诗人的无限感慨，触景生情，吊古伤今，抒发今昔盛衰之感，但诗人并没有采用直接抒情的方式倾诉自己的情感，而是以少年与诗人不同的喜好加以对比，含蓄地表达出这一主题。春酒之美、绮罗之腥恰与元世祖忽必烈强调的"创业之艰"（参见第五十首注［1］）形成鲜明对比，诗人以互文之蓄委婉地对少年的只知享乐而忘却"勿忘草原"的祖训进行了批评，含蓄地表达了自己的忧患之思。

【校笺】

［1］"断堤"句说行走在北巡驿路之上，远远望见枪竿岭山腰上断壁残垣的古长城遗址。元乃贤《枪竿岭》："饮马长城下，水寒风萧萧。游子在绝漠，仰望浮云飘。前登枪竿岭，冈岑郁岧峣。崩崖断车辙，层梯入云霄。幽龛构绝壁，微径纡山椒。人行在木末，日落闻鸣蜩。"自注："山腰长城遗迹尚存。"

［2］"一径"句说北巡驿路掩映在青青绿柳之中。枪竿岭上多杂树，元黄溍《枪竿岭》"矗矗多峭峰，蒙蒙饶杂树"和元贡奎《枪竿岭》"百折回冈势欲迷，举头山市与云齐。经行绝似江南路，落日青林杜宇啼"都是在说此山中多杂树、青林。

［3］忺：清抄本作"悭"。忺：高兴，适意。句意说少年忘却祖上创业之艰，只知追求饮美酒、衣绮罗的享乐生活。

［4］绮罗腥：一味地绮罗香泽使人腻烦。意在说诗人居安思危，吊古讽今，因而对眼前一味追求鲜衣美酒、耽于享乐的宫廷生活感到忧心。

其十三

汲井佳人[1] 意若何，辘轳浑似挽天河[2]。我来濯足分余滴[3]，不及新丰酒[4] 较多。

此地悭水[5] 故。

【解题】

此诗反映塞外干旱缺水的境况。前两句写美丽的女子辘轳井边汲水的情景，后两句以水不如酒多来表现此地严重缺水的状况。

【校笺】

[1] 汲井：由井里取水。汲：引水，取水。佳人：古诗词中多用来代指美女。

[2] 辘轳：水井上面用以引水的一种起重装置，在我国很早就已使用。北魏贾思勰《齐民要术》卷三《种葵第十七》言："井别作桔槔、辘轳。"注："井深用辘轳，井浅用桔槔。"五代李璟《应天长》词："柳堤芳草径，梦断辘轳金井。"浑似：好像，很像。天河：即银河，也称"星河""天汉""云汉""银汉"，是由大量的恒星天体组成的星系。晴夜高空，望去呈银白色带状，形如大河，古人因此称之为天河。此句是说佳人手摇辘轳的旋转动作就好像用手挽天河一般。

[3] 濯足：即洗脚。濯：洗去污垢。《孟子·离娄》："沧浪之水清兮，可以濯我缨。沧浪之水浊兮，可以濯我足。"余滴：一点点，极言水少。

[4] 新丰酒：新丰在今陕西西安市临潼区东北，本是秦朝的骊邑，汉高祖七年，因太上皇思乡，遂按高祖之乡丰县的街里样式改建骊邑，并迁来丰县之民居此，骊邑由此称新丰。此地产美酒，唐王维《少年行》其一就说"新丰美酒斗十千，咸阳游侠多少年。相逢意气为君饮，系马高楼垂柳边"。此句以新丰美酒与此地之水作对比，意在表现此地严重缺水的程度。

[5] 悭水：即缺水。

其十四

莫道枪竿危复危[1]，有人家住白云西[2]。儿童采棘巅崖去[3]，杜宇[4] 伤春尽日啼。

【解题】

　　此诗描绘枪竿岭一带的自然人文景观。枪竿岭的特点是山高入云，路险曲折，所谓"百折回冈势欲迷，举头山市与云齐"（元贡奎《枪竿岭》）、"云中数十里，马上万重山"（元周伯琦《过枪竿岭二首·其二》）。山中多乱石杂树，又有杜鹃鸣蜩等禽鸟。虽然山高路险，却有人家居于山中。诗人抓住白云绕山、杜宇哀啼两个特点来表现山间的静谧与生机。前两句重在写高山静景，后两句重在描绘山中动景，动静结合，把山岭高危、杜鹃哀啼的自然之景与儿童拾柴、"白云深处有人家"的人文迹象融为一体，又巧妙运用以声写静、以动写静的手法，用杜鹃啼叫的音响与儿童采棘的动作，写出了枪竿岭山间的静谧与勃勃生机。

【校笺】

　　[1] 枪竿：清抄本作"抢竿"，即枪竿岭。在今河北省与北京延庆区交界处的大海坨山中。《析津志辑佚·属县》："怀来县长谷小口，南至大安山九蹬湖七十里，属房山界。抢竿岭口八十里，房山界田。"是元代北巡驿路上的最高峰，元人扈从诗多咏此山。元黄缙《枪竿岭》："兹山称最高，扬鞭入烟雾。矗矗多峭峰，蒙蒙绕杂树。"元周伯琦《枪竿岭二首》也说："高岭薄青天，晨光晻蔼间。云中数十里，马上万重山。"参见第十一首注 [4]。危：高峻的样子。

　　[2] "有人"句意为虽然枪竿岭高耸入云，但高入云端的山间却有人家居住，恰似唐杜牧《山行》诗所描绘的"远上寒山石径斜，白云深处有人家"的诗境。

　　[3] 采棘：采拾山间的棘木。枪竿岭上生有杂树丛棘，当地居民采拾当作柴烧。巅崖：清抄本、诗选本、四库本均作"颠崖"，山巅与山崖。去：

离开。

[4] 杜宇：即杜鹃。鸟名，亦称"杜宇""子规""催归"。有鹰头杜鹃、四声杜鹃、大杜鹃、小杜鹃多种，体形毛色不一，主食昆虫，是我国广为分布的益鸟。古人传说杜鹃鸟是由远古蜀国望帝杜宇死后化成。《太平御览》卷一六六引汉扬雄《蜀王本纪》云："杜宇……乃自立为蜀王，号曰望帝。"《十三州志》："当七国称王，独杜宇称帝于蜀……望帝使鳖冷凿巫山治水有功，望帝自以德薄，乃委国禅鳖冷，号曰开明，遂自亡去，化为子规。"又云："杜宇（望帝）死时，适二月，而子规鸣，故蜀人怜之。"以为杜鹃鸟凄楚动人的鸣叫是杜宇伤春的哀鸣。晋左思《蜀都赋》："碧出苌弘之血，鸟生杜宇之魄。"唐白居易《琵琶行》："其间旦暮闻何物，杜鹃啼血猿哀鸣。"枪竿岭山谷中多杜鹃鸟，元贡奎《枪竿岭》诗称"经行绝似江南路，落日青林杜宇啼。"

其十五

李老谷前山石瓃[1]，何年此土遂民居[2]。老龙若作三更雨[3]，顷刻茅檐数尺余[4]。

【解题】

此诗描写李老谷一带的自然人文景观。李老谷亦作"李老岩"，约在枪竿岭和赤城驿之间。此地山高谷深，层峦明秀，谷底幽静，"谷中多杜鹃"（元乃贤《李老谷》诗注）。行进在高高的驿路上，远远望去，"客舍依山色"，"牛羊放山椒"。诗人抓住山有民居和谷中降雨两个富有特征的场景加以表现，把沉寂幽谷写得生机盎然。

【校笺】

[1] 李老谷：亦称"李老岭"，元代北上上都驿路上的重要沟谷。《明一

统志》卷五载："李老峪，在长安岭堡北三十里。"此谷周围高山林立，所谓"青山如波涛，汹涌无涯涘"，元人扈从诗多咏此山谷。元乃贤《李老谷》："高秋远行迈，入谷云气暝。稍稍微雨来，渐怯衣裳冷。萦纡青崦窄，杳窱烟林迥。峰回稍开豁，夕阳散微影。霜林落秋涧，寒花媚秋岭。途穷见土屋，人烟杂墟井。"癯（qú）：瘦。山石癯意思说李老谷周围山石耸立。

[2] 何年：哪一年。此土：清抄本、诗选本均作"此上"。遂民居：有人家居住。李老谷一带居民很多。元黄缙《李老谷》"行人望烟火，客舍依山色"、元胡助诗"翠峦石幽幽，久晴涧水竭。牛羊放山椒，穹庐补林缺。投宿山店小，子规夜啼血"，以及元乃贤诗"途穷见土屋，人烟杂墟井"等都是写山谷间居民依山傍林而居的情景。

[3] 三更雨：夜半三更突然而来的雨。古人以为龙王主人间行雨之事。

[4] "茅檐数尺余"指茅草房檐上的雨柱，极言雨大。后两句是说天上龙王如果突降大雨，则李老谷山中居民的屋檐上就会形成数尺长的雨柱。

其十六

马上重看尖帽山[1]，山头无数白云闲[2]。汉家天子真龙种[3]，坏土长陵为设关[4]。

乃葬后妃之所，设卫卒焉。

【解题】

此诗描写尖帽山的景观。因为此为安葬后妃之地，所以诗人特别突出其山高入云的特点，以山间悠悠的白云来增加神秘的仙境氛围，含蓄地表现了诗人的激赏之情。后两句感叹朝廷设关守陵之事。

【校笺】

[1] 重看：再次看。尖帽山：山名，以山似尖帽而得名，位在独石一带。

(雍正)《畿辅通志》卷四十一:"独石口,在赤城县东北一百里,其南十里为独石城,本元云州之独石地。"元胡助《尖帽山》:"山似高檐帽,青尖插晚空。何人堪戴取,付与笔头翁。"明陈循《独石驻跸》:"尖帽山前初驻跸,斜阳煦煦晚风和。林乌绕殿三回下,涧水穿营百折过。独石诸峰同秀拔,苍松疏柳共婆娑。不因侍从经行远,安得遨游眺览多。"此句说骑在马上再看一眼那高高的尖帽山。

[2]"山头"句意思说尖帽山高耸入云,远远望去,无数山头掩映在白云之间。

[3] 汉家天子:指相对蒙古族而言的汉民族皇帝。龙种:古人为强调皇帝的权威,假托皇帝是天之骄子,是龙王之后。如汉高祖刘邦为其称帝张本便假称自己是赤帝子,路斩白蛇,即杀了白帝子,最终得为天子。

[4] 坯土:清抄本作"抔",坟堆之意,此指皇帝后妃的陵墓。汉班固《汉书》卷五十《张释之传》:"假令愚民取长陵一抔土,陛下且何以加其法乎?"唐骆宾王《代李敬业传檄天下文》:"一抔之土未干,六尺之孤安在!"长陵:是汉高祖的陵墓,地在今陕西省咸阳市东北,渭水北岸。这里借汉高祖的长陵代指元帝后妃的陵墓。为设关:即诗人自注所说"设卫卒"守卫。

其十七

北去云州去路赊[1],马驼残梦忆京华[2]。寒风淅沥[3] 山无数,树影参差月未斜[4]。

【解题】

此诗写诗人北上途经云州时的月夜感怀。云州在今河北省赤城县中部略北处,云州水库之南的云州镇。由此继续北上,则是"夜雪青毡帐,秋烟白土房""毡房联涧曲,土屋覆山椒""牧羊沙草软,秣马地椒香"的塞外草原景象,中原之景渐少。诗人行走在云州北去的途中,塞外路远,怀旧梦迷,倍感月夜风寒，凄清冷寂。诗的前两句写诗人与大都渐行渐远而生京华之思，残梦依稀，思绪萦怀。后两句借月夜之景，远山无数，寒风淅沥，树影参差，写诗人月夜的凄寂感怀。境界清幽凄冷，感情孤寂萧索，字里行间萦回着诗人的羁旅之愁与漂泊之感。

【校笺】

[1] 云州：元代北上上都驿路上的重要站点。(雍正)《畿辅通志》卷四十一载："云州堡，在赤城县北三十里，本元云州。"元人扈从诗多咏此地之景，如元陈孚《云州》："天险龙门峡，悬崖兀老苍。千蹄天马跃，一寸地椒香。夜雪青毡帐，秋烟白土房。路人遥指语，十里是温汤。"元胡助《云州》："暑雨不时作，山流处处狂。牧羊沙草软，秣马地椒香。夜宿营毡帐，晨炊顿土房。云州今又过，明日到滦阳。"此句说由云州向北越走离京都大都越远。路赊：路远。

[2] 马驼：四库本作"马驮"。京华：京城，此指大都。句意说骑在马背上借着月夜的残梦忆起了京城的故事。

[3] 淅沥：形容雨、雪、风等自然事物所发出的声响。宋苏舜钦《游洛中内诗》："别殿秋高风淅沥，后园春老树婆娑。"理意在说无数的山峦间寒风沙沙作响。

[4] 参差：长短不齐。月未斜：月色正中天。

其十八

万古龙门镇两京[1]，悬崖飞瀑[2]一般清。天连翠壁千寻险[3]，路绕寒流百折横[4]。

【解题】

此诗描绘北巡驿路上龙门天险的奇伟景观。龙门，在今河北省赤城县云州堡东北。(雍正)《畿辅通志》卷二十载:"龙门山,赤城县北云州堡东北五里。"此地古称独固门,山高谷深,形成险要的峡谷地形,两山对峙,沽水(今称白河)中流。《辽史·地理志五》言:"龙门县有龙门山,石壁对峙,高数百尺,望之若门。徼外诸河及沙漠潦水,皆于此趣海。"此处地理位置十分重要,元周伯琦《龙门》中有"两山屹立地望尊,天作上京之南门"之句,把龙门看作上京的门户。在二京之间,龙门峡地理位置的重要性仅次于居庸关。高崖险壁、急流飞瀑构成了龙门最有特色的壮伟奇观。此诗先总写龙门雄镇两京的形胜地位,之后具体描写龙门奇险的山形水势,气魄宏大,形象鲜明,境界壮伟。

【校笺】

[1] 龙门:即龙门峡,在今河北省赤城县云州堡东北,是元代皇帝北巡上都的重要纳钵之地,地理位置重要,元人扈从诗中多有吟咏。元柳贯《龙门》:"岩岩龙门峡,石破两崖半。沙浪深尺余,湾洄触垠岸。"元乃贤《龙门》:"峥嵘龙门峡,旷古称险绝……联冈疑路断,峭壁忽中裂。"元胡助《龙门行》:"龙门山险马难越,龙门水深马难涉。矧当六月雷雨盛,洪流浩荡飘车辙。我行不敢过其下,引睇雄奇心悸慑。归途却喜秋泥干,飒飒山风吹帽寒。溪流曲折清可鉴,万丈苍崖立马看。"两京:指大都和上都。

[2] 悬崖瀑布:龙门两岸的悬崖和瀑布飞流。元周伯琦《龙门》的"千岩奇互献,万壑势争趋"和元胡助《龙门行》中的"溪流曲折清可鉴,万丈苍崖立马看"都是在写龙门山崖之险与水流之猛。

[3] 天连翠壁:极言峭壁高险连天。千寻:古人以八尺为一寻,千寻常用来形容极高或极长。唐刘禹锡《西塞山怀古》:"千寻铁索沉江底,一片降幡出石头。"《张猛龙碑》:"积石千寻,长松万仞。"

[4] "路绕"句,说驿路沿着流水曲曲折折地延伸,用以突出龙门溪流曲折、路途难行之意。

其十九

塞北凝阴无子规[1]，晓看山色不胜奇[2]。坚冰怪石涧边路，残月疏星[3]马上诗。

【解题】

此诗写的是诗人在驿路北段行进时的所见与感怀。北上驿路的南段如枪竿岭、李老谷一带多杜鹃禽鸟，诗人行在途中尚有"经行绝似江南路，落日青林杜宇啼"的观感，而随着一路北上，所见则逐渐变成奇特的塞北景观。前两句说塞北之地已无子规鸟的鸣叫，山光物色已不同中原。后两句则具体写塞北之景。诗人选取了最富北地特色的冰、石、路、月、星等意象，用脱节并置的手法排列出来，形象鲜明，同时又营造出一种超越字面意义的意境，给读者留下无限的想象空间，耐人寻味。

【校笺】

[1] 塞北：此指塞外草原之地。最富特色的禽鸟是白翎雀，而不再是杜鹃鸟。凝阴：乌云密布犹如凝结在一起。

[2] 不胜奇：非常奇特。

[3] 残月疏星：天上的残月与稀疏的星光。杨允孚为江西吉水人，典型的南方士人，过惯了小桥流水人家、杏花春雨江南的生活，乍到塞外草原，天高地迥，残月疏星，顿感凄清冷落。故乡渐行渐远，坚冰怪石，乡愁淡淡。黯淡凄清的诗境，写出一种前程未卜的失落与惆怅。

其二十

东京亭下水溶溶[1]，敕赐游船[2] 两两红。回纥[3] 舞时杯在手，玉奴[4] 归去马嘶风[5]。

【解题】

此诗写北巡路途中到达东凉亭时游乐歌舞的情景。前两句写水上游乐，在烟水迷茫的东凉亭下，皇帝赏赐的装饰华美的游船三三两两地往来湖水之上，远远望去，天蓝水青船红，景象美丽热烈。后两句写亭下歌舞的场景，伴着《回纥》舞曲悠扬的旋律，舞女手托着杯子翩翩起舞。歌舞散后，美丽的女子骑马而归，留下一幅骏马迎风嘶鸣的动人画面。前两句为远景，后两句近于特写镜头，远近映衬，色彩鲜丽，诗中有画。

【校笺】

[1] 东京亭：疑为东凉亭。上京东西各建一所行宫，供游猎时居住，东边者称东凉亭，亦称只哈赤、八刺哈孙，意为治者之城，在今内蒙古自治区锡林郭勒盟多伦县北白石子古城。西边者称西凉亭，又名察罕脑儿行宫，蒙古语意为白湖，在今河北省张家口市沽源县北之囫囵诺尔东北的小宏城子古城。元周伯琦《立秋日书事五首》之四："凉亭千里内，相望列东西。"自注："上京之东五十里有东凉亭，西百五十里有西凉亭。其地皆饶水草，有禽、鱼、山兽，置离宫。巡守至此，岁必猎较焉。"元柳贯《滦水秋风词四首》之一："西府林鞍如割铁，东凉亭酒似流酥。福威玉食有操柄，世祖建邦天造图。"溶溶：诗选本、四库本作"蒙蒙"。形容湖面宽广，烟水迷茫、广大无边的样子。

[2] 敕赐：皇帝的赏赐。游船：游湖所乘的小船。

[3] 回纥：古代少数民族名。其先祖为匈奴，北魏时称高车部，亦称敕勒，讹为铁勒。有十五个部落，散居漠北之地，以游牧为生。隋时回纥与仆骨、同罗、拔野古组成回纥部落联盟，中唐时改称回鹘，后部落分散西迁。回纥是中古时期重要的少数民族之一。乐府商调曲中有《回纥曲》，即由此回纥族而来。此句意说回纥人手托杯子翩翩起舞，也可以解为乐人手托杯子伴

着《回纥曲》翩翩起舞。

[4] 玉奴：古人对女子的称谓。《南史·王茂传》载南齐东昏侯潘妃，小字玉儿，东昏侯败亡，玉儿同死。宋苏轼《次韵杨公济奉议梅花》之四"月地云阶漫一樽，玉奴终不负东昏"即指潘妃玉儿。旧题唐牛僧孺所作《周秦纪行》有："太真视潘妃而对曰：'潘妃向玉奴说：懊恼东昏侯疏狂，终日出猎，故不得时谒耳。'"杨贵妃，小名玉环，也自称玉奴。此处玉奴代指少数民族美女。

[5] 马嘶风：骏马迎风嘶鸣。

其二十一

南国[1] 乡音渐渐稀，朔风吹雪上征衣[2]。边鸿飞过桓州去[3]，更向穷阴[4] 何处归。

【解题】

此诗写北去上京途中的节候变化。当南国已是春花烂漫的时节，塞外草原还是朔风吹雪的冬季。北上渐行渐远，南国的乡音也渐渐稀少。诗人望着向北面桓州飞去的大雁，引发浓重的怀乡之愁。而"更向穷阴何处归"则又寄寓了诗人无限迷茫的羁旅惆怅情怀。

【校笺】

[1] 南国：泛指南方之地。唐宋之问《经梧州》诗："南国无霜霰，连年见物华。"相对塞外北方草原而言，南国指包括大都在内的中原南方之地，即内地之意。

[2] 朔风：北风。三国曹植《朔风》诗："仰彼朔风，用怀魏都。"晋阮籍《咏怀》之十二："朔风厉严寒，阴气下微霜。"征衣：这里指旅人所穿的衣服。唐杜甫《桔柏渡》："连笮动袅娜，征衣飒飘飘。"唐杜牧《秋梦》：

"又寄征衣去，迢迢天外心。"

[3] 边鸿：边地的鸿雁。桓州：州名。金朝置，本为古乌桓地，故称桓州。治所在清塞（今内蒙古自治区锡林郭勒盟正蓝旗西南的四郎城）。元周伯琦《扈从诗·前序》："此（指察罕诺儿，今河北省沽源县囵囵诺尔东北的小宏城子）去纳钵曰郑谷店、曰明安驿、泥河儿、曰李陵台驿、双庙儿，遂至桓州，曰六十里店。桓州即乌丸地也。前至南坡店，去上京止一舍耳。"其《桓州》诗描写桓州之景："桓州当孔道，城筑自唐时。翊辅千载盛，川原万里夷。草滋新雨歇，云起远山移。"元乃贤《塞上曲五首》之五"乌桓城下雨初晴，紫菊金莲漫地生。最爱多情白翎雀，一双飞近马边鸣"也是写桓州之景。此句意思说边地的鸿雁向北朝桓州方向飞去。

[4] 穷阴：穷冬。唐孟浩然《赴京途中遇雪》："穷阴连晦朔，积雪满山川。"此处指北方阴冷的气候。北巡正值春季，但北地草原仍是朔风飘雪，阴冷如冬。句意是说北方边地此时仍是阴冷如冬，但北方的候鸟在去南方过冬后信期而返，此刻正向北边的桓州飞去，不知它要到何处寻找自己的归宿。

其二十二

窝名檐子果何如[1]？野草黄云[2]入画图。弧矢纵悬仍觅侣[3]，塞前番语笑人迂[4]。

【解题】

此诗写诗人到达檐子窝时的情景。檐子窝，亦作担子窝、担子洼，约在今河北省张家口市赤城县独石以北、沽源县城以南的元代驿路上。（雍正）《畿辅通志》卷二十："望国岩，赤城县北望云川东北，下有担子洼。"担子洼是北巡驿路上重要的停宿之地。元黄缙《担子洼》："自从始出关，数日走崖谷。迢迢度偏岭，险尽得平陆。坡陀皆土山，高下纷起伏。连天暗丰草，不复见林木。行人烟际来，牛羊雨中牧。"此诗前两句写檐子窝一带的自然之景，野草黄云，一幅典型的塞上草原景象。后两句写当地人的尚武精神。当地人尚武善射，只要身悬弓箭，则无往不克，所以对身佩弓箭尚在寻找伙伴的做法报以嘲笑的态度，写得幽默而有趣。

【校笺】

[1] 窝名檐子：即此地取名檐子窝。果何如：究竟怎么样。

[2] 野草：漫山遍野之草。黄云：狂风卷起的黄色沙尘。唐高适《别董大》："千里黄云白日曛，北风吹雁雪纷纷。"檐子窝处在今大马群山以北的坝上高原之地。此地多高丘土山，野草黄云，随处可见，典型的草原景象。

[3] 弧矢：即弓箭。《易·系辞下》："弧矢之利，以威天下。"此句写北来之人身佩弓箭正寻觅伙伴以便结伴而行的情景。塞外之人勇武善射，只要有了弓箭则无所畏惧，无往不克，不需结伴而行。故下句说寻侣找伴的做法实在是迂腐可笑之举。

[4] 塞前：边塞之地。番语：少数民族语。元时称蒙古语为国语。此处番语概指蒙古语以外的其他少数民族语言。迂：迂腐可笑。

其二十三

驱车偏岭[1] 客南还，始见胡姬笑整鬟[2]。谁信片云三十里[3]，寒暄[4] 只隔此重山。

过人[5] 到偏头之北，面不可洗，头不可梳，冷极故也。过此始有暖意。素非高岭，寒暄[6] 止隔于此，良可怪也欤。

【解题】

此诗写北巡驿路上偏岭南北截然不同的气候特点。仅仅一岭之隔，山南山北温差极大，行人到岭北，因天气寒冷，面不可洗，头不可梳，而岭南则很暖意。诗人以胡姬在山之南北的不同反映来突出气候的不同特点。后两句以设问方式感叹这种奇异的自然现象，"片云"与"重山"使问句变得形象鲜明，细细品鉴，饶有意味。

【校笺】

[1] 偏岭：北去上都驿路北段上重要的山岭，概为今之大马群山。（雍正）《畿辅通志》卷二十载："偏岭山，赤城县独石城北四十五里，或曰即天岭。"此山虽"素非高岭"，然其地处内蒙古高原南缘，是农牧区分界线，山南与山北气温差别很大。

[2] 胡姬：四库本作"燕姬"，指北地少数民族年轻女子。古诗词中泛指年轻貌美的少女。汉辛延年《羽林郎》："依倚将军势，调笑酒家胡。胡姬年十五，春日独当垆。"唐李白《少年行》之二："落花踏尽游何处，笑入胡姬酒肆中。"鬟：女子头上的环形发髻。唐杜甫《月夜》："香雾云鬟湿，清辉玉臂寒。"整鬟即梳理头发。

[3] 谁信：谁理解、谁相信。片云三十里：意思说三十里之间同在一片蓝天下，同顶一朵白云，强调距离之近。

[4] 寒暄：寒与暖。南朝陈徐陵《报尹义尚书》："淹留赵魏，亟历寒暄。企望乡关，理多悲切。"这两句意思是说谁能相信"素非高岭"的偏岭，山南山北同在一片蓝天之下，同顶一朵白云，仅仅三十里地，其气温差别竟有如此之大。句式由宋王安石《泊船瓜洲》"京口瓜洲一水间，钟山只隔数重山"化用而来。

[5] 过人：四库本作"行人"。

[6] 寒暄：诗选本、四库本作"寒气"。

其二十四

李陵台[1] 畔野云低，月白风清狼夜啼。健卒[2] 五千归未得，至今芳草绿萋萋[3]。

此地去上京百里许。

【解题】

此诗吟咏北巡路上重要的历史遗迹李陵台。李陵台在今内蒙古自治区锡林郭勒盟多伦县西南、滦河（闪电河）东岸的老黑城。（嘉庆）《大清一统志》卷五百八十四载："威卤旧驿，今牧厂地，土人呼为博罗城，在独石口东北一百四十里，亦名李陵台，明初置驿于此，为开平西南第二驿博罗城址。"据《史记》和《汉书》记载，李陵于武帝天汉二年（公元前99年）率兵五千北击匈奴，兵败投降。后西汉与匈奴和好，被扣使臣苏武得归汉朝，李陵因投降失节，难归故里，只得赋诗泪别苏武。传说李陵滞留北方，常常登台望乡，故后人称李陵望乡之台为李陵台。这里地处滦河上源地区，气候凉爽，水草丰美，禽鸟众多，所谓"川草花芬郁，沙禽语滑柔"（元周伯琦《李陵台》），但诗人无意刻画李陵台周围的美景，重在咏叹李陵兵败投降的历史憾事。前两句抓住李陵台周围风清月白、野狼夜啼的景象渲染一种凄凉冷寂的氛围，后两句又以萋萋芳草象喻五千士兵的别情归思，使眼前景直接千年情，既表现了历史人物的千载遗恨，也流露了诗人的叹惋之情。全诗虽着笔于荒台绿草，却具有深沉的历史感。

【校笺】

[1] 李陵台：元代大都至上都驿路上的重要驿站，在今内蒙古自治区锡林郭勒盟多伦县西南、滦河（今闪电河）东岸的老黑城。按诗人自注，李陵台距上京约百里。（康熙）《大清一统志》卷四百九："西南废驿，今牧厂地，土人呼为博罗城，在独石口东北一百四十里，亦名李陵台。"即此，元人扈从诗多咏此，如元许有壬《李陵台》"李陵台下驻分台，红药金莲遍地开。斜日一鞭三十里，北山飞雨逐人来。"元贡奎《李陵台次韵杨学士》："青山绕驿客重来，十里羸骖首重回。今古李陵悲绝处，夕阳野牧下荒台。"元胡助《再赋

李陵台》："李陵台畔秋云黄，沙平草软肥牛羊。"

[2] 健卒：强健的士兵。句意同唐陈陶《陇西行四首》之一"誓扫匈奴不顾身，五千貂锦丧胡尘"。

[3] 萋萋：草木茂盛的样子。《楚辞·招隐士》："王孙游兮不归，春草生兮萋萋。"以春来处处茂盛的芳草比喻缠绵不断的别情。汉蔡邕《饮马长城窟行》有"青青河边草，绵绵思远道"句，从此以春草、青草喻指别情就成为中国古典诗歌的抒情传统。此诗以萋萋芳草寄寓五千未归士卒的离乡之恨，是由李陵台引发的怀古之情（参见第七十九首注［4］）。

其二十五

鸳鸯陂[1] 上是行宫，又喜临歧[2] 象驭[3] 通。芳草撩人香扑面[4]，白翎[5] 随马叫晴空。

由黑围至此，始合辙焉，即察罕脑儿。白翎，草地所产。

【解题】

此诗描写北巡重要纳钵之地——察罕脑儿一带的自然人文景观。前两句着眼于人文之景，一是北巡驿路与辇路至此相会，一是在此汇合之处建有重要的纳钵行宫亨嘉殿。诗人抓住这两个人文景观，以征行者的视角顺序来写，次第井然，使人如临其境。"又喜"二字虽轻描淡写，突出了北巡之人见行宫而喜悦，遇相会而兴奋的心情。后二句落笔于自然之景，捕捉当地最有代表性的植被与生物，表现地处草原的特有风光。草香扑面是嗅觉感受，白翎和鸣是听觉反应，而晴和的天气给人赏心悦目之意。这种描景有动有静，有声有色，状难写之景如在目前，清丽可感，是一首情景交融的佳作。

【校笺】

[1] 鸳鸯陂：诗选本作"夗央坡"，四库本作"鸳鸯坡"，即诗人自注中

的"察罕脑儿"。诗人自注"察罕脑儿",四库本作"察罕诺尔",即今河北省张家口市张北县的鸳鸯泺。元代周伯琦《扈从诗·前序》言:"至察罕诺尔,云然者犹汉言白海也。其地有水泺,汪洋而深不可测,下有灵物,气皆白雾,其地有行在官,曰亨嘉殿。阙廷如上京而杀焉,置云需总管府,秩三品以掌之。沙井水甚甘洁,酿酒以供上用,居人可二百余家,又作土屋养鹰,名鹰房。云需府官多鹰人也。驻跸于是,秋必猎校焉。"此诗中的行官即指此亨嘉殿而言,是上京巡幸途中重要的纳钵之所。

[2] 临歧:临到岔路口。此指北巡驿路与辇路至察罕脑儿相交会。

[3] 象驭:即皇帝乘坐的象辇。北巡至沙岭以北,便进入了内蒙古高原南缘,地势趋于平坦,象辇可以通畅无阻,故元周伯琦《扈从诗·前序》云:"近沙岭则土山连亘,堆阜连络,惟青草而已。地皆白沙,深没马足,故岭以是名。过此则朔漠平川如掌,天气陡凉,风物大不同矣。"

[4] "芳草"句说进入了平川如掌的内蒙古高原南缘,一派草原景象,草地绵延,芳香沁脾。元周伯琦《扈从诗·前序》云:"驿路至此(指什巴尔台之地,又名牛群头)相合,而北皆刍牧之地,无树木,遍生地椒、野茴香、葱韭,芳气袭人,草多异花五色,有名金莲者,绝似荷花而黄,尤异。"

[5] 白翎:鸟名,即百灵鸟。生于朔漠地区,雌雄和鸣,虽严寒大冻,亦不易,是塞北之地独具特色的鸟类。元陶宗仪《南村辍耕录》卷二十:"陈云峤先生云:'白翎雀生于乌桓朔漠之地,雌雄和鸣,自得其乐。世祖因命伶人硕德闾制曲以名之。"元人扈从诗中多有吟咏。元乃贤《塞上曲》五首之五:"乌桓城下雨初晴,紫菊金莲漫地生。最爱多情白翎雀,一双飞近马边鸣。"元贡师泰《和胡士恭滦阳纳钵即事韵》:"野阔天垂风露多,白翎飞处草如波。"又《上都诈玛大宴五首》之三:"野韭露肥黄鼠出,地椒风软白翎飞。"

其二十六

夜宿毡房[1] 月满衣,晨餐乳粥碗生肥[2]。凭君莫笑穹庐矮[3],男是公侯女是妃[4]。

【解题】

此诗写蒙古族居住饮食习俗。诗人北上上都，途中住进蒙古族帐幕式毡房，明亮的月光透过房顶的天窗洒在衣被之上，清凉幽雅。早晨起来，与蒙古人一起吃加了奶汁的小米稀粥，味道独特。前两句重在表现北人的居住饮食状况，后两句赞美主人公的高贵地位。善意地告诫读者不要小看那矮矮的穹庐毡房，它里面的主人都是王孙公侯等大人物。上京一带的住房分两种，一是汉民族的土屋，一是蒙古族的穹庐式毡房。如元马祖常《上京翰苑书怀》："土房通火为长炕，房屋疏凉启小棂。"元周伯琦《上京杂诗》："土床长伏火，板屋颇通凉。"但真正代表塞外上京居住特色的是蒙古族的穹庐式毡房。诗人敏感地捕捉到这种特点，并以毡房"低矮"与其主人身份的"高贵"（"男是公侯女是妃"）形成的强烈对比，以突出这种居室在蒙古族人民心中的重要地位与喜爱程度，加上晨餐乳粥的表现，真切形象地描绘了一幅蒙古族居食习尚图。

【校笺】

[1] 毡房：用毛毡为材料建构的蒙古包式的房屋，与汉民族居住的土坯房相对称毡房。蒙古语称为"格尔"（ger），也称毡帐、帐幕、穹庐，俗称蒙古包。宋彭大雅《黑鞑事略》："其居穹庐，无城壁栋宇，迁就水草无常。"徐霆补注："穹庐有二样：燕京之制，用柳木为骨，止如南方罘，可以卷拿，面前开门，上如伞骨，顶开一窍，谓之天窗。背以毡为衣，马上可以载。草地之制，以柳条织定硬圈，经用毡挞定，不可卷拿，车上载行。"两种毡房与汉族的土房是塞外草原上并行的常见房屋式样，元人诗中多有描写，如元袁桷《云州》："毡房联涧曲，土屋覆山椒。"

[2] 乳粥：是一种用小米煮的稀饭，再和以乳汁做成的食品。加宾尼

《出使蒙古记》记载蒙古人早晨吃稀粥，就是这种乳粥。因为粥中加入了乳汁，所以食此类稀粥时，碗上往往沾有奶脂而显得肥腻油滑。

[3] 穹庐矮：蒙古族居住的蒙古包毡房一般较低矮。《黑龙江外纪》载："穹庐，国语（指满族语）曰蒙古博，俗读'博'为'包'。""博"或"包"为满语boo之音译，意思为房屋。这种毡屋一般由上下两部分组成。通常高七至八尺，较矮的高约五尺，直径十二至十三尺，周围环以木条结成的网状围壁，称"哈那"（hana）。顶部用木条结成伞形支架（乌尼，uni）组成，围壁与顶部用毛毡覆盖，并用毛绳从各面绑缚。屋顶中央开有圆形天窗（额鲁格eruge）直径三至四尺，用以采阳光，通烟气。室内正中央是炉灶或火塘，上通天窗，西北角是神龛，主人床榻在西北，男人居右，妇女在左。郑思肖《心史·大义略叙》："北去竟无屋宇，毡帐铺架作房如鸡笼状，门高仅五尺，出入必低头。"

[4] "男是"句，意在说居住穹庐式毡房是蒙古族人共同的生活习尚，毡房虽矮，其主人却地位高贵。后两句借鉴了唐曹松《己亥岁二首》之一"凭君莫话封侯事，一将功成万骨枯"的句法形式。

叙典事（四十首）

《滦京杂咏》一百零八首，从第二十七首至第六十六首，共有诗四十首，集中描绘滦京一带的自然人文景观，叙述皇帝滦京避暑往还的典章故事。按诗人自注"此以下叙滦京之景及圣驾往还典故之大概"之意，校笺者将此四十首诗作为杂咏的第二部分，定名为"叙典事"。这些诗作抓住上京一带典型的自然人文景观，作了全方位的概括叙写，并根据自己的亲历见闻，按时间顺序概括勾画了元帝上京避暑时的常规惯例，从中可见，元朝皇帝的北上纳凉之举含有多方面的政治内涵。一方面，借避暑之机，元朝皇帝大会蒙古番王，以丰厚的赏赐来笼络周边的蒙古上层人物，借以维护和巩固元朝的统治地位；另一方面，利用到上都避暑之机，北巡狩猎，在训练武备、保持骑射传统的同时，对边地民族也会起到威慑作用。因此，可以说元帝北巡有很强的政治意义。这一点元代诗人也看得很清楚，如吴师道说："大驾时巡镇北庭，皇风万里畅威灵。"（《上京即事》）马祖常说："两京巡省非行幸，要使苍生乐至和。"（《龙虎台应制》）又："吾皇省方岂田猎，观风察俗知太平。"张昱亦言："翠华阁下颁缯巾，圣主留恩柔远人。"（《辇下曲》）杨允孚亲历北巡之事，对大元王朝心存依恋，这些诗全方位地展现了皇帝北巡的各类仪式、典礼、程序及用意，是了解元代社会历史及政治极有价值的史料。

从艺术上来看，这些诗作清新自然，无论写景还是叙事，都能抓住最富特色、最具代表意义的典事与景象，选取最恰当、最具内涵的意象构筑诗境，有很强的趣味性，生动有趣，使人在美的享受中了解了元代北巡上都这一历史事件的丰富内涵。

其二十七

欢喜坡边望禁城[1]，鸾翔凤翥卿云清[2]。举杯一吸滦阳酒[3]，消尽南来百感情[4]。

此以下叙滦京之景及圣驾往还典故之大概。

【解题】

此诗写诗人经过艰辛跋涉到达上都时的喜悦心情。欢喜坡是从大都到上都的最后一站。北巡至此已是京城在望，诗的前两句写诗人站在欢喜坡边，遥望上京城，看到辽远清旷的上京城萦绕着吉祥喜庆的氛围，一派皇都瑞应的雄奇景象。后两句具体写诗人到达上京后的喜悦心情。诗人多日奔波的劳顿之苦、北来感旧的欣慨情怀等，都消融在滦阳酒中。全诗字里行间流露出诗人对元朝的钟爱与叹喟。

【校笺】

[1] 欢喜坡：概为上京城南的南坡。此地距上京仅一舍（一舍为三十里）之远。站在此坡上即可遥望上京城，故曰："欢喜坡边望禁城。"欢喜坡也可解为上京城南的一土坡名，北巡上京至此坡则上京城近在咫尺，欣喜之情由此而生，故称此坡为欢喜坡，以表达经过二十多日的奔波跋涉终于抵达上京的喜悦之情。禁城：即紫禁城，皇帝所居之处，此指上京城。

[2] 鸾翔凤翥：鸾凤皆传说中祥瑞神鸟。汉许慎《说文解字·鸟部》："鸾。亦神灵之精也。赤色，五采，鸡形。鸣中五音。"一说鸾是凤凰五种之一。古人常用鸾凤神鸟来喻指人才或美善贤良。此处以鸾凤飞舞来赞美上京城吉祥瑞应的皇都气象。翥：飞翔。飞舞的样子。卿云：亦作"庆云""景云"，古人观念中的一种祥瑞之云。《竹书纪年上·帝舜有虞氏》："十四年，卿云见，命禹代虞事。"《史记·天官书》描述这种云气，言其："若烟非烟，若云非云；郁郁纷纷，萧索轮，谓之卿云。"《尚书大传·虞夏》引先秦佚名《卿云歌》曰："卿云烂兮，纠缦缦兮。日月光华，旦复旦兮。"此处卿云也是用以赞美上京城作为元朝夏都的祥瑞气象。类似者如元贡师泰《上都诈马大宴五首》之三："卿云弄彩日重晖，一色金沙接翠微。野韭露肥黄鼠出，地椒风软白翎飞。"

[3] 滦阳酒：指上京所产的马奶子酒，亦称"马湩"，今称蒙古酒。乌恩《内蒙古风情》："奶酒（马奶酒），又叫蒙古酒。"是蒙古人非常喜爱的饮品。元人扈从诗多咏此酒，如元许有壬《上京十咏·马酒》诗赞其"味似融甘露，香凝酿醴泉"。萨都剌《上京即事》十首之七："祭天马酒洒平野，沙际风来草亦香。"元乃贤《塞上曲五首》之四："马酒新挏玉满瓶，沙羊黄鼠割来腥。踏歌尽醉营盘晚，鞭鼓声中按海青。"元胡助《滦阳十咏》之八："朝来雨过黑山云，百眼泉生水草新。长夏蚊蝇俱扫迹，蒲萄马湩醉南人。"元贡师泰《和胡处士滦阳纳钵即事韵》："野阔天垂风露多，白翎飞处草如波。髡奴醉起

倾浑脱，马湩香甜奈乐何。"参见第六十二首注 [2] 及诗人自注。

[4] 百感情：多种多样的感情。既有旅途劳顿之苦，也有由南而北的思乡之愁。

其二十八

铁番竿[1] 下草如茵，淡淡东风六月春[2]。高柳岂堪供过客[3]，好花留待踏青[4] 人。

即幹耳朵[5]。踏青人，指宫人也。

【解题】

此诗咏上京的重要景点镇龙铁幡竿。上京城位于内蒙古自治区锡林郭勒盟正蓝旗东北、闪电河北岸，地处内蒙古高原南端，整个都城背倚龙冈，西靠大山，南面金莲川，上都河自西向东由城南流过。相传，当年刘秉忠奉世祖之命始建开平城之时，此处有双龙蛰居，阴湿潮雾不散，夜有龙吟，阴森恐怖。秉忠设坛，世祖致祭，于是夜里风雨大作，雷电交加，双龙腾飞让位，从此开平城风清日朗。后来，世祖升开平城为上都，依佛教之说，在西山之上竖立铁竿以镇龙，是为铁番竿。元胡助《滦阳十咏》之四"小西门外草漫漫，白露垂珠午未干。沙漠峥嵘车马道，半空秋影铁番竿"。元张翥《上京即事》"金柱镇龙僧咒罢，玉舆驭象帝乘来"。元周伯琦亦云："海气腾空摇铁刹，山风卷雾净金城。"都是咏此景之作。此诗描绘上京六月时节，和风淡淡、杨柳飘丝、山花烂漫的美好春景。一改以往写边地的诗作荒凉可畏的景象，既写出了春光明媚、好景宜人的塞外春景，也非常委婉含蓄地流露出诗人对时事改易的叹惋之情。全诗轻描淡写，仅用了"草如茵""淡淡东风""高柳""好花"几个自然意象的点缀，便给人春风拂面、花草飘香的身临其境之感。"六月春"在写实中营造出一种新奇感，而"岂堪"二字又深寄诗人的隐微之情，是一篇难得的好诗。

【校笺】

[1] 铁番竿：四库本作"铁幡竿"。上京小西门外西山上用以镇龙的铁竿。元世祖忽必烈初建上京城时，相传有神龙居此，刘秉忠设坛、世祖致祭，神龙飞升，后依佛教之说在上京西山上立铁竿一根以镇龙，称为铁幡竿。元周伯琦《近光集》卷二《立秋日书事五首》之三："铁刹标山影，金铺耀日华。龙回秋歇雨，燕落昼翻沙。苑御调骁骑，宫官葺氊车。长杨谁共赋，满耳沸寒笳。"自注："上京西山上树铁番竿，高数十丈，以其下海中有龙，用梵家说作此镇之。"

[2] 淡淡：春风微弱貌，东风吹拂貌。晏殊《寄远》："梨花院落溶溶月，柳絮池塘淡淡风。"尤袤《全唐诗话·女郎张窈窕》："淡淡春风花落时，不堪愁望更相思。"此处形容上京之地六月里东风送暖，舒缓柔和，有如春日。六月春：此言上京夏日凉爽宜人，当中原之地已是六月盛夏之时，上京气候还像春天般温和宜人。

[3] 高柳供客：古人有折柳送别习俗。《三辅黄图》："灞桥在长安东，跨水作桥。汉人送客至此桥，折柳送别。"宋程大昌《雍录》："汉世凡东出函潼，必自灞陵始，故赠行者于此折柳为别。"句意说高高的柳树不堪送行之人的攀折，极言人世别离之多。含蓄隐微地传达了诗人因时事改易而生的惆怅与感伤。

[4] 蹋青：清抄本、四库本均作"踏青"。古人有春日踏青习俗。唐杜甫《绝句》："江边踏青罢，回首见旌旗。"宋苏辙《记岁首乡俗寄子瞻》之一《踏青》："江上冰消岸草青，三三两两踏青行。"因物候不同，各地踏青的时间也有所不同，有的在二月二，有的在三月三，多数地方在清明节。上京地处塞外高原，春日迟迟，故踏青也晚。此句意思说六月里铁幡竿下风和日丽，宜人的景色正是宫人踏青游玩的绝好去处。

[5] 斡耳朵：四库本作"鄂尔多"，亦作"斡鲁朵""斡里朵""斡儿朵"

"窝里陀"，为蒙古语 ordu（复数为 ordus）的音译，意为官、宫殿，是蒙古族对本民族穹庐式宫殿、宫帐的通称（参见第二十六首注［1］）。

其二十九

先帝妃嫔火失房[1]，前期承旨达滦阳[2]。车如流水[3] 毛牛[4] 捷，鞴缕黄金白马[5] 良。

毛牛，其毛垂地。火失，毡房[6]，乃累朝后妃之宫车也。

【解题】

此诗写每年北巡的先期准备情况。元代北巡虽是由大都北上塞外边陲之地，但两都之间交通却十分便利，所谓"碛中十里号五里，道上千车联万车。"（元柳贯《滦水秋风词》）诗中"车如流水牦牛捷"的情状即是这种发达的驿路交通的真实写照。诗的前两句写妃嫔的宫车已先期抵达上京，后两句以便捷的牦牛和精良的白马来突出北巡时节两京之间车水马龙的热闹场景。全诗虽为叙述语句，但字里行间流露着诗人赞赏玩味的愉悦心情。

【校笺】

［1］火失房：四库本、选本皆作"哈纳房"，亦称"火室房"，元代历朝后妃的宫车。"火室"一词为蒙古语 qosi 的音译，原指元代宫廷中可以移动的宫帐，后专用来指历朝后妃的宫车。《析津志辑佚·岁纪》载："火室房子，即累朝老皇后传下宫分者。先起本位，下官从行。国言火室者，谓如世祖皇帝以次俱承袭皇后职位，奉宫祭管一斡耳朵怯薛女孩儿，关请岁给不阙。"元柯九思《宫词十首》"黄金幄殿载前车"即为此类车上宫帐。

［2］承旨：官名，即翰林学士承旨，属翰林院。唐宪宗元和元年（806）以郑细为翰林承旨，位在诸学士之上。凡皇帝大诰令、大废置、重要政事等皆承旨专对。宋元两代因其制。此"承旨"与上句"妃嫔"相对，皆为北巡的

先遣人员，先期抵达上京。是互文的手法。也可释为秉承皇帝的意旨，亦通。滦阳：即上京。以其地处滦河上源（今闪电河）北岸，山南水北谓之阳，故上京也称滦阳。

[3] 车如流水：形容人来车往，十分繁忙热闹。李煜《望江南》："多少恨，昨夜梦魂中。恰似旧时游上苑，车如流水马如龙，花月正春风。"元柳贯《后滦水秋风词》："碛中十里号五里，道上千车联万车。"

[4] 毛牛：今作牦牛，一种体形粗壮、毛长垂地的牛。宋彭大雅《蒙鞑事略》中徐霆补注："草地之牛纯是黄牛，其大与江南等，最能走，既不耕犁，只是拽车，多不穿鼻。"盖指此。但诗人自注："其毛垂地。"则似指有"高原之舟"美称的牦牛。牦牛身矮体健，毛长，色多黑、深褐或黑白花斑，尾毛蓬生，下腹、肩、股、胁等部密生长毛，睡卧冰雪地上而不觉冷，耐寒耐粗饲。蹄质坚硬，善于在高山峻岭间驮载运物，被称为"高原之舟"。此种牦牛多产于高寒地区。

[5] 鞴缕：四库本作"鞴镂"。鞴为马鞍下的衬垫。白马：白色蒙古马。宋赵珙《蒙鞑备录·马政》载，蒙古马"以不蹄啮也，千百成群，寂无嘶鸣，下马不用控系，亦不走逸，性甚良善"，并有耐寒耐饥特点。

[6] 火失，毡房：四库本作"哈纳，毡房"。

其三十

圣祖初临建国城[1]，风飞雷动蛰龙惊[2]。月生沧海[3] 千山白，日出扶桑[4] 万国明。

上京大山，旧传有龙居之。奉白宥通[5]。

【解题】

此诗记咏元世祖初建上都城时的传说。相传，当年刘秉忠奉世祖之命始建开平城之时，此处有双龙蛰居，阴湿潮雾不散，夜有龙吟，阴森恐怖。秉忠设坛，世祖致祭。于是夜里风雨大作，雷电交加，双龙腾飞让位，从此开平城风清日朗。元周伯琦《上京杂诗十首》之九："闻说开都日，双龙据海中。良何方献策，精卫竟成功。灵去为云雨，皇居焕电虹。黄图三辅右，载笔记昭融。"即为记咏此传说之诗。此诗记写这一传说，赋予故事更为神奇的色彩。后两句既写出传说中蛰龙让位后的风清月朗之境，也含蓄地歌颂了元朝统一全国带来的升平气象。

【校笺】

[1] 圣祖：指元世祖忽必烈。元世祖忽必烈于 1251 年 6 月总领漠南汉地军国庶事，第二年移王府于桓州，开设"金莲川幕府"。1256 年忽必烈命刘秉忠在桓州东、滦水北的龙冈（今内蒙古锡林郭勒盟正蓝旗境）建造开平城，为移府开平做准备，是为"圣祖初临"。国：国都、都城。

[2] 风飞雷动：形容蛰龙让位的情景。元耶律铸《凯乐歌词·取和林》"龙飞天府玉滦春，德水清流复旧痕。自非电断光前烈，谁得重沾雨露恩"即咏此。

[3] 月生沧海：古人以为月亮从大海中升起。唐张九龄《望月怀远》："海上生明月，天涯共此时。"唐李商隐《锦瑟》："沧海月明珠有泪，蓝田日暖玉生烟。"

[4] 扶桑：传说中神木之名，古人以为日出于其下。《楚辞·离骚》："饮余马于咸池兮，总余辔乎扶桑。"《淮南子·天文》："日出于谷，浴于咸池，拂于扶桑，是谓晨明。"

[5] "上京大山，旧传有龙居之，奉白宥通"句，四库本作"上京大山，传有龙居之"。奉白：告白。宥通：宽待通融。奉白宥通意思是说刘秉忠设坛，世祖致祭，告白蛰居双龙，双龙于是宽仁让位、乘夜飞升。

其三十一

北阙[1] 东风昨夜回，今朝瑞气集蓬莱[2]。日光未透香烟起[3]，御道[4]

声声驼鼓来[5]。

谓骆驼鼓也[6]。

【解题】

此诗咏逢春而来的北巡惯例。昨夜的上京，东风回暖，于是今朝的皇宫里便是瑞气翔集。驼鼓声声，圣驾北来，被冷落多时的上京开始充满生机与喜庆的氛围。声声驼鼓像喜庆的钟声，给上京带来了福音。诗作虽只是吟咏元帝北巡"岁以为常"的惯例，但"东风""瑞气""声声驼鼓"等意象的运用，使字里行间透出了诗人对皇帝北来的兴奋之情。"昨夜"与"今朝"的对应更突出了诗人企盼皇帝北来的激动心情。在诗人心中，和暖的东风不仅是春天来临的美好征兆，更是浩荡皇恩的象征。而"声声驼鼓"更像是对上京播撒下的福音，让诗人心中激动不已。

【校笺】

[1] 北阙：古代官殿北面的门楼。《汉书·高帝纪下》："萧何治未央宫，立东阙、北阙、前殿、武库、太仓。"颜师古注："未央宫虽南向，而上书、奏事、谒见之徒皆诣北阙。"后则用为宫禁或朝廷的别称。唐孟浩然有诗："北阙休上书，南山归敝庐。"这里也是以北阙代指上都的宫廷。

[2] 瑞气：祥瑞之气。蓬莱：古代传说中仙人所居之山。《山海经·海内北经》："蓬莱山在海中。"《史记·封禅书》："自威、宣、燕昭使人入海求蓬莱、方丈、瀛洲。此三神山者，其传在勃海中。"这里以神仙所居之蓬莱仙山代指上京的皇家宫苑（参见第三十七首注 [4]）。

[3] "日光"句写早晨太阳未出而炊烟已起的景象。

[4] 御道：供皇帝通行的道路，此代指上京城内的主街道。

[5] 驼鼓：亦称骆驼鼓，元代宫廷仪仗之一。元帝出行，以骆驼负载一面铜鼓于驾前引导开路，称驼鼓。它与皂、骡鼓、马鼓等是元朝宫廷中富有

特色的仪仗形式。《元史·舆服志二》："驼鼓，设金装铰具，花罽（音季，古代用毛做成的毡子之类的东西）鞍褥櫜筶，前峰树皂纛，或施采旗，后峰树小旗，络脑、当胸、后秋，并以毛组为辔勒，五色瓘（音贯，古书上指一种玉）玉，毛结缨络，周缀铜铎小镜，上施一面有底铜扐小鼓，一人乘之，系以毛绳。"皇帝每行幸，先鸣驼鼓，威振远迩。元周伯琦《扈从诗·南坡》"南坡延胜概，一舍抵开平。地蕴清凉界，天开锦绣城。雷轰驼鼓振，霞绚象舆行。填道都人士，瞻前戴圣明"和元欧阳玄《渔家傲·南词》中的"龙虎台前驼鼓响，攀仙掌，千官迎銮仗"就是写这种驼鼓仪仗。

[6] 清抄本无诗人自注。

其三十二

撒道黄尘辇辂过[1]，香焚万室格天和[2]。两行排列金钱豹[3]，钦察将军[4]上马驼。

【解题】

此诗写皇帝在上京举行盛大祭天活动后去狩猎的场景。诗的前两句写侍从黄土铺路，皇帝前去行香祭天，万民随祭，千家万户的香火感通了上天。后两句写皇帝出行狩猎时威严的仪仗，驯化的金钱猎豹两行排列，钦察将军骑在骏马或骆驼之上随行出发，渲染一种出猎前的威武雄壮的庞大气势。

【校笺】

[1] 撒道黄尘：古代天子出行须以净水泼街，黄土垫道，既是一种仪式，也为出行降尘铺路，谓之撒道。《明史·杨涟传》："忠贤进香涿州，警跸传呼，清尘垫道，人以为大驾出幸。"无名氏《水里报冤》第三折《双雁儿》："都磨到一怀儿，行不到半条街。须臾间临左侧，前后撒道没遮塞。籍珠帘挂宝阶，点银灯浸亮槅。"辇辂：皇帝乘坐的车子。此句写皇帝出行祭天的

情景。

[2] 香焚万室：千家万户焚香祈祷。格天：古代统治者自称受命于天，凡所作为，感通于天，称格天。格：感通之意。《书·君奭》："成汤既受命，时则有若伊尹，格于皇天。"南齐王简栖《头陀寺碑文》："祖武宗文之德，昭升严配；格天光表之功，弘启兴复。"此句意为千家万户的焚香祈祷感动了上天。

[3] 金钱豹：北地所产的一种凶猛的猎豹。《析津志辑佚·物产》："豹，金钱毛色，甚雄伟。踯躅无停住，通有六七，随牵至鞑靼山田则诇之，遇兽无有不获。"元帝曾于上京城的北部山岗区正中修筑一座小型院落，用以驯养猎豹、海东青等捕猎禽兽，并种花植草，称御园，也称后苑、北苑。此处金钱豹即指此而言。

[4] 钦察将军：四库本作"奇彻将军"。钦察本是突厥的一支，13世纪时生活于里海以北的伏尔加河和乌拉尔河一带。蒙古西征时将大量的钦察人裹挟而来，分散在漠北、漠南及辽东的蒙古各部中。至元二十三年（1286），元廷建立钦察卫亲军都指挥使司，以清州（今河北省沧州市青县）为该卫的屯田地点。散居各地的钦察人大量加入钦察卫，清州乃成为钦察人的重要聚居区。钦察将军即由钦察人充任的将军，即钦察亲军都指挥使。元代实行种族等级制度，把臣民分为四等：蒙古人、色目人、汉人、南人。除属于国族的蒙古人外，色目人（包括畏兀尔、哈剌鲁、钦察、康里、阿速、唐兀、阿尔浑、回族，以及吐蕃、乃蛮、汪古等族）亦享有较高的社会地位，比原属金朝的汉人和原属南宋的南人更受重用。宫中御膳房多由钦察人充任，军事重地（如居庸关）皆以蒙古人或钦察人担任防卫。

其三十三

又是宫车入御天[1]，丽姝[2] 歌舞太平年。侍臣称贺天颜[3] 喜，寿酒诸王次第[4] 传。

千官至御天门，俱下马徒行[5]，独至尊[6]骑马直入，前有教坊[7]舞女引导，且歌且舞，舞出"天下太平"字样，至玉阶[8]乃止。内门曰"御天之门"。

【解题】

此诗写元帝在上京宫中举行隆重盛大的祝寿庆典仪式。在教坊舞女的歌舞引导下，一辆辆宫车在千官的扈从下浩荡而来，至御天门前，千官下马，徒步扈卫着皇帝单骑入宫。美丽的教坊舞女尽情地欢唱歌舞，最终在玉阶前舞出"天下太平"的字样，使庆典仪式达到高潮。所有的人都沉浸在欢乐的喜庆中，歌舞停歇，侍宴大臣高声唱颂，吉言贺寿，天颜大喜，于是诸王祝福的寿酒次第而传，开始了尽情地欢宴庆贺。此诗以欣赏的口吻记写元帝贺寿的盛大庆祝活动。诗人按时间顺序从庄严隆重的入宴歌舞写起，突出表现歌舞的盛大和酒宴的欢庆气氛，虽是叙述语句，但形象性很强，给人身临其境之感。

【校笺】

[1] 御天：上京宫城的御天门。上京宫城东、南、西各开一门，南门称御天门，东、西门分别称东华门、西华门。元胡助《滦阳杂咏十首》："御天门前闻诏书，驿马如飞到大都。九州岛四海服训诰，万年天子固皇图。"元郑彦昭《上京行幸词》也有"御天门下百官多"的描写。

[2] 丽姝：美丽的女子。宋玉《登徒子好色赋》："此郊之姝，华色含光。"汉乐府《陌上桑》："使君遣吏往，问是谁家姝。"此处指教坊中美丽的歌女舞女。

[3] 天颜：指皇帝的容颜。汉赵晔《吴越春秋·勾践归国外传》："机仗茵褥诸侯仪，群臣拜舞天颜舒。"唐杜甫《紫宸殿退朝口号》："昼漏稀闻高阁报，天颜有喜近臣知。"天颜喜，是说皇帝露出喜悦的笑容。

[4] 寿酒：庆贺祝寿的美酒。次第：按次序，一个接一个之意。唐白居

易《春风》诗："春风先发苑中梅，樱杏桃梨次第开。"

[5] 徒行：徒步行走。

[6] 至尊：最高贵之人，常代指皇帝。《荀子·正论》："天子者执位至尊，无敌于天下。"汉班固《白虎通·号》："或称天子，或称帝王何？以为接上称天子者，明以爵事天也；接下称帝王者，明位号天下至尊之称，以号令臣下也。"后世遂以"至尊"代指皇帝。唐张祜《集灵台二首》："却嫌脂粉污颜色，淡扫蛾眉朝至尊。"

[7] 教坊：朝廷掌管宫中女乐的官署。唐高祖始于禁中置内教坊，掌教习音乐之事，隶属太常司。玄宗时，京都置左右教坊，教习俗乐，后代沿之。凡宫中祭祀朝会则用太常雅乐，岁时宴飨则用教坊诸部乐。元代宫廷也设有教坊司掌音乐伶人。参见第四十三首注 [3] 和第九十一首注 [2]。

[8] 玉阶：玉砌的台阶，常用来形容宫殿的台阶。唐李白《玉阶怨》："玉阶生白露，夜久侵罗袜。却下水精帘，玲珑望秋月。"

其三十四

九奏钧天[1] 乐渐收，五云[2] 楼阁翠如流。宫中又放滦河走[3]，相国家奴[4] 第一筹[5]。

滦河至上京二百里，走者名贵赤[6]，黎明放自滦河，至御前巳初中刻[7]者上赏。

【解题】

此诗写蒙古族"贵由赤"超级长跑比赛活动。此活动类似今天的马拉松比赛。"贵由赤"（自注"贵赤"）意为"跑"。最初是在朝廷御林军中流行，后逐渐扩大为民间性体育活动。赛程共 180 里，相当于 9 万米，是当今马拉松赛程（42195 米）的两倍多。从诗人自注可知，此种比赛黎明由滦河出发，以上京御前为终点，上午十点前到达终点者受上赏，跑完全程约六个小时。元杨瑀《山居新话》："皇朝贵由赤（即急足快行也），每岁试其脚力，名之曰'放走'。监临者封记其发，以一绳拦定，俟齐，去绳走之。大都自河西务起至内中，上都自泥河儿起至内中，越三时行一百八十里，直至御前，称万岁礼拜而止。头名者赏银一定，第二名赏段子四表里，第三名赏二表里，余者各一表里。"元张昱《辇下曲》："放教贵赤一齐行，平地风生有翅身。未解刻期争下拜，御前成个赏金银。"元许有壬《竹枝十首和继学韵》："健步儿郎似箭云，铃衣红帖照青春。一时脚力君休惜，先到金阶定赐银。"元朝统治者对此项赛事十分重视，把它看成保持民族勇武性格和强健体魄的重要手段。此诗前两句渲染了举行贵由赤比赛前的喧闹气氛，后两句写相国家奴夺得第一的比赛结果。

【校笺】

[1] 九奏钧天：连续演奏绝妙美好的音乐。九奏：奏乐九曲，极言奏乐遍数之多。《书·益稷》："箫韶九成，凤凰来仪。"传："备乐九奏而致凤凰。"《史记·赵世家》："（赵简子）语大夫曰：'我之帝所甚乐，与百神游于钧天，广乐九奏万舞，不类三代之乐，其声动人心。'"钧天：天上的美妙音乐。元好问《步虚词》："人间听得《霓裳》惯，犹恐钧天是梦中。"

[2] 五云：五色的祥瑞之云。唐杜甫《重经昭陵》："再窥松柏路，还有五云飞。"古人以皇帝为天子，所在之处，有祥云缭绕。唐李白《侍从宜春苑奉诏赋龙池柳色初青听新莺百啭歌》："是时君王在镐京，五云垂晖耀紫清。"此处五云形容上京宫中楼阁笼罩在祥云之中。

[3] "宫中"句，是说朝廷又举行绕滦河的超长距离的赛跑活动。走：跑的意思。

[4] 相国家奴：相国家的奴仆、仆人。相国：参见第四十一首注[1]。

[5] 第一筹：夺得第一等的筹码，意即获得第一名。

[6] 贵赤：四库本作"桂齐"。

[7] 巳初中刻：即上午十点。古人分一天为十二个时辰，一个时辰相当于今天的两小时。巳时为今之九点至十一点，"巳初中刻"意思是刚刚到巳时中间的时刻，即上午十点。

其三十五

得宠亲王[1] 马上回，朱门绣闼[2] 一时开。淋漓未了金钗宴[3]，中使传宣御酒来[4]。

【解题】

此诗写皇帝赐酒蒙古亲王为王府宴会助兴的热闹场景。亲王得皇帝的赏识，骑马回到朱门绣闼，豪华无比的王府举行淋漓尽兴的金钗欢宴，正当踌躇满志之时，皇帝赏赐的御酒又纷沓而来，荣宠之至，可窥一斑。

【校笺】

[1] 亲王：皇帝近支亲属中王者称亲王。始于南北朝，隋代以皇帝的伯叔兄弟和皇子为亲王。《隋书·百官志》："高祖又采后周之制……国王、郡王、国公、郡公、县公、侯、伯、子、男、凡九等。皇伯叔、昆弟、皇子为亲王。"唐代以皇帝的兄弟和皇子为亲王。宋明因袭，元代蒙古贵族亦有封亲王者。

[2] 朱门：红色的大门。古代王侯贵族的住宅大门漆成红色以示尊贵，故豪门贵族也称朱门。唐杜甫《自京赴奉先县咏怀五百字》："朱门酒肉臭，路有冻死骨。"绣闼：雕镂精致的豪华大门。唐王勃《滕王阁序》："披绣闼，俯雕甍，山原旷其盈视，川泽纡其骇瞩。"

[3] 淋漓未了：余兴未尽之意。金钗宴：元朝统治十分重视宴飨朝会，靠这些燕飨聚会来笼络蒙古贵族，达到维护统一的政治目的。元王恽《大元故关西军储大使吕公神道碑铭》："国朝大事，曰征伐，曰搜狩，曰宴飨，三

者而已。"

[4] 中使：帝王宫廷中派出的使者，一般多由宫中的宦官充任。《宋书·袁粲传》："摄令亲职，加卫将军，（袁粲）不受。（王）敦逼备至，中使相望，粲终不受。"御酒：专供皇帝饮用的美酒。

其三十六

大安阁[1] 下晚风收，海月团团[2] 照上头。谁道人间三伏节[3]，水晶宫[4] 里十分秋。

大安阁，上京大内[5] 也。别有水晶殿。

【解题】

此诗咏上京皇城中的大安阁和水晶殿。诗人抓住上京夏日清凉宜人的特点，以团团海月和水晶宫中三伏似秋两种景况来表现上京宫中的凉爽宜人。前两句写大安阁下晚风渐收，一轮明月高挂天空，如水的月光笼罩着大安阁，晚风习习，海月朗照，清爽幽静，晚景宜人，意境鲜明，给人身临其境之感。后两句写盛夏三伏时节，水晶殿清凉如秋。诗中大安阁与水晶殿相对，产生互文的修辞效果，以宫中两座大殿的清爽宜人来突出上京巡幸避暑的主题。清幽的意境、凉爽的感觉，令人流连忘返。

【校笺】

[1] 大安阁：坐落在上都宫城中央，为上京皇宫的主殿。本为北宋汴京的熙春阁，元世祖至元三年（1266）迁建于上京，虞集《道园学古录》卷十《跋大安阁图》："世祖皇帝在藩，以开平为分地，即为城郭宫室。取故宋熙春阁材于汴，稍损益之，以为此阁，名曰大安。既登大宝，以开平为上都，宫城之内，不作正衙。此阁岿然，遂为前殿矣。规制尊稳秀杰，后世诚无以加也。"《析津志辑佚·岁纪》："上都大安阁及（疑此字当作"为"字）宋汴京

熙春阁，我元易置于滦京之湫潭之上。"元王恽《熙春阁遗制记》载宋汴京熙春阁"高二百二十尺，广四十六步有奇，从则如之"，"阁位与平座迭层为四，每层以古座通藉，实为阁位者三"，意思说此阁共三层。迁建上京后虽"稍损益之"，但仍然雄伟瑰丽，高耸入云。元周伯琦《次韵王师鲁待制史院题壁二首》："大安御阁势苕亭，华阙中天壮上京。"元张昱《辇下曲》："大安阁是延春阁，峻宇雕墙古有之。四面珠帘烟树里，驾临长在夏初时。"都表现其雄伟的气势。大安阁上层设有释迦舍利像，元周伯琦《是年五月扈从上京宫学纪事绝句二十首》描绘其形势："曾甍复阁接青冥，金色浮图七宝楹。当日熙春今避暑，滦河不比汉昆明。"自注："大安阁，故宋汴熙春阁也，迁建上京。"许有壬《竹枝十首和继学韵》："大安阁是广寒宫，尺五青天八面风。"

[2] 海月：即明月。古人以为月从海上升起，称海月。唐张九龄《望月怀远》："海上生明月，天涯共此时。"团团：形容明月圆圆的样子。元耶律楚材《过金山和人韵三首》之一："金山前畔水西流，一片晴山万里秋。萝月团团上东嶂，翠屏高挂水晶球。"

[3] 三伏节：旧历夏至后第三庚日起进入一年最热的三伏天气。前十天为初伏，中十天为中伏，后十天为末伏。《初学记》卷四引《阴阳书》："从夏至后第三庚为初伏，第四庚为中伏，立秋后初庚为后伏，谓之三伏。"三伏是一年中最热的时节。白居易《竹窗》："是时三伏天，天气热如汤。"

[4] 水晶宫：上京宫中重要的建筑水晶殿，临近大安阁，外饰玻璃，晶莹剔透，是皇帝避暑议事的地方，与大安阁一样，清凉宜人。元周伯琦《是年五月扈从上京宫学纪事绝句二十首》之十一咏上京的水晶殿，云："冰华雪翼眩西东，玉座生寒八面风。巧思曾经修月手，通明元在五云中。"元周伯琦《诈马宴》也有"水晶殿阁摇瀛蓬"句。

[5] 大内：皇宫的总称。唐白居易《和刘郎中学士题集贤阁》："傍闻大内笙歌近，下视诸司屋舍低。"

其三十七

四杰君前拜不名[1]，轮番内直[2]浃辰[3]更。蓬莱山下[4]群仙集，得似[5]王孙世禄荣？

四杰即四怯薛也。或称也可怯薛者，即大怯薛之称，是之谓不名。当三问，凡所以浃辰，一更者也。

【解题】

此诗歌颂皇家无与伦比的荣耀地位。前两句写地位尊崇的皇家禁卫军怯薛宫中轮番值守的护卫情形，后两句用对比的手法夸耀元朝王孙的优宠地位。蓬莱山下聚集居住的神仙，也比不上大元王孙公子的世代荣宠。由此诗也可以看出元朝的怯薛制度及其运行状况。

【校笺】

[1] 四杰：诗人自注，"四杰即四怯薛也。"四库本作"四集赛"，四杰为元朝禁卫军。《元史》卷九十九《宿卫》载："怯薛者，犹言番直宿卫也。""宿卫者，天子之禁兵也。元制，宿卫诸军在内，而镇戍诸军在外，内外相维，以制轻重之势，亦一代之良法哉。方太祖时，以木华黎、赤老温、博尔忽、博尔术为四怯薛，领怯薛歹分番宿卫。"也可怯薛：四库本作"伊克集赛"，即大怯薛。《元史》卷九十九《宿卫》："凡宿卫，每三日而一更。申、酉、戌日，博尔忽领之，为第一怯薛，即也可怯薛。"诗人自注"大怯薛"，四库本作"大集赛"。《析津志辑佚》："国制分宿卫供奉之士为四番，番三昼夜。凡上之起居饮食、诸服御之政令，怯薛之长皆总焉。"不名：古代臣子朝拜帝王时，赞礼的人只称其官职而不直呼其姓名，是谓不名。这是帝王给予大臣的一种特殊礼遇。《后汉书》卷三十四《梁冀传》："冀入朝不趋，剑履上殿，谒赞不名。"这里指官拜大怯薛之职，地位优渥，上朝时赞礼之人不直呼

其名。

[2] 轮番：轮流、轮班。内直：在皇宫内值勤守卫。《元史》卷九十九："凡宿卫，每三日而一更。申、酉、戌日，博尔忽领之，为第一怯薛，即也可怯薛……亥、子、丑日，博尔术领之，为第二怯薛。寅、卯、辰日，木华黎领之，为第三怯薛。巳、午、未日，赤老温领之，为第四怯薛。"

[3] 浃辰：十二时辰为一浃辰。古人以天干地支相配记时，自甲至癸，十日为一周匝称浃日。自子至亥十二辰为一周匝称浃辰。《左传·成公九年》："莒恃其陋，而不修城郭，浃辰之间，而楚克其三都。"孔颖达疏："浃为周匝也。从甲至癸为十日，从子至亥为十二辰。"

[4] 蓬莱山下：清抄本、诗选本、四库本均作"蓬莱山上"。蓬莱，神话传说中海上神山。《史记·封禅书》："自威、宣、燕昭使人入海求蓬莱、方丈、瀛洲。此三神山者，其传在渤海中，去人不远；患且至，则船风引而去。盖尝有至者，诸仙人及不死之药皆在焉。其物禽兽尽白，而黄金银为宫阙。"《列子·汤问》："革曰：渤海之东不知几亿万里有大壑焉……其中有五山焉：一曰岱舆，二曰员峤，三曰方壶，四曰瀛洲，五曰蓬莱。其山高下周旋三万里。其顶平处九千里……所居之人皆神圣之种；一日一夕飞相往来者，不可数焉。"此指宫中居住的过着神仙般生活的皇子王孙。

[5] 得似：比得上，好似。此二句以蓬莱神仙对比皇子王孙，夸说元代帝王之家的荣宠地位。

其三十八

北极修门[1]不暂开，两行宫柳护苍苔[2]。有时金锁因何掣，圣驾棕毛殿[3]里回。

棕毛殿，在大斡耳朵[4]。

【解题】

此诗写銮驾从城西山麓上的棕毛殿返回内宫破例开启北门走快捷方式之

举。上京宫城位于皇城（也称内城）的中央偏北，东西宽约 570 米，南北长约 620 米，城墙高 5 米，东、南、西各设一门。南门称御天门，东、西门称东华门、西华门。北虽有门，但平时金锁紧闭，不许人等出入，因此门前路旁宫柳笼护苍苔，显得冷落偏僻。只有銮驾出行偶尔破例开启。这样微不足道的小小例外，在诗人看来也是值得专门咏唱的题材，足见诗人对元朝宫廷典事的赏爱之心。带着这份赏爱之心来看待和表现皇帝的上京巡幸之举，其一举手一投足都充满了诗情画意。诗的前两句重在写静景，后两句集中表现人物的动态行为。动静结合，写得生动有趣，使极平凡的景事也有了诗意。

【校笺】

[1] 北极：亦称北辰，天枢。为北极星的简称。《晋书·天文志》："北极五星，钩陈六星，皆在紫宫中。北极，北辰最尊者也。"人间最尊者为皇帝，因此皇宫也称紫禁宫、北极宫。修门：楚国郢都的城门。《楚辞·招魂》："魂兮归来！入修门些。"王逸注："修门，郢城门也。"后泛指京都城门。

[2] 宫柳：宫中的柳树。护苍苔：清抄本作"覆苍苔"。苍苔：青绿色的苔藓。唐王维《书事》："轻阴阁小雨，深院昼慵开。坐看苍苔色，欲上人衣来。"

[3] 棕毛殿：亦称"凉殿"，上都行幸避暑的重要宫殿。据说是由棕毛筑成，故称棕毛殿、棕殿，是忽必烈即位后所建的行宫，也称"昔剌斡耳朵""毡殿失剌斡耳朵"。《析津志辑佚·古迹》："[昔] 剌斡耳朵者，即世祖皇帝之行在也。每圣上巡幸上都者，盖亦行国赋民力，其圣虑周知，非实以清暑为事也。"因棕毛殿坐落在上京城外西面山麓中，故又称"西宫""西内"。元柳贯《观失剌斡耳朵御宴回》自注云："车驾驻跸，即赐近臣洒马奶子御宴筵，设毡殿失剌斡耳朵，深广可容数千人。"棕毛殿周围还配有其他建筑，形成一组特定的建筑群，用以举行大宴朝会活动。《元史·崔敬传》载："今失剌斡耳朵思，乃先皇所以备宴游，非常时临御之所。"元萨都剌《上京即事》

十首之二："上苑棕毛百尺楼，天风摇曳锦绒钩。内家宴罢无人到，面面珠帘夜不收。"又其三："凉殿参差翡翠光，朱衣华帽宴亲王。红帘高卷香风起，十六天魔舞袖长。"元张昱《辇下曲》："龙虎山中有道家，上清剑履绚晴霞。依时进谒棕毛殿，坐赐金瓶数十茶。"又："棕毛四面拥龙床，殿角凉生紫雾香。上位励精求治切，不曾朝退不抬汤。"皆咏此殿。

[4] 斡耳朵：四库本作"鄂尔多"，即忽必烈即位时在上都城西所建宫的总称。它包括棕毛殿等多座宫殿，共同构成一个特定的建筑群。

其三十九

曙色苍茫阊阖[1] 开，相君有奏入蓬莱[2]。须臾[3] 云拥千官出，又带天边好雨[4] 来。

【解题】

此诗写上京宫中的早朝景象。前两句写早朝情景，曙色苍茫，宫廷的大门徐徐开启，早朝的王公大臣便入宫奏事了。后两句写千官奏罢君王事，鱼贯而出的退朝情景。全诗采用比喻和双关手法，首句以喻指天门的"阊阖"指称皇宫大门，称颂之意寓于其中。第二句以"入蓬莱"写朝臣入宫奏事，喻为天上神仙云集蓬莱之意，亦人亦仙。后两句中"雨"与"语"相谐音，"天边"暗喻皇帝身边。字面上写须臾间天降好雨的景象，实则一语双关，写出王公大臣奏事归来，喜得佳音的好心情。

【校笺】

[1] 阊阖：原指皇宫的正门，后泛指宫门。唐王维《和贾舍人早朝大明宫之作》："九天阊阖开宫殿，万国衣冠朝至尊。"

[2] 蓬莱：神话传说中的海上仙山。这里代指上京的宫殿。此句意为皇帝早朝，朝臣入宫奏事（参见第三十七首注［4］）。

[3] 须臾：一会儿。云拥千官出：意为上朝奏事的文武百官如云般退朝而出。

[4] 天边：喻指天子帝王处。"雨"：双关"语"字，"好雨来"有传来佳音之意。

其四十

结彩为楼不用扃[1]，角声扶上日初明[2]。龙驹河北王来觐[3]，直入金门[4]下马行。

【解题】

此诗写贵族藩王来上京朝会的情景。前两句铺写藩王来朝时的情景，晓角声中，旭日初升，高门广开、富丽华彩的宫殿沐浴在朝霞之中。此时，居于东北千里以外、龙驹河北的藩王正远道而来，进宫朝见皇帝。"日初明""下马行"的叙写，简洁生动，形象鲜明。全诗以朝霞楼阁为背景，展示藩王骑马来朝的情景，形象生动，格调明快，境界浑成。

【校笺】

[1] 结彩为楼：用彩色布帛搭结的楼宇。金李俊民《彩楼》："层层华构高且崇，万彩纠结填青红。何人下手夺天巧，都入意匠经营中。"扃：自外关闭门户的门闩。南朝宋颜延之《阳给事诔》："金柝夜击，和门昼扃。"

[2] 角声：画角之声。古代军中于昏明之时吹角，此处的角声指晓角，故下文曰"日初明"。日初明：旭日初升的时刻。

[3] 龙驹河：水名。在今辽宁省林西县东。《金史·地理志上·临潢府》："（长泰县）其北千余里有龙驹河，国言曰喝必剌。"来觐：古代诸侯秋天朝见天子称为觐。《礼·曲礼下》："诸侯北面而见天子曰觐。"注："诸侯春见曰朝……秋见曰觐。"此句意为东北的藩王秋日来朝见皇帝。

[4] 金门：即上京宫城的南大门，也称御天门。官员至此须下马步行。（见第三十三首诗人自注和注［1］）。

其四十一

相国门前柳未花^[1]，不多嫩绿便藏鸦^[2]。东风吹得浓阴合，散入都城百万家^[3]。

【解题】

此诗写上京春景。绿柳尚未吹绵，而树上已有禽鸟居住。东风阵阵，春雨绵绵，春天来到了塞外夏都。前两句以柳间嫩绿藏鸦表现塞上早春的生动画面，美好的景色不禁使人记起唐韩愈《早春呈张水部》"天街小雨润如酥，草色遥看近却无。又是一年春好处，绝胜烟柳满皇都。"后两句以贵如油的春雨飞洒万家，写上都之地备受春风春雨的抚慰。双关的语句又暗喻皇帝北巡犹如绵绵春雨滋润了京民百万人家，情景交融，委婉含蓄。

【校笺】

[1] 相国：即宰相。《史记·赵世家》中记载赵武灵王以肥义为相国。秦代有丞相之职，也有相国之位。汉高祖置丞相，后更名相国。汉魏以后，相国之位高于丞相。柳花：柳树之花，鹅黄色，成子后，上有白色绒毛，随风飘落为柳絮。古人诗中咏此不分花、絮，总称柳花或柳絮。唐杜甫《曲江陪郑八丈南史饮》："雀啄江头黄柳花，鹅鹕鸂鶒满晴纱。"元张可久［越调］《凭阑人·湖上》："远水晴天明落霞，古岸渔村横钓槎。翠帘沽酒家，画桥吹柳花。"

[2] 藏鸦：树木枝叶繁茂遮挡了禽鸟称藏鸦。唐吴融《隋堤》："搔首隋堤落日斜，已无余柳可藏鸦。"

[3] "散入"句，是说城中下起了春雨。都城：即上都。百万家：极言上

京的繁华鼎盛。

其四十二

千官万骑到山椒[1]，个个金鞍雉尾[2]高。下马一齐催入宴，玉阑干[3]外换宫袍[4]。

每年六月三日诈马筵席，所以喻其盛事也。千官以雉尾饰马入宴。

【解题】

此诗描写上京宫中最为隆重的诈马大宴。诈马宴也称"质孙宴"，又作"只孙宴""麦马宴"。是元廷重要的燕飨项目，每年在上京或大都举行。预宴者须穿皇帝赐予的贵重服装。宴会中，上从皇帝下到大臣、卫士乃至乐工人等，都是同样颜色的服装。这种装束"精粗之制，上下之别，虽不同，总谓之质孙云"。(《元史·舆服志一》) 元虞集《句容郡王世迹碑》："国家侍内宴者，每宴必各有衣冠，其制如一，谓之只孙。"元周伯琦《诈马行》诗序："国家之制，乘舆北幸上京，岁以六月吉日，命宿卫大臣及近侍，服所赐只孙珠翠金宝衣冠腰带，盛饰名马，清晨自城外各持采仗，列队驰入禁中，于是上盛服御殿临观，乃大张宴为乐。陈百戏，如是者凡三日而罢。其佩服日一易，太官用羊二千，马三匹，他费称是，名之曰只孙宴。只孙，华言一色衣也。俗呼为诈马宴。"此诗从诈马大宴入宴时更换一色衣写起，参加宴会的人汇集山椒，每个人都把自己的马装饰得华丽无比，"金鞍雉尾"，高贵奇异。入宴前，他们聚集在玉阑干外更换同一颜色的统一宫袍。诗人选取了入宴前"盛饰名马、更换宫袍"这一场景来表现诈马大宴庄严隆重的氛围，角度新奇，写法巧妙。

【校笺】

[1] 山椒：山陵，山顶。《汉书·孝武李夫人传》引武帝《悼李夫人

赋》："释舆马于山椒兮，奄修夜之不阳。"颜师古注："孟康曰：'山椒，山陵也，置舆马于山陵。'"南朝宋谢庄《月赋》："菊散芳于山椒，雁流哀于江濑。"注："山椒，山顶也。"

[2] 金鞍：形容马鞍装饰华贵。元周伯琦《诈马行》描写百官参加诈马宴时骑着装饰华丽的名马："华鞍缕玉连钱骢，彩晕簇綷朱英重。钩膺障颅鞶镜丛，星铃彩校声珑珑。高官艳服皆王公，良辰盛会如云从。"雉尾：鹎鸡类野鸡之尾，长而美丽，多用作装饰品。依诗人自注，此处指用来装饰马的雉尾羽毛。《元史·舆服志二》记载当时朝廷仪仗之一的马鼓时，说负鼓之马"辔勒、后勒、当胸，皆缀红缨，拂铜铃，杏叶铰具，金涂，上插雉尾"，此与周伯琦《诈马行》诗中所描写的赴宴百官所骑之马的装饰是一致的。元王祎《上京大宴诗序》亦言："凡预宴者，必同冠服，异鞍马，穷极华丽，振耀仪采而后就列，世因称曰诈马宴，又曰只孙宴。诈马者，俗言其马饰之矜衔也；只孙者，译言其服色之齐一也。"

[3] 玉阑干：上京宫中保护示俭草的玉石栏杆（参见第五十首诗注[1]）。

[4] 宫袍：指质孙服。质孙服是帽、袍、带、靴相配套的礼服。每宴，皇帝更换何种颜色的衣服，朝臣贵族也相应地换同样的衣服。史载皇帝的质孙服冬有十一等，夏有十五等。百官质孙服冬有九等，夏有十四等。《元史·舆服志一》载："质孙，汉言一色服也。内庭大宴则服之。冬夏之服不同，然无定制。凡勋戚大臣近侍，赐则服之。下至于乐工、卫士，皆有其服，精粗之制，上下之别，虽不同，总谓之质孙云。"元陶宗仪《南村辍耕录》卷三十《只孙宴服》："只孙宴服者，贵臣见飨于天子则服之。"诗中所换宫袍即这种质孙服（参见第四十三首注[1]）。

其四十三

锦衣行处狻猊习[1]，诈马筵前虎豹[2]良。特敕云和罢弦管[3]，君王有意听尧纲[4]。

诈马筵[5]开，盛陈奇兽。宴享既具，必一二大臣称吉斯皇帝，礼撤[6]，于是而后，礼有文，饮有节[7]矣。云和署隶仪凤司乐[8]，掌天下乐工。

【解题】

此诗写诈马宴会上的重要节目内容：展示珍奇异兽，听主持者宣讲成吉思汗的大札撒。此节目庄严神圣，是元代宫廷重祖训、尚礼法的典型代表。元朝起于草原，游牧和狩猎生活使蒙古族人民与草地及各种动物有着不解的缘分，喜爱动物，驯养动物，盛宴陈列珍奇动物成为其富有民族特色的传统之一。此诗前两句就是写诈马宴上展示各种珍奇异兽的场景，"狻猊习""虎豹良"写出了人与动物的亲和关系。后两句由弦管齐奏的欢庆场景转写重温祖训的庄严活动。全诗不仅所记宴会的内容奇异特别，而且在其平常的叙写中形象性也很强。诗与注文相互阐发，给人如临其境的感受。

【校笺】

[1] 锦衣：朝中显贵所穿的华贵彩衣。元周伯琦《诈马行》描写参加诈马宴的百官盛穿只孙服时说："高官艳服皆王公，良辰盛会如云从。明珠络翠光苁蓉，文缯缕金纡晴虹。"元张昱《辇下曲》："只孙官样青红锦，裹肚圆文宝相珠。羽仗执金班控鹤，千人鱼贯振嵩呼。"狻猊：即狮子。《穆天子传》："狻猊野马，走五百里。"注："狻猊：师子，亦食虎豹。"习：近习、亲近、亲昵。

[2] 诈马筵前：四库本作"诈马筵开"。虎豹：此处代指宴前展示的珍奇异兽，即诗人自注中的"盛陈奇兽"。这种礼俗是蒙古族特有的。《元史·礼乐志》载："元之有国，肇兴朔漠，朝会燕飨之礼，多从本俗。"

[3] 云和：即云和署，元朝宫廷掌管乐工的音乐官署，隶属仪凤司。元朝于至元二十年（1283）在宣徽院下（后归礼部）设立仪凤司，秩正四品，掌乐工、供奉、祭飨之事。仪凤司下又分设云和、安和、常和、天乐四署，

分工掌管乐工调音律及部籍更番、河西乐人等。罢弦管：即停止作乐。

[4] 尧纲：即治国安邦的纲纪法典，这里指成吉思汗的大札撒。札撒，是蒙古语jasag的音译，意为法度、法令。大札撒即成吉思汗留下的祖训。元柯九思《宫词十五首》之一："万国贡珍罗玉陛，九宾传赞卷珠帘。大明前殿筵初秩，勋贵先陈祖训严。"注云："凡大宴，使臣掌金匮之书，必陈祖宗大札撒以为训。"元张昱《辇下曲》："至元典礼当朝会，宗戚前将祖训开。圣子神孙千万世，俾知大业此中来。"也是咏此之作。

[5] 诈马宴：元张昱《辇下曲》："祖宗诈马宴滦都，挏酒哼哼载憨车。向晚大安高阁上，红竿雉帚扫珍珠。"

[6] 吉斯皇帝：四库本作"青吉斯皇帝"，即成吉思汗大帝。礼撒：应为"札撒"，因形近而误。指成吉思汗的祖训大札撒（见本诗注 [4]）。

[7] 于是而后：清抄本作"于是则"。礼有文，饮有节：意思说在聆听了成吉思汗的大札撒后，依着主持人的指示，按一定的礼节饮酒。元陶宗仪《南村辍耕录》卷二十一《喝盏》载："天子凡宴飨，一人执酒觞，立于右阶，一人拍板，立于左阶。执板者抑扬其声，赞曰'斡脱！'执觞者如其声和之曰'打弼！'则执板者节一拍。从而王侯卿相合坐者坐，合立者立。于是众乐皆作。然后进酒，诣上前，上饮毕，授觞，众乐皆止。别奏曲，以饮陪位之官，谓之喝盏。""礼有文，饮有节"，盖指此而言。

[8] 云和署隶仪凤司乐：四库本无"乐"字。

其四十四

仪凤伶官乐既成[1]，仙风吹送下蓬瀛[2]。花冠簇簇[3] 停歌舞，独喜箫韶[4] 奏太平。

仪凤司，天下乐工隶焉。每宴，教坊[5] 美女必花冠锦绣，以备供奉[6]。

【解题】

此诗写上京宫中丰富多彩的音乐歌舞盛况。蒙古族是一个能歌善舞的民族，朝中举行大的朝会宴飨、祭祀出巡或庆贺典礼等皆演奏音乐。其乐分为雅乐和俗乐两种，雅乐为前代宫廷雅乐的承继，俗乐为元朝的时尚之乐，分别归仪凤司和教坊司掌管。此诗前两句说仪凤司乐人的乐曲演练已成，那美好的乐舞犹如阵阵仙风缥缈而来，萦绕整个宫廷。化美好的听觉感受为视觉形象，比喻十分贴切。后两句表现宫廷乐舞的多彩多样。花冠锦绣、美丽无比的欢歌曼舞之后，又奏起了平和典雅的宫中雅乐，舒缓柔和的旋律呈现着天下太平、万民和乐的美好氛围。全诗气氛热烈，比喻贴切，生动形象。

【校笺】

[1] 仪凤：即仪凤司，为元代宫廷掌音乐供奉祭飨事务的官署（参见第四十三首注［3］和第九十一首注［2］）。伶官：掌音乐的官。《诗经·邶风·简兮》："卫之贤者，仕于伶官。"郑笺："伶官，乐官也。伶氏世掌乐官而善焉，故后世多号乐官为伶官。"宋欧阳修《新五代史》中有《伶官传》。乐既成：新乐演练完毕。

[2] 蓬瀛：即传说中海上三仙山的蓬莱和瀛洲。这里代指上京宫廷（参见第三十七首注［4］）。

[3] 花冠簇簇：极言歌女们花冠锦绣装扮得分外美丽妖娆。

[4] 箫韶：传说中舜时有雅乐名《韶》，以箫奏之，称箫韶。《书·益稷》："箫韶九成，凤凰来仪。"传："韶，舜乐名。言箫见细器之备。"疏："箫乃乐器，非乐名。箫是乐器之小者。"《论语·述而》："子在齐闻韶，三月不知肉味。"这里代指元宫廷所奏的雅乐。

[5] 教坊：朝廷掌管俗乐的官署。元朝于中统二年（1261）设置教坊司，秩从五品。至元十二年（1275）升正五品，十七年（1280）再升正四品，与至元二十年（1283）后设的仪凤司同为正四品。教坊司下设兴和、祥和二署及广乐库，共辖乐户五百户（参见第三十三首注［7］）。

[6] 供奉：提供奉上。这里指给宴会提供燕乐歌舞。古代朝廷重大仪式

用乐各有分别，庄重严肃者用雅乐，欢乐祥和处用燕乐。雅乐由太常寺提供，燕乐多由教坊提供。《元史·礼乐志一》："大抵其于祭祀，率用雅乐；朝会、飨燕，则用燕乐，盖雅俗兼用者也。"

其四十五

丽日初明瑞气[1] 开，千官锡宴集蓬莱[2]。黄门控马[3] 天街立，丞相簪花[4] 御苑[5] 回。

【解题】

此诗记咏上京立秋日的压节序大宴。《析津志辑佚·风俗》载："车驾自四月内幸上都，太史奏某日立秋，乃摘红叶。涓日张燕，侍臣进红叶。秋日，三宫太子诸王共庆此会，上亦簪秋叶于帽，张乐大燕，名压节序。若紫菊开及金莲开，皆设燕，盖宫中内外宫府饮宴，必有名目，不妄为张燕也。"诗的前两句写秋高气爽、丽日初明的立秋节，千官宫廷宴集。后两句写宴饮散后百官乘马簪花而归的情景。总分结合，形象鲜明生动。

【校笺】

[1] 丽日：秋高气爽太阳朗照的样子。瑞气：祥瑞之气。

[2] 锡宴：即赐宴。蓬莱：代指皇宫（参见第三十七首注 [4]）。

[3] 黄门：本为汉代的官署名，设有黄门官，负责内宫事务。至东汉供事内廷的黄门令、中黄门等官职皆由宦官充任，后遂称宦官为黄门。三国魏嵇康《与山巨源绝交书》："若吾多病困，欲离事自全，以保余年，此真所乞耳，岂可见黄门而称贞哉?"元贡师泰《和胡处士滦阳纳钵即事韵》："紫驼峰挂葡萄酒，白马鬃悬芍药花。绣帽官人传旨出，黄门伴送内臣家。"控马：用手勒住马缰，使之站立不动。

[4] 丞相簪花：每年八月初大驾南返前，上都一带紫菊金莲盛开。《析津

志辑佚·岁纪》载："至是时，上位、宫中诸太宰，皆簪紫菊、金莲于帽。又一年矣。"

[5] 御苑：即御园，皇帝的花园。上京城北有皇帝的御园，专事养花种草，驯养猎豹、海东青等。

其四十六

聿来新贡又殊方[1]，重译宁夸自越裳[2]。驯象[3] 明珠龟九尾[4]，皇王不宝寿无疆[5]。

万岁山有九尾龟。

【解题】

此诗列数各国向元廷进献的各种各样的贡品，如驯象、明珠、九尾龟等。一方面，以这些贡物来自遥远的异域他乡来表现大元王朝在当时世界第一强国的中心地位；另一方面，也在"皇王不宝寿无疆"的颂扬中对元朝统治者进行了十分含蓄委婉的进谏。既如数家珍地罗列各种珍奇异物，又在对皇帝万寿无疆的祝福中微露不以此奇珍异物为宝的讽谏之意。颂圣与微谏并存，诗意曲折丰富。

【校笺】

[1] 聿：语助词，用于句首或句中。《诗·唐风·蟋蟀》："蟋蟀在堂，岁聿其莫。"新贡：新的贡品。殊方：异域，他乡。汉班固《西都赋》："逾昆仑，越巨海，殊方异类，至于三万里。"此句意为新的贡品来自不同的国家和地区。

[2] 重译：辗转翻译。此代指译使。唐吴兢《贞观政要·诚信》载："绝域君长，皆来朝贡；九夷重译，相望于道。"宁夸：自夸，夸赞。越裳：古南海国名。相传，周公辅成王，制礼作乐，越裳氏以三象重译而献白雉。

《后汉书·西南夷传》："交阯之南有越裳国，周公居摄六年，制礼作乐，天下和平。越裳以三象重译而献白雉。曰：'道路悠远，山川岨深，音使不通，故重译而朝。'成王以归周公。"

[3] 驯象：驯服的大象。这些大象来自占城、交阯、真腊诸南方贡象之国，元朝把这些贡象驯养在大都析津坊海子之阳，贡象不够用时，就派人到占城、真腊、龙牙门等地去索取驯象。驯象者也是这些国家或地区的人。《元史·舆服志二载》："顿递队：象六，饰以金装莲座，香宝鞍辔勒，牛尾拂，跋尘铰具。导者六人，驭者南越军六人。"

[4] 明珠：宝珠。龟九尾：一种生有九尾的奇特乌龟。明陆粲《庚巳编·九尾龟》载，海宁屠户王某父子遇渔父持巨龟，买归，将烹食，邻居有商人某见之，以告旅舍主人，欲以千钱赎买。主人问其故，商曰："此乃九尾龟。"因踏龟背，其尾两旁，果露出小尾各四。诗人自注说大都的万岁山有这种龟。万岁山：即今北京市北海公园中的琼华岛，也称琼岛。金朝名琼花岛。元中统三年修建，至元四年命名为万岁山。此山是用开凿太液池的泥土筑成，又以采自河南开封的宋艮岳御苑太湖石点缀其间，山上有广寒殿，山半有仁智殿，山前有白玉石桥，是金元明清各朝的禁苑。

[5] "皇王不宝"句，意思是说皇王应以江山社稷为重而不应以这些珍奇异物为宝，如此方能万寿无疆。

其四十七

嘉鱼贡自黑龙江[1]，西域蒲萄酒更良[2]。南土至奇夸凤髓[3]，北陲异品是黄羊[4]。

黑龙江即哈八都鱼也[5]。凤髓，茶名。黄羊，北方所产，御膳用。

【解题】

此诗夸赞元朝地大物博，物产丰富。诗人巧妙地选取了最能代表大元江山一统的东南西北四方之地的著名特产，聚拢在一起，既表现了大元帝国幅员辽阔、地大物博之势，也写出了上都食品的丰富多样，鱼肉茶酒应有尽有。诗人曾任上京御膳房官员，对宫中所用，至为熟悉，加之诗人对大元王朝的一片赤诚忠心，使诗人带着一种欣赏玩味的眼光来表现这些优质特产，如数家珍，不费半点苦吟之力，真正是心至情至而词自至。

【校笺】

[1] 嘉鱼：优质鱼类。黑龙江盛产哈巴鱼。《析津志辑佚·物产》载："哈八鱼高丽等处贡赋。大则以三车载之。"又《岁纪》："祭物：哈巴鱼、鲟鱼，二者并黑龙江进。"元张昱《辇下曲》："辽东羞贡入神厨，祭鲟专车一丈鱼。寝庙岁行春荐礼，有加铡豆杂鲜腒。"也是咏这种贡赋。黑龙江：在今东北与俄罗斯交界处，由出于蒙古国东北部的鄂嫩河、石勒喀河（元时称斡难河）与出于大兴安岭西麓的额尔古纳河东流至漠河西部相汇而成，古称黑水，至金朝始称黑龙江。

[2] 西域：今新疆一带的大西北地区，古称西域。当地哈剌火州（今新疆维吾尔自治区吐鲁番市）自古盛产葡萄，味美甜香，以之酿制的葡萄酒，果香清冽，风味独特，且有补益身体的功效，是酒中上等佳品。元忽思慧《饮膳正要》载："葡萄酒，益气、调中，耐饥，强志。酒有数等，有西番者，有哈剌火者，有平阳太原者，其味都不及哈剌火者田地酒最佳。"《析津志辑佚·物产》"葡萄酒，出火州穷边极陲之地"也指此而言。

[3] 南土：南方之地。至奇：最为奇特，不同寻常。凤髓：依诗人自注，知其为南方一种优质名茶。五代和凝《宫词百首》："兰烛时将凤髓添，寒星遥映夜光帘。"元李洞《裴公亭吟》："水殿风翻凤髓香，浓绿迢迢出廊庑。"清史梦兰《全史宫词》卷十九："紫驼黄鼠大厨房，凤髓茶清乳酒香。膳毕群工齐入奏，印花小碗赐汤羊。"

[4] 异品：特别奇异的物品。黄羊：北方草原特有的一种羊。《析津志辑

佚·物产》载："黄羊，朔方山野中广有之。毛黄红色，疏而长。小耳，两角亦尖小，成数群常百数。上位驾回，围猎以奉上膳。其肉味精美，人多不敢食。"是上等的野味。元许有壬《上京十咏·黄羊》："草美秋先腊，沙平夜不藏。解文豹健，斋炙宰夫忙。有肉需供世，无魂亦似獐。少年非好杀，假尔试穿杨。"宋彭大雅《黑鞑事略》亦云："其食肉而不粒。猎而得者，曰兔，曰鹿，曰野彘，曰黄鼠，曰顽羊，曰黄羊，曰野马，曰河源之鱼。"

[5]"即哈八都鱼也"，四库本作"产哈巴尔图鱼"，指黑龙江产哈巴鱼。

其四十八

太平天子重文曹[1]，阁建奎章选俊髦[2]。一自六龙天上去[3]，至今黄帕御床高[4]。

昔文宗建奎章阁于大内，年深洒扫，睹御榻之巍然[5]，感而赋此。

【解题】

此诗借吟咏上京宫中的奎章阁来表现元文宗不仅尚武而且也重文治的功绩。由诗人自注可知，奎章阁中高大御床使诗人睹物思人，对重视文治的元文宗表现出深深的缅怀之情，是一首怀人感发之作。

【校笺】

[1]太平天子：指元代文宗皇帝。元文宗，名奇渥温图帖睦尔。1328—1332年在位，执政五年。文宗在位期间重视文化建设，于天历二年（1329）二月在大都建奎章阁，选拔精通汉文化的翰林学士为奎章阁大学士、侍书学士等，"置学士员，日以祖宗明训、古昔治乱得失陈说于前，使朕乐于听闻"。至顺二年（1331）正月，文宗亲作《奎章阁记》，以示对奎章阁学士院的尊崇。此外，还下令仿唐宋会要体例编纂《皇朝经世大典》，尊儒崇佛，修孔庙，普及文化事业。上京宫中也建有奎章阁，《元史·顺帝纪》载："元统二

年（1334）七月壬辰，帝幸大安阁。是日，宴侍臣于奎章阁。"重文曹：重视选拔才华出众之士。

［2］俊髦：才华出众的人。唐殷尧藩《帝京》之一："列郡征才起俊髦，万机独使圣躬劳。"

［3］六龙天上去：喻指文宗驾崩，归天而去。文宗皇帝于1332年8月在上都病逝，年仅二十九岁。

［4］黄帕：皇帝专用的黄色手帕。御床：皇帝坐卧的床榻。

［5］巍然：清抄本、诗选本、四库本均作"肖然"。

其四十九

内人调膳[1]侍君王，玉仗平明出建章[2]。宰辅乍临闻阖表[3]，小臣传旨赐汤羊[4]。

御厨常膳有曰小厨房，曰大厨房。小厨房则内人八珍[5]之奉是也。大厨房则宣徽[6]所掌汤羊是也。由内及外，外膳既毕，群臣始入奏事。每汤羊一膳，其数十六，餐余必赐左右大臣，日以为常。予常职此，故悉其详[7]。

【解题】

此诗专写元朝帝王宫廷的膳食习惯。上都御膳房中的御膳分别由大、小厨房烹调。小厨房负责"蒙古八珍"的制作。大厨房则烹调羊肉、黄羊肉及黄鼠肉等称汤羊膳。元人对大、小厨房的供膳情况多有记述。元张昱《辇下曲》中就有"御厨酒肉按时供"，"有训不教忘险阻，御厨先饭进黄粱"，"大官羊膳两厨供"等记咏，从中可窥元帝生活之一斑。杨允孚在上京宫中曾为尚食供奉之职，对元帝的餐饮日常了如指掌。诗人以欣赏的眼光记写御膳之事，字里行间流露着"予常职此"的自豪与感激之情。

【校笺】

［1］内人：宫女。《周礼·天官·寺人》："掌王之内及女官之戒令。"

《后汉书·和熹邓皇后纪》："（邓）康以太后久临朝政，心怀畏惧，托病不朝，太后使内人问之。"这里代指御前掌膳之人。调膳：安排调配膳食。

[2] 玉仗：皇帝的仪仗。平明：天刚亮之时。《荀子·哀公》："君昧爽而栉冠，平明而听朝，日仄而退。"《史记·项羽本纪》："（项羽）直夜溃围南出，驰走。平明，汉军乃觉之。"建章：汉代宫殿名。汉武帝太初元年，在未央宫之西建此宫殿，故址在今陕西长安西。后代诗词常以之泛指帝王宫阙。唐贾至《早朝大明宫》："千条弱柳垂青琐，百啭流莺绕建章。"此处代指上京的宫殿。出建章：出临建章宫，意思是临朝视政。

[3] 宰辅：朝廷辅政大臣。多用来代指宰相和三公。此处代指朝中重臣。乍临：刚到。闾阖：宫中的大门。唐王维《和贾舍人早朝大明宫之作》："九天阊阖开宫殿，万国衣冠朝至尊。"表：表奏，进奏。

[4] 汤羊：宫中御膳名。依诗人自注可知，汤羊膳，一席包括十六种美味佳肴。皇帝餐毕，便将剩余的颁赐左右大臣，日以为常。这两句意为入朝奏事的大臣刚一到皇宫门口，小臣就已传出赏赐汤羊的圣旨。

[5] 八珍：亦称"蒙古八珍"。元陶宗仪《南村辍耕录》载："所谓八珍则醍醐、麆沆、野驼蹄、鹿唇、驼乳糜、天鹅炙、紫玉浆、元玉浆也。元玉浆即马奶子。"这八种是元代极为珍贵的食品与饮料。那木吉拉《中国元代习俗史》说："醍醐是牛乳中反复提炼出来的精华。麆为糜之幼羔，麋为獐的古称。獐肉鲜美，麆肉更为鲜嫩，为高级野味。野驼蹄也是富有营养的佳肴，与熊掌齐名。鹿唇，又称犴达犴唇，珍奇野味；驼乳，养身补品，亦为治疗痁疾之良药。驼乳糜，用驼乳调和的米粥。天鹅炙，烤天鹅。"八珍宴由宫廷专职的御用厨师（博尔赤，buurci）制作，供皇帝举行高级宴会时作为御用膳，也常作为赏赐大臣的一种荣典。

[6] 宣徽：即宣徽院。唐朝设宣徽南北院使，以宦官充任，总领宫内诸司及三班内侍的名籍、郊庙祭祀、朝会宴飨供帐等事宜。五代和北宋以大臣充任。南宋废，辽金元复置宣徽院。

[7] 诗人自注"御厨常膳有曰小厨房，曰大厨房"：诗选本、四库本均作"御前厨常膳有曰小厨房、大厨房"。始入奏事：清抄本作"始及奏事"。其数十六：四库本作"具数十六"。予常职此：四库本作"予常职赐"。悉其详：知晓其详情。

其五十

曲曲阑干[1] 兔鹿驯[2]，雨肥绿草[3] 度青春。主来不避韩卢猎[4]，惯识金衣内贵人[5]。

【解题】

此诗写上京宫中诫示子孙的示俭草周围人与动物的亲和关系。元朝起于草原，对其放牧所依赖的草地、狩猎所依赖的动物情有独钟，为示诫后世子孙不忘草原根本，上京宫中特植一片芳草，还驯养各种动物。诗中所写的兔、鹿、猎犬，不避主人、悠悠自得之意，正可以看出这种人与自然之间的亲和关系。

【校笺】

[1] 曲曲阑干：指上京宫中示俭草的护栏。蒙古族入主中原后，十分注重保持其骁勇善战的民族习性，宫中种植从漠北移来的一片芳草，不许践踏，以示自身兴起于草原，警示子孙不忘本源之意，称示俭草。明叶子奇《草木子》载："元世祖思创业艰难，移沙漠莎草城丹墀，示子孙无忘草地，谓之示俭草。"元人诗中多有吟咏，如元周伯琦《宫词》："苑路东西草色遥，阑干曲曲似飞桥。水晶殿外檐铃响，疑是銮舆早散朝。"元张昱《辇下曲》："墀左朱栏草满丛，世皇封植意尤浓。艰难大业从兹起，莫忘龙沙汗血功。"元柯九思《宫词》："黑河万里连沙漠，世祖深思创业难。数尺阑干护春草，丹墀留与子孙看。"元萨都剌《上京即事》十首之五也写到这一景象。元张昱《辇下曲》：

"四面朱阑当午门，百年榆柳是将军。昌期遭际风云会，草木犹封定国勋。"则是写大都宫中的示俭草。

[2] 兔鹿驯：上京城中设有驯兽场所，所驯之兽有兔、鹿、象等。元张昱《辇下曲》："红城万户拱皇居，宿卫亲兵饱有余。苑鹿与人分食惯，朝朝群聚候麋车。"元胡助《滦阳十咏》之二："绿兰青草玉花骢，驯鹿眠游殿阁东。西梵祝釐环池坐，瞳昽日色彩旗风。"

[3] 雨肥草绿：指宫中所种植的示俭草在雨水充足的夏日里长得青绿茂盛。

[4] 主来：四库本作"生来"。韩卢：古韩国良犬名，也称韩子卢。《战国策·秦策》："以秦卒之勇，车骑之多，以当诸侯，譬若驰韩卢而逐蹇兔也。"注："俊犬名。《博物志》：韩国有黑犬名卢。"《战国策·齐策三》："韩子卢者，天下之疾犬也；东郭逡者，海内之狡兔也。"韩卢猎代指俊良的猎犬。此句意为因为驯养有道，主人无须躲避猎犬。

[5] 金衣：用织金锦做的衣服，此极言衣饰华美高贵。《马可·波罗游记》载："富裕的鞑靼人所穿的衣服是由金银丝线所织的布匹或用黑貂皮、银鼠皮及其他动物皮制成的，极其豪华奢侈。"贵人：汉光武帝所置的宫中女官，位次皇后，金印紫绶。后代沿用此称，而尊卑不一。此处指元宫中的妃嫔。这句是说猎犬早已熟悉了身穿金衣的宫女，两不相扰。

其五十一

银蹄天马衣氍毹[1]，肉食寻常[2]斗酒俱。可惜东游巡海者[3]，不教骑看试何如[4]？

【解题】

此诗咏叹蒙古民族能骑善饮、好马尚武的民族性格。前两句写蒙古族人喜爱骏马，为银蹄骏马配置氍毹花鞍，又大块食肉，大碗饮酒，展现尚武民族勇猛彪悍、豪爽直率的民族性格。后两句以西讨匈奴、东巡封禅的一代名君汉武帝为比，看看武帝试骑骏马该是如何感觉。全诗以欣赏的口吻赞叹北方游牧民族的生活态度及其粗犷豪放的民族性格。

【校笺】

[1] 银蹄：白色的马蹄。唐李贺《马诗》之一："龙脊贴连钱，银蹄白踏烟。"王琦汇解："其四蹄白色，如踏烟而行。"天马：骏马。《史记·大宛列传》："初……得乌孙马，好，名曰天马。及得大宛汗血马，益壮，更名乌孙马为西极，名大宛马曰天马云。"氍毹：用毛或毛麻混织的毛布，地毯之类，其细者为氍毹。《三国志·魏书·乌丸鲜卑东夷传》注引《魏略·西戎传》："（大秦国）有织成细布，言用水羊毳，名曰海西布。此国六畜皆出水，或云非独用羊毛也，亦用木皮或野蚕丝作，织成氍毹、毲毰、罽帐之属皆好，其色又鲜于海东诸国所作也。"

[2] 肉食寻常：意为以吃肉为主。宋彭大雅《黑鞑事略》："其食肉而不粒。猎而得者，曰兔、曰鹿、曰野彘、曰黄鼠、曰顽羊、曰黄羊、曰野马、曰河源之鱼。"此句意为平日里食肉饮酒，习以为常。

[3] 东游巡海者：指一代名君汉武帝崇文尚武，西讨匈奴，东禅泰岳，求仙海上。《禹贡论》卷上载："汉武元封元年，自泰山东巡海上，至碣石，自辽西历北边而归。"

[4] "不教"句，意思是说没有让东游巡海的武帝骑试如此骏马看其有何感觉。

其五十二

仙娥隐约上帘钩[1]，笑倚栏干[2] 出殿头。鹦鹉[3] 临阶呼万岁，白翎[4] 深院度清秋[5]。

【解题】

此诗写上京宫中月色笼罩下的秋夜之景。初秋之夜，月光映照着上京宫城，清幽的月色逗引宫女殿头赏月。其"笑倚"的动作给人以美丽的遐想。后两句以能言的鹦鹉和双双和鸣的白翎雀来写月夜的一片生机。全诗虽是表现宫女赏月的情景，却一改前代的闺怨主题，把上京宫里的秋景表现得清幽静谧。诗中宫女形象并未正面出现，但恰当的动作提示却给人清晰的形象。后两句巧妙地运用以声写静的手法，以鹦鹉呼万岁的响声来衬托月夜的清幽静谧，无一点宫怨诗的凄清孤冷气息。

【校笺】

[1] 仙娥：即月宫中的嫦娥。嫦娥，古籍中也作"娥"，《淮南子·览冥训》谓后羿之妻，窃服长生不死之药飞升月宫，遂为月神，即嫦娥奔月的神话。此处仙娥代表月亮，句意说月亮从窗帘的银钩处升起，映照着上京城。

[2] 栏干：清抄本、诗选本、四库本均作"阑干"。魏晋无名氏《西洲曲》："楼高望不见，尽日栏干头。"此处化用欧阳炯《南乡子》"笑倚阑干招远客"句法。

[3] 鹦鹉：鸟名。羽毛色彩美丽，头圆，嘴大而短，上嘴呈钩状，舌柔软，经训练能效仿人说话。《礼记·曲礼上》："鹦鹉能言，不离飞鸟。"

[4] 白翎：鸟名。塞上草原特有的鸟类。雌雄双飞，相和而鸣。元贡师泰《和胡处士滦阳纳钵即事韵》："野阔天垂风露多，白翎飞处草如波。"又《上都诈马大宴五首》也说："野韭露肥黄鼠出，地椒风软白翎飞。"（参见第二十五首注[5]）。

[5] 清秋：清爽的秋天。

其五十三

宫人两两凭阑干[1]，又喜新除内监宽[2]。金线蹙花靴样小[3]，免教罗袜步轻寒[4]。

【解题】

此诗写上京宫人闲暇的生活与服饰风尚。宫中闲暇无事之时，三三两两的宫女穿着金线绣花的毡靴，倚栏而立，悠然自得，深得宫词之闲情雅趣。

【校笺】

[1] 宫人：宫女的通称。《易·剥》："贯鱼，以宫人宠。"凭阑干：即倚着栏杆。凭：依凭，依靠。此句写宫女们闲适悠然的倚栏情态。

[2] 新除：新近授职、新来上任之意。古代称除去旧职拜受新职为除官。《史记·魏其武安侯列传》："上乃曰：君除吏已尽未？吾亦欲除吏。"注："凡言除者，除去故官就新官。"内监：也称"内官"，宫中负责管理宫人的官员，多由宦官担任。此句意为新近授职上任的内官法度宽松，宫人心中因此而高兴。

[3] 金线：金丝线。蹙花：针线细密而呈皱纹状的绣花。蹙：皱缩，聚集。金线蹙花：用金丝银线绣成的皱纹样的绣花。句意是说，宫女们脚穿着用金丝线绣着密密皱纹状绣花的毡靴，靴样小巧玲珑，别具情趣。

[4] 罗袜：质地柔软的织袜。汉张衡《南都赋》："修袖缭绕而满庭，罗袜蹑蹀而容与。"步轻寒：在轻轻的寒意中行走。

其五十四

淡墨轻黄浅画眉[1]，小绒绦子翠罗衣[2]。君王又幸西宫去[3]，齐向花阴斗草归[4]。

【解题】

此诗写上京衣着打扮得体的宫女们春日趁闲斗草的情景。前两句描画宫女的衣饰与装扮，简单的服饰显示着人物身份，她们趁皇帝行幸西宫之机，花下斗草，尽兴而归。诗中所写虽不是北巡中的重大事件，但在描写风俗中把人物形象刻画得鲜明生动。艺术上，此诗吸收宫词的表现手法，别有情趣。

【校笺】

[1] 淡墨：颜色较淡的黛色。轻黄：浅淡的黄色。句意说美丽的宫女们画着浅淡的蛾眉，涂着淡黄的佛妆。清俞正燮《癸巳存稿》卷四《额黄眉间黄》中即详细讨论了妇女化轻黄妆，云："女人涂黄，始见萧梁宇文周时，南宋即希见"，"盖花黄者，浓淡相间，微黄、淡黄者淡抹之，散黄者侵鬓，约黄者安于额，黄子者星月形"，"宋张芸叟《使辽录》云：'北妇以黄物涂面如金，谓之佛妆。'宋朱彧《萍洲可谈》述其父师服使北，见妇人面涂深黄，黑眉红吻，谓之佛妆。"宋赵珙《蒙鞑备录·风俗》："妇女往往以黄粉涂额，亦汉旧妆传袭，迄今不改也。"

[2] 小绒绦子：绒绦是元人腰上围的丝带类系腰。翠罗衣：青绿色的织锦衣服，此代指美丽的衣饰。

[3] 西宫：国君妃嫔居住的地方。《春秋·僖公二十年》："西宫灾。"注："西宫，公别宫也。"《公羊传·僖公二十年》："西宫者何？小寝也。"注："《礼》，诸侯娶三国女，以楚女居西宫……夫人居中宫，少在前；右媵居西宫，左媵居东宫，少在后。"皇帝妃嫔所居称东宫、西宫即由此而来。后世又称皇太子为东宫。西宫逐渐成为太后或皇后之宫的称谓。

[4] 斗草：亦称"斗百草"，汉族民间游戏，流行于中原与江南地区。玩时以草为比赛对象，一般在清明节到郊野踏青时举行。《析津志辑佚·岁纪》记载每年二月在大都，"北城官员、士庶妇人女子，多游南城，爱其风日清美而往之。名曰踏青斗草"。此处写上京宫女的斗草之戏。

滦京杂咏下

元吉水杨允孚和吉撰

其五十五

香车七宝[1] 固姑袍[2]，旋摘修翎付女曹[3]。别院笙歌承宴早[4]，御园花簇小金桃[5]。

凡车中戴固姑，其上羽毛又尺许，拔付女侍，手持对坐车中，虽后妃驭象[6] 亦然。

【解题】

此诗表现后妃头戴固姑冠、身穿大袍赴宴的情景。固姑冠，为蒙古语 kukul 的音译，亦作"罟罟""括罟""故姑""罟姑""故故""姑姑""罟""顾姑""罟冠"等，还称"孛黑塔"（蒙古语，bogta），为蒙古族已婚妇女所戴的头饰。明叶子奇《草木子》卷三载："元朝后妃及大臣之正室，皆带姑姑，衣大袍，其次带皮帽。"《事林广记·服用原始》亦云："固姑，今靼靼、回回妇女戴之。以皮或糊纸为之，朱漆剔金为饰，若南方汉儿妇女，则不得戴之。"这种固姑冠十分奇特。元陶宗仪《南村辍耕录》卷八记录当时南人咏胡妇《聂碧窗诗》："双柳垂鬟别样梳，醉来马上倩人扶。江南有眼何曾见，争卷珠帘看固姑。"蒙古妇女们只有戴上这种颇富民族特色的头饰才可以到公众场合参与活动。诗中的蒙古后妃乘坐香车去参加宫廷宴乐，整个御花园中，花团锦簇，笙歌笑语，热闹景象如在耳畔。

【校笺】

[1] 香车七宝：用多种香料涂饰或用多种香木制作的车，亦泛指华美的车。三国魏曹操《与太尉杨彪书》："今赠足下……画轮四望通幰七香车一乘，青牸牛二头。"唐白居易《石上苔》："路傍凡草荣遭遇，曾得七香车辗来。"此"香车七宝"即指"七香车"。

[2] 固姑袍：固姑冠和长袍的合称。固姑冠是蒙古族已婚妇女非常有特色的头饰。宋彭大雅《黑鞑事略》："妇人顶故姑。"徐霆疏："霆见故姑之制，用画木为骨，包以红绢金帛，顶之上用四五尺长柳枝或铁打成枝，包以青毡，其向上人则用我朝翠花或五采帛饰之，令其飞动，以下人则用野鸡毛。"到后期则趋向豪华。《析津志辑佚·风俗》载："罟罟，以大红罗幔之。胎以竹，凉胎者轻。上等大，次中，次小。用大珠穿结龙凤楼台之属，饰之其前后。复以珠缀长条，祿饰方弦，掩络其缝。又以小小花朵插带，又以金累事件装嵌，极贵。宝石塔形，在其上。顶有金十字，用安翎筒以带鸡冠尾。出五台山，今真定人家养此鸡，以取其尾，甚贵。罟罟后，上插朵朵翎儿，染以五色，如飞扇样。先带上紫罗，脱木华以大珠穿成九珠方胜，或迭胜葵花之类，妆饰于上。与耳相联处安一小纽，以大珠环盖之，以掩其耳在内。自耳至颐下，光彩眩人。环多是大塔形葫芦环。或是天生葫芦，或四珠，或天生茄儿，或一珠。又有速霞真，以等西蕃纳失今为之。夏则单红梅花罗，冬以银鼠表纳失，今取暖而贵重。然后以大长帛御罗手帕重系于额，像之以红罗束发，莪莪然者名罟罟。以金色罗揽鬓，上缀大珠者，名脱木华。以红罗抹额中现花纹者，名速霞真也。"又记载其袍说："袍多是用大红织金缠身云龙，袍间有珠翠云龙者，有浑然纳失失者，有金翠描绣者，有想其于春夏秋冬绣轻重

单夹不等，其制极宽阔，袖口窄以紫织金爪，袖口才五寸许，窄即大，其袖两腋折下，有紫罗带拴合于背，腰上有紫拟系，但行时有女提袍，此袍谓之礼服。"

[3] 旋：转眼间，很快之意。修翎：长长的翎毛。固姑冠上饰有长长的美丽羽毛。《析津志辑佚》称其"上插朵朵翎儿，染以五色，如飞扇样"。此外鲁不鲁乞的《东游记》说："妇女们也有一种头饰，他们称之孛哈（蒙古语，bocca）……这种头饰很大，是圆的。有两只手能围过来那样粗，有一腕尺多高。其顶端呈四方形……外面裹以贵重的丝织物，它里面是空的。在头饰顶端的正中或旁边插着一束羽毛或细长的棒，同样也有一腕尺多高；这一束羽毛或细棒的顶端，饰以孔雀的羽毛，并饰以宝石。"付女曹：拔下固姑冠上的羽毛交付给女侍，手持羽毛对面而坐。

[4] 别院：皇帝有三宫六院，别院即其他的宫院。元萨都剌《四时宫词四首》："离宫夜半羊车过，别院秋深鹤驾遥。更深怕有羊车过，自起灯笼照雪尘。"笙歌：吹笙作歌。唐白居易《宴散》："笙歌归院落，灯火下楼台。"南唐冯延巳《鹊踏枝》："梅落繁枝千万片，犹自多情，学雪随风转。昨夜笙歌容易散，酒醒添得愁无限。"宋欧阳修《采桑子》："笙歌散后游人去，始觉春空。"承宴：承欢侍宴。

[5] 御园：皇帝的花园。上京城北的山中有一个特殊的院落即皇帝的御园。园中养花种草，豢养猎兽如金钱豹、海东青等。小金桃：即金丝桃。《钦定热河志》卷九十四："金丝桃，《广群芳谱》曰：'塞外遍地丛生，六七月花开，五瓣，如桃而长，色鹅黄，心微绿，一苞出五花，开则五花俱开，如黄金然。'元杨允孚《滦京杂咏》诗曰：'御园花簇小金桃'，谓是也。"

[6] 驭象：四库本、选本均作"驼象"。指后妃乘坐的大象驭载的象轿，也要拔下固姑上的羽毛，使女侍手持而坐。

其五十六

窈窕仙姝出禁围[1]，小西门[2] 外绿杨堤。五陵公子[3] 多豪纵，缓勒骄骢[4] 不敢嘶。

【解题】

此诗写宫妃春日到上京小西门外游春的情景。春到上京，小西门外绿柳成荫，美丽的宫妃出宫踏青，那些平时骄横跋扈的纨绔子弟此刻也紧勒马缰，控马不敢喧哗，生怕冲撞大驾。诗人以骄纵的纨绔反衬宫妃，不仅写出了宫妃的美丽，也突出了宫妃的尊贵地位。全诗以"绿杨""沙堤"的春景为背景，以骏马"骄骢""五陵公子"与"窈窕仙姝"为刻画对象，描绘了一幅美丽的宫妃游春图。诗境优美，形象生动，传神有味。

【校笺】

[1] 窈窕：美好的样子。《诗经·周南·关雎》："窈窕淑女，君子好逑。"汉代《古诗为焦仲卿妻作》："邻家有好女，窈窕世无双。"仙姝：像仙人一样美丽的女子。此处代指出宫游春的宫妃。禁围：即禁中，大内，皇宫。

[2] 小西门：上京城西门之一。西部山上有铁幡竿之景。元胡助《滦阳十咏》之四："小西门外草漫漫，白露垂珠午未干。沙漠峥嵘车马道，半空秋影铁幡竿。"

[3] 五陵公子：五陵，汉朝皇帝的最有名的五座陵墓。汉班固《西都赋》："则南望杜霸，北眺五陵。"注："（汉）高帝葬长陵，惠帝葬安陵，景帝葬阳陵，武帝葬茂陵，昭帝葬平陵。"五陵即长、安、阳、茂、平五座陵墓。汉朝皇帝每立一座陵墓，总把四方富家豪族和外戚迁至陵墓附近居住，所以后世诗文就以五陵作为豪门贵族的聚居之地。五陵公子即豪门贵族子弟。

[4] 缓勒：轻轻地勒住马缰。骄骢：清抄本作"骄骕"，骏马。句意说宫妃出游，贵族公子怕惊驾而勒住马缰不敢让自己的骏马嘶鸣。

其五十七

凤楼春暖翠重重[1]，内禁门开晓日红[2]。宝马香车金错节[3]，太平公主幸离宫[4]。

【解题】

此诗写元廷公主清晨驾幸离宫时的情景。凤楼在春天的生机与绿意掩映下，暖意洋洋，当旭日初升的时刻，太平公主便香车宝马执节杖朝离宫而去。暖暖春意、重重翠幕的居住条件，香车宝马、金节错落的威严仪仗，多方面突出了公主的尊贵地位。诗中"凤楼""暖翠""红日""金节"的搭配，色彩鲜丽，视觉形象突出。诗虽短小，却描出了一幅公主出宫的生动画卷。

【校笺】

[1] 凤楼：宫中的楼阁。南朝宋鲍照《代陈思王京洛篇》："凤楼十二重，四户八绮窗。"陈江总《箫史曲》："来时兔月照，去后凤楼空。"此指公主所居的楼阁。翠重重：即一重重彩翠的帷幕。句意说春风送暖的日子里，层层彩翠的帷幕掩映着公主所居的凤楼，更增添温馨香暖的氛围。

[2] 内禁：皇宫内廷禁止一般人等出入称内禁。晓日：早晨初升的太阳。句意说清晨太阳初升的时候，内官的大门徐徐开启。

[3] 宝马香车：装饰华丽的车马。唐王维《同比部杨员外十五夜游有怀静者季》："香车宝马共喧阗，个里多情侠少年。"宋李清照《永遇乐》："来相招，宝马香车，谢他酒朋诗侣。"金错节：即金节，镂金的节杖。隋朝仪仗中有金节。黑漆竿，上施圆盘，周缀红丝拂八层，黄绣龙袋笼之。唐刘长卿有"权分金节重，恩借铁冠雄"的诗句传世。

[4] 太平公主：即元帝的公主。离宫：古代帝王于正式宫殿外别筑供随时游处的宫室称离宫。汉班固《西都赋》："离宫别馆，三十六所。"

其五十八

侯王甲第五云堆[1]，秦虢夫人[2]夜宴开。马上琵琶[3]仍按拍，真珠皮帽[4] 女郎回。

【解题】

此诗表现上京城中王侯夫人夜宴的情景。在祥云缭绕犹如仙境的王侯府第中，王妃夫人正大摆宴席，开怀畅饮。清甜悦耳的琵琶声中，闺中女郎头戴珍珠皮帽尽兴而回。这场景对于从南而来的诗人而言，实在是值得吟咏的新鲜趣事。

【校笺】

[1] 甲第：豪门贵族家的宅第。《史记·孝武本纪》："其以二千户封地士将军。（栾）大为乐通侯，赐列侯甲第，僮千人。"集解："《汉书音义》曰有甲乙第次，故曰第。"唐杜甫《醉时歌赠广文馆学士郑虔》："甲第纷纷厌粱酒，广文先生饭不足。"五云：五色的祥云。古诗词中常以五色祥云缭绕之处来形容帝王所居之地。唐李白《侍从宜春苑奉诏赋龙池柳色初青听新莺百啭歌》："是时君王在镐京，五云垂晖耀紫清。"唐王建《赠郭将军》："承恩新拜上将军，当直巡更近五云。"此处以祥云缭绕来比喻王侯贵族的宅第犹如仙境般华美好看。

[2] 秦虢夫人：唐玄宗宠爱贵妃杨玉环，爱屋及乌，遂封玉环之姊妹分别为秦国夫人、虢国夫人，荣宠无比。此处秦虢夫人代指尊贵的王侯夫人。

[3] 马上琵琶：古代军中有骑在马上弹奏琵琶的乐队。唐王翰《凉州词》："葡萄美酒夜光杯，欲饮琵琶马上催。醉卧沙场君莫笑，古来征战几人回。"诗中的"琵琶马上催"即是马上弹奏琵琶催促饮酒之意。按拍：按照节拍演奏。

[4] 真珠皮帽：即镶有珍珠宝石的皮帽。蒙古族起于漠北草原，为适应漠北的高寒气候形成戴帽子的习俗。宋彭大雅《黑鞑事略》载，蒙古男子"冬帽而夏笠"。宋郑思肖《心史·大义略叙》亦载蒙古男子"顶笠穿靴"。

明叶子奇《草木子》卷三下《杂制篇》："帽子系腰，元服也。"又载："官民皆带帽，其檐或圆，或前圆后方，或楼子，盖兜鍪之遗制也。""元朝后妃及大臣之正室，皆带姑姑（固姑冠，详见第五十五首解题及注［2］），衣大袍，其次即带皮帽。""北人华靡之服，帽则金其顶，袄则线其腰，靴则鹅其顶。"蒙古族男女皆戴帽子，贵族所戴笠帽或皮帽多用珍珠或玉石装饰。

其五十九

汤羊内膳日差排[1]，红帖呼名到玉阶[2]。底事金吾[3] 呵不住，腰间悬得象牙牌[4]。

【解题】

此诗表现上京宫中受皇帝特许腰挂象牙牌的朝中重臣自由往来宫中的情景。早起宫中御膳刚刚排下，皇帝下红帖点名要殿阶前听命的大臣已早早入宫而来，负责执勤守卫的金吾将军不悉内情，呵斥不住，原因是这些入宫的大臣腰间挂有皇帝特赐的牙牌。在惯常的思想定式中，金吾将军守卫宫廷，无人敢不听命。诗人正是利用并打破了这种惯常的定式，巧妙地利用艺术中的陌生化效果，来表现宫中这些看似平淡却又情趣盎然的事情，写得活泼有趣，引人入胜。

【校笺】

［1］汤羊内膳：即上京宫中御膳大厨房所供食物样式。元代宫廷御膳，分大厨房和小厨房两种。小厨房专门负责"蒙古八珍"特级宴饮食品的制作。大厨房则是由宣徽院主管的负责羊肉、黄羊肉和黄鼠肉的制作。按诗人自注可知，汤羊御膳，每膳具数十六，食毕必赐予左右大臣，之后大臣入朝奏事（参见第四十九首【解题】、注［4］、注［5］及诗人自注）。日差排：日日按时排宴。

　　[2] 红帖：红色请帖。这里指皇帝下发的文书诏令。玉阶：驾前的台阶。

　　[3] 底事：为什么，哪里。金吾：执金吾的省称。执金吾是负责掌管京城治安事务的官员。《汉书·百官公卿表》上："中尉，秦官，掌徼循京师，有两丞、侯、司马、千人。武帝太初元年，更名执金吾。"注："应劭曰：吾者御也，掌执金革，以御非常。师古曰：金吾，鸟名也，主辟不祥。天子出行，职主先导，以御非常，故执此鸟之象，因以名官。"

　　[4] 象牙牌：用象牙特制的牌子，用作出入宫门的凭证。宋欧阳修《早朝感事》："玉勒争门随仗入，牙牌当殿报班齐。"

其六十

　　东城无树起西风[1]，百折河流[2]绕塞通。河上驱车应昌府[3]，月明偏照鲁王宫[4]。

【解题】

　　此诗吟咏岭北行省与上都之间交通要冲应昌府。应昌府在今内蒙古自治区赤峰市克什克腾旗西北达里诺尔西。史载，1214年成吉思汗分赐弘吉剌部按陈那颜牧地于漠南，以答儿脑儿（达里诺尔）为营幕中心。弘吉剌贵族将从金境俘掠来的工匠、农民安置于答儿脑儿西岸，形成村落。灭金以后，又在民匠杂居的村落以西建成公主离宫。至元七年（1270），按陈孙斡罗陈万户及其妻囊加真公主向朝廷请求于此建城，经元世祖忽必烈同意，定名为应昌府。次年，修建起城郭、宫室、衙署等。因弘吉剌万户首领受封为鲁王，这些宫殿被称为鲁王宫。《元史》卷一百一十八载："至元七年，斡罗陈万户及其妃囊加真公主请于朝曰：'本藩所受农土，在上都东北三百里答儿海子，实本藩驻夏之地，可建城邑以居。'帝从之。遂名其城为应昌府。"此后至元"十四年，只儿瓦台叛，围应昌府，时皇女鲁国公主在围中。元臣（别名哈剌哈孙）以所部军驰击，只儿瓦台败走，追至鱼儿泺，擒之，公主赐赉甚厚，奏请暂留元臣镇应昌，以安反侧。"此诗吟咏应昌府，有感于发生在应昌的人与事，抒发复杂的情怀。前两句总写上京之景：平静的上京城西风骤起，城南的上都河依旧绕城东流。表面上是客观写景，实则寄寓诗人对元朝内部发生的人与事的感慨与叹喟之情。后两句紧扣"应昌府"与"鲁王宫"，既写出了应昌府曾经的辉煌，又暗含有对发生在应昌府的人与事的叹喟。"偏照"一词使月光人格化，月亮如同应昌府历史的见证者高悬夜空，沉默无语。全诗句句写景，但诗人的叹喟感怀却寄寓在这些独特的景观之中，是一首耐人寻味的好诗。

【校笺】

[1] 东城：指上京城东关厢之地。上京城东南北三面都有关厢之地，其中以东关厢最为繁华，居民区绵延八百多米，楼阁参差，庙宇林立，时人称之为"兆奈曼苏默"城（蒙古语，意为一百零八庙）。句意说东城之地本无大树，然而"无树招风"，西风骤然四起。字面上写东城刮起了西风，实则是写元朝内部各种争斗与矛盾，盛世之中潜藏着危机。

[2] 百折河流：即上都河，今称闪电河。此河发源于今内蒙古高原南端的大马群山东北麓，北流至今内蒙古自治区上都郭勒后逐渐转东北流，由上京城南流过（今由正蓝旗城北流过），至内蒙古自治区锡林郭勒盟多伦县城东北汇入吐里根河转向南流，称滦河。《元史·地理志》称上都城"北控沙漠，南屏燕蓟，山川雄固，回环千里"，近观则"龙冈蟠其阴，滦水经其阳，四山拱卫，佳气葱郁"。此处的滦水即上都河，是滦河的上源。句意说上都河犹如历史的见证者依然绕塞而流，委婉曲折地写出一种人事兴亡的感怀。

[3] 应昌府：在今内蒙古自治区赤峰市克什克腾旗西北。至元七年蒙古国在此建立应昌府。元朝至元二十三年改为应昌路。至元十四年这里曾发生只儿瓦台叛乱。诗人写驱车应昌府之地，感慨颇多。

[4] 鲁王宫：用典与写实相结合。用典指汉代鲁恭王所建的灵光殿。汉

景帝之子鲁恭王，名余，初封为淮阳王，后改封为鲁王。他喜好音乐，又善治苑囿狗马。曾坏孔子宅以广其宫，得壁中古文经传。他在世时曾修建了著名的灵光殿，故址在今山东曲阜。汉王文考《鲁灵光殿赋》："鲁灵光殿者，盖景帝程姬之子恭王余之所立也。初恭王始都下国，好治宫室，遂因鲁僖基兆而营焉。遭汉中微，盗贼奔突，自西京未央、建章之殿，皆见墟坏，而灵光岿然独存。"后因称硕果仅存的人或事物为鲁灵光。写实之意是应昌府弘吉刺万户首领受封为鲁王，应昌城中的宫殿被称为鲁王宫。句意说天上明亮的月光偏偏映照着应昌的鲁王宫殿，触发许多人事兴亡的感怀，使人心生感慨。

其六十一

官妓平明直禁围[1]，瑶阶[2] 上马月明归。宫花[3] 飞落春衫袖，辛苦桑麻入梦稀[4]。

【解题】

此诗表现宫中官妓的生活状况。前两句交代上京城中的官妓平明入宫，月明而归的悠然自得的生活，是总写其承欢侍宴的生活状况。后两句中"宫花飞落春衫袖"写春景，宫中春暖，花絮飘飞，宫女们春衫彩袖，分享新春的闲暇与惬意。末句写官妓不知耕牧、无忧无虑的生活，在欣赏玩味之中似有诗人丝丝的哀寰之情。返观第三句写景，则景中也蕴含了岁月悠悠、时光易逝的感怀。全诗以官妓生活为表现重心，在一种欣赏品味的审美观照中，写出了一种生命忧患的感怀，读之使人不禁产生唐杜牧"商女不知亡国恨，隔江犹唱后庭花"般的感喟之情。

【校笺】

[1] 官妓：旧时入乐籍的女妓。唐宋官场酬应会宴皆有官妓侍候。唐杜牧《春末题池州弄水亭》："嘉宾能啸咏，官妓巧妆梳。"此处官妓为宫中侍宴

女乐之人。平明：天刚亮的时候。直禁围：在皇宫中值守候用。

[2] 瑶阶：用玉石砌成的台阶，意同"玉阶"。此处指宫殿的台阶。

[3] 宫花：皇宫中种植的花。唐元稹《行宫》："寥落古行宫，宫花寂寞红。白头宫女在，闲坐说玄宗。"此句意为春日里，飘飞的宫花片片吹落在宫妓的衫袖之上。

[4] 桑麻：种桑绩麻。宋范成大《四时田园杂兴》："昼出耘田夜绩麻，村庄儿女早当家。"入梦稀：即种桑纺麻之事很少进入梦境之中。句意说这些宫妓宫女们整日里歌舞侍宴，不知耕牧桑麻之事，因而种桑绩麻等辛苦劳作之事很少成为她们的梦境。

其六十二

内宴[1] 重开马湩[2] 浇，严程有旨出丹霄[3]。羽林卫士桓桓集[4]，太仆龙车款款调[5]。

马湩[6]，马奶子也。每年八月开马奶子宴，始奏起程。大仆寺，掌马者。

【解题】

此诗写上京巡幸的最后一次较大的宴会——马奶子宴。马奶子宴的主要内容是祭天和祭祀祖先。元张德辉《岭北纪行》："至重九日，王师麾下会于大牙帐，洒白马湩，修时祀也。……每岁惟重九、四月九，凡致祭者再，其余节则否。"以马酒祭天祭祖，"谓之洒马奶子。"诗的前两句写马奶子宴开，皇帝下旨准备南还。后两句写羽林军与太仆寺有条不紊地做好南还的准备工作。诗中萦绕着北巡之士归心似箭的迫切心情。

【校笺】

[1] 内宴：皇帝宫廷内的宴会。此处指皇驾离上京南还大都前举行的马奶子宴。《析津志辑佚·风俗》："八月，滦京太史涓日吉，于中秋前后洒马奶

子。此节宫庭胜赏，有国制。是时紫菊金莲盛开，则内家行在，俱有思归之意。"

[2] 马潼：清抄本作"马潼"，即马乳，马奶，也称元玉浆，蒙古语称额速克，是蒙古八珍之一。元陶宗仪《南村辍耕录》卷九："所谓八珍则醍醐、麆沆、野驼蹄、鹿唇、驼乳糜、天鹅炙、紫玉浆、元玉浆也。元玉浆，即马奶子。"宋彭大雅《黑鞑事略》中记载蒙古人饮食主要是"马乳与牛羊酪"。元赵珙《蒙鞑备录·粮食》："鞑人地饶水草，宜羊马，其为生涯，只是饮马乳，以寒饥渴。凡一牝马之乳，可饱三人，出入只饮马乳。"马潼浇：即顺风酒马奶酒。《元史·祭祀志三》："凡大祭礼，尤重马潼。"元萨都剌《上京即事》十首之七："祭天马酒洒平野，沙际风来草亦香。白马如云向西北，紫驼银瓮赐诸王。"元周伯琦《上幸西内望北方诸陵酹新白马酒彝典也枢密知院奉旨课驹以数上因赋七言》："皇舆吉日如西内，马酒新羞白玉浆。遥酹诸陵申典礼，旋闻近侍宴明光。"元张昱《辇下曲》："清庙上尊元不罩，爵呈三献礼当终。巫臣马潼望空洒，国语辞神妥法官。"（参见第二十七首注 [3]）。

[3] 严程：期限紧迫的行程。丹霄：皇宫。

[4] 羽林卫士：扈从的羽林军，即怯薛。桓桓：威武的样子。《书·牧誓》："勖哉夫子，尚桓桓，如虎如貔，如熊如罴，于商郊。"《诗·鲁颂·泮水》"桓桓于征，狄彼东南。"唐杜甫《北征》："桓桓陈将军，仗钺奋忠烈。"

[5] 太仆：即太仆寺。掌管牧养朝廷马匹、供给马匹车仗等事务。龙车：即皇帝的车驾。款款：徐缓的样子，意同"缓缓"。

[6] 马潼：清抄本作"马潼"。

其六十三

鸾舆八月政高翔[1]，玉勒雕鞍[2] 万骑忙。天上龙归[3] 才带雨，城头夜午又经霜[4]。

每年驾起，其夕即霜。异哉！

【解题】

此诗叙写结束上京巡幸避暑，圣驾返归大都的情景。《析津志辑佚·风俗》载："九月车驾还都，初无定制，或在重九节前，或在节后，或在八月。"此诗所写即在八月还都。前两句写临发前的忙碌与热闹，后两句写皇驾南返时的节令变化。驾起之夕，上京城里夜降秋霜，从中可见元代天文气象学的发达。诗人巧妙地把龙王降雨的传说与元帝南归、上京城夜降秋霜的现象联系起来，在表现"每年驾起，其夕即霜"这一神奇现象中寄寓了颂圣之意。

【校笺】

[1] 鸾舆：即銮舆，皇帝的车驾。元周伯琦《宫词》："水晶殿外檐铃响，疑是銮舆早散朝。"高翔：高高飞起，即装饰准备完毕。

[2] 玉勒雕鞍：装饰华美的马笼头与马鞍子。宋欧阳修《蝶恋花》："玉勒雕鞍游冶处，楼高不见章台路。"

[3] 天上龙归：以飞龙喻皇帝，天上龙归喻元帝南归大都。

[4] 夜午：夜半，中夜。经霜：降霜。诗人自注："每年驾起，其夕即霜。"此景象其他诗人也有记述，如元张昱《塞上谣八首》之七："驾来满眼吹花柳，驾起连天降雪霜。"

其六十四

南坡暖翠接南屏[1]，云散风轻弄午晴[2]。寄语[3]行人停去马，六龙飞上计归程[4]。

南坡，乃纳宝地[5]也。故游人罕至焉。

【解题】

此诗写皇帝结束北巡，南返大都，离开南坡店纳钵之地的情景。皇驾去后，南坡店纳宝驿所，天高云淡，轻风弄晴，一派宁静和暖的悠闲氛围。后两句诗人以近似打招呼的叮嘱之语，告诫游人不要到南坡驿地，飞龙天子将南归至此，行人回避。字里行间流露出诗人对圣驾南还的依依惜别之情。

【校笺】

[1] 南坡：即南坡店，在上京南三十里。元周伯琦《扈从诗·前序》："桓州，即乌丸地也，前至南坡店，去上京止一舍耳（一舍为三十里）。"其咏南坡诗："南坡延胜概，一舍抵开平。地蕴清凉界，天开锦绣城。雷轰驼鼓振，霞绚象舆行，填道都人士，瞻前戴圣明。"接：四库本作"按"。

[2] 云散风轻：宋程颢《春日偶成》："云淡风轻近午天，傍花随柳过前川。"弄：舞弄，戏弄。诗词中多用"弄"字赋予无生命的自然事物以人格化的情感。宋张先《天仙子》："沙上并禽池上暝，云破月来花弄影。"元耶律楚材《过金山和人韵》："金山万壑斗声清，山色空蒙弄晚晴。"

[3] 寄语：清抄本、诗选本、四库本均作"寄与"，转告、传话之意。

[4] 六龙：代指皇帝。归程：回归大都的路程。

[5] 纳宝地：四库本作"巴纳地"，即停宿之所（见第二首注[1]）。

其六十五

月出王孙猎兔忙[1]，玉骢拾矢[2]戏沙场。皮囊乳酒锣锅肉[3]，奴视山阴对角羊[4]。

橘绿羊，或四角六角者，谓之迭角羊，迭义未详。以其角之相对，故曰对角。毛角虽奇，香味稍别，故不升之鼎俎，于以见天朝之玉食有等差也[5]。良马骤驰，拾堕箭[6]。

【解题】

此诗写王孙公子狩猎习武的活动。前两句一写猎兔、一写习武。狩猎一般在白天，而英武的王孙猎兔却是在月夜之下进行。骑在飞奔的骏马上捡拾堕地之箭，既需要骑手有高超的骑艺，又需要有灵活的应变反应能力，非一般常人可为。但对这些能骑善射的蒙古族骑士来说，却如同游戏一般，轻松之中恰恰表现了蒙古民族的尚武习性。后两句用富有草原特色的奶酒与肉食，表现蒙古族粗犷豪爽的民族性格。

【校笺】

[1] 王孙：指皇家子孙后代。猎兔：围猎兔子。宋彭大雅《黑鞑事略》："其食肉而不粒。猎而得者，曰兔，曰鹿，曰野彘，曰黄鼠，曰顽羊，曰黄羊，曰野马，曰河源之鱼。"

[2] 玉骢：良马、骏马。拾矢：即诗人自注"拾堕箭"。这是一种演练骑术的运动项目，人骑在飞奔的骏马上捡拾掉落地上的箭矢。

[3] 皮囊乳酒：用皮囊盛装马奶酒。元人多以皮口袋盛装马酒。《元史·祭祀志三》载，朝廷祭祀时太仆寺马官"奉尚饮者革囊盛送焉"。锣锅肉：锣锅，军中用具。锅、锣两用：白天烧饭，晚间报更。《三国演义》第五十回："马上有带得锣锅的，也有村中掠得粮米的，便就山边拣干处埋锅造饭。"锣锅肉疑为用这种锣锅烧制的肉菜。一说类似今天涮羊肉的一种肉食品。

[4] 对角羊：即诗人自注的橘绿羊，有四角者，有六角者。其四角或六角皆两两相对，故称对角羊。这种羊毛色与犄角皆奇特，但其肉质香味都不及上京一带的黄羊，故诗人自注说不作为御膳食用。清沈涛《瑟榭丛谈》卷上："今口北所属之多伦诺尔，与元滦京相近，其地产四角、六角羊，形质与常羊不殊，惟角多为异，盖即古之䍐羊耳。"奴视：鄙视，瞧不起。

[5] 香味稍别：与上都黄羊相比，香味有差别，不及黄羊味美。鼎俎：烹调用的锅及割肉用的砧板。《国语·周语中》："陈其鼎俎，净其中。敬其祓除，体解节折而共饮食之。"《韩非子·难言》："（伊尹）身执鼎俎为庖宰，昵近习亲，而汤乃仅知其贤而用之。"于以见：清抄本无"于"字。天朝：即

元朝。玉食：珍美的食品。《书·洪范》："惟辟作福，惟辟作威，惟辟玉食。"此处玉食指御膳。

[6]"良马骤驰，拾堕箭"，诗选本置于自注开头。骤驰：即飞奔。

其六十六

雍容环佩肃千官[1]，空设蕃僧止雨坛[2]。自是半晴[3] 天气好，螺声[4]吹起宿云寒。

西蕃种类不一，每即殊礼燕享大会，则设止雨坛于殿隅。时因所见，以发一哂[5]。

【解题】

此诗记写上京宫中举行盛大典礼宴会时设止雨坛惯例。当时为使典礼活动能顺利进行，不受天气影响，曾在宫殿一隅设立乞求止雨的祭坛，使佛门弟子祈祷坛上，后逐渐演为一种重大盛会的仪式。不论阴晴，止雨坛皆设立不减，故诗人以富有情趣之心来记写这一仪式。

【校笺】

[1] 雍容：仪容温文尔雅。《史记·司马相如列传》："相如之临邛，从车骑，雍容闲雅甚都。"《汉书·薛宣传》："宣为人好威仪，进止雍容，甚可观也。"环佩：指佩玉。《礼·经解》："行步则有环佩之声，升车则有鸾和之音。"唐杜甫《咏怀古迹五首》之三："画图省识春风面，环佩空归月夜魂。"肃：严肃恭敬。《汉书·五行志》："貌之不恭，是谓不肃。"

[2] 番僧：来自今西藏、四川西部的少数民族僧人，元人称之为蕃僧。元朝统治者崇信佛教，重用西部蕃僧。元周伯琦《是年五月扈从上京宫学纪事绝句二十首》之十七："金银铸佛坐琉璃，玉树珍筵供净仪。殿殿西僧鸣梵呗，福田亿万巩皇基。"就是吟咏蕃僧颂咒祈福的情景。止雨坛：祈祷上天暂

不降雨的祭坛。元帝用蕃僧建议，曾在上京西山上立铁幡竿镇龙，在皇帝御座旁设立白伞以避邪驱灾，还常常使蕃僧祈祷祭神。《马可·波罗游记》："当祭神的时候，星占学家们……表演的术法，其态千奇百怪。例如阴天多云，眼看着倾盆大雨即将降临，术士们这时就登大汗居住皇宫的屋顶，一旦作起妖法，天空立即云开雾散，风平雨收。在四周的地方，雷鸣电闪，正下着疾风暴雨，而皇宫的所在地却毫无雨意。"此段文字虽然有些玄虚，却也有助于理解止雨坛的意义。

[3] 半晴：清抄本作"半暗"。

[4] 螺：军中或僧道用螺壳穿空制成的乐器叫法螺，省称螺。唐韩愈《华山女》："街东街西讲佛经，撞钟吹螺闹宫廷。"这里螺声即指在特殊仪式或盛大宴飨典礼上用法螺吹出的乐声。元张昱《辇下曲》："三司侍宴皇情洽，对御吹螺大礼终。宝扇合鞘催放仗，马蹄哄散万花中。"

[5] 西番：即西部来的异族僧人。殊礼：特殊的礼节仪式。燕享：亦作"燕飨"，古代帝王宴饮群臣之会。隅：角落。哂：微笑，讥笑。《论语·先进》："夫子何哂子由？"此处为取笑、逗笑之意。

咏风物（四十二首）

咏风物四十二首，是校笺者所加。按诗作第六十七首自注"此以下多叙一年之景，并杂咏之物"之意，从第六十七首至第一百零八首计四十二首，重点吟咏上京的自然风物与风土人情。诗人长期在上京宫中的御膳房任职，不仅对元帝北巡上京的活动内容有详尽细微的了解与体察，而且对上京地区的自然风物、风俗民情、文化氛围等也充满好奇心，他怀着对大元王朝的钟爱，以饱含深情的诗笔展现皇帝北巡对上京的巨大影响，当地的风光景物、植被物产、边民的生产生活状况，记录了上京一年四季的各种节日典礼，衣食起居，迎来送往的习俗惯例，表现了以蒙古族为主的边地各民族的文化传统，具有很深的文化内涵，是了解蒙古族历史文化的重要史料。从文学角度说，这些诗作清新有味，一方面，继承了古典诗歌中风俗诗奇特有趣、以趣取胜的传统；另一方面，不断吸收中唐以来描风物、写风情的竹枝词诗体的特点和宫词记典章、表赏爱的特点，综合创新，成为元代诗歌中颇富时代特色的新诗体。

其六十七

正元[1] 紫禁肃朝仪[2]，御榻中间宝帕提[3]。王母寿词歌未彻[4]，雪花片片彩云低[5]。

此以下，多叙一年之景，并杂咏之物。

【解题】

此诗写宫中庆贺正元节时为太后祝寿的庄重场景。蒙古族很重视正旦新年，元张德辉《岭北纪行》记载，蒙古人居漠北时，"比岁除日，辄移帐易地，以为贺正之所，是日大宴所部于帐前，自王以下，皆衣纯白裘"。入主中原后，吸收汉民族正旦习尚，元旦早晨，"百官待漏于崇天门下"，及时入朝庆贺。此诗正写元旦宫中庆贺祝寿的情景。节日的皇宫，仪仗整肃，太后手提宝帕接受百官朝贺，五彩缤纷的花片像飞舞的雪花，伴着祝寿的歌舞，营造出一派祥和欢乐的喜庆氛围。前两句突出宫中祝寿时的庄严整肃，后两句渲染祝寿歌舞的热烈欢庆，整体写出了宫中庆典热烈而不失庄重的祥和气象。

【校笺】

[1] 正元：即正元节。每年阴历正月初一（正旦日）为正元节，也称元正。《元典章》卷十一《吏部五·职制二·放假日头体制》载："京府州官员……若遇天寿、冬至，各给假二日；元正、寒食，各三日；七月十五、十月一日、立春、重午、立秋、重九、每旬各给假一日。公务急速不在此限。"此

节日里，元廷将举行隆重的庆贺活动。元傅若金《次韵元日朝贺》："宫漏催朝烛影斜，千官鸣玉动晨鸦。交龙拥日明丹扆，飞凤随云绕画车。宴罢戴花经苑路，诗成传草到山家。小儒未得随冠冕，遥听钧天隔彩霞。"就是写元日朝贺的情景。

[2] 紫禁：古人以为皇帝为天之骄子下凡为帝，故以天上三垣之一的紫微星座来比喻皇帝所居，称禁中为紫禁。南朝宋谢庄《宋孝武宣贵妃诔》："掩采瑶光，收华紫禁。"唐皇甫曾《早朝日寄所知》："长安岁后见归鸿，紫禁朝天拜舞同。"肃：整肃，庄严。朝仪：朝廷的仪式。《周礼·夏官·司士》："正朝仪之位，辨其贵贱之等。"《史记·叔孙通列传》："臣愿征鲁诸生，与臣弟子共起朝仪。"

[3] 御榻：皇帝的坐榻。宝帕：名贵的手帕。每逢元日，百官脱朝服"与人相贺"，"赠与手帕"。

[4] 王母寿词：指驻上京的百官为留上京的皇太后所献的祝祷之辞。彻：结束，完了。唐元稹《琵琶歌》："逡巡弹得六么彻，霜刀破竹无残节。"五代李煜《玉楼春》："凤箫声动水云闲，重按霓裳歌遍彻。"

[5] "雪花"句，意为庆贺歌舞中飞扬的五彩花片如彩云缭绕，像雪片纷飞，营造出一种祥和欢乐的喜庆氛围。

其六十八

元夕华灯带雪看[1]，佳人翠袖自禁寒[2]。平生不作蚕桑计[3]，只解青骢鞋绣鞍[4]。

【解题】

此诗写正月十五日元夕赏灯的盛况。诗人略去老少男儿的身影，而是专门选取闺门女子不爱农桑爱武装的典型情节，在写元夕观灯娱乐盛况中表现出蒙古族尚武善骑的民族特点，表现出蒙古族女子的英武之气，"不作"与

"只解"的对比突出了蒙古族女子鲜明的民族性格，字里行间流露着自信豪迈的乐观情调。

【校笺】

[1] 元夕：农历正月十五日旧称上元节。上元之夜称元夕，也称元宵。华灯：即装饰华丽的花灯。南朝陈张正见《赋得兰生野径》："华灯共影落，芳杜杂花深。"元朝入主中原后，吸收汉民族文化，形成了融蒙汉文化为一体的年节文化习俗。每至元夕，则大都、上都皆张灯结彩。宣政院、资政院、中政院、詹事院等官廷机构都"常办进上灯烛、糕面、甜食之类，自有故典"。大都丽正门外独树将军（刘秉忠奉命修建大都时，忽必烈问刘秉忠都城的方向，刘回答以此树为方向，世祖于是封此树为独树将军。）上诸色花灯，高低照耀，似火龙般热闹，"游人至此忘返"。元马致远［仙吕］《青哥儿·十二月》："春城春霄无价，照星桥火树银花。妙舞清歌最是他，翡翠坡前那人家，鳌山下。"无名氏［中吕］《迎仙客·十二月》："春气早，斗回杓，灯焰月明三五宵。"都是写元夕观灯景象的。上都元夕也同样大张灯火。带雪看：在雪中观看。

[2] 佳人翠袖：身着华美服装的美丽女子。禁寒：耐得住寒冷。

[3] 平生：一辈子。蚕桑计：种桑养蚕的计划与打算，此为当时内地女子的分内之事。

[4] 青骢：长有青白色杂毛的骏马。汉《孔雀东南飞》："踯躅青骢马，流苏金缕衣。"唐杜甫《记都护骢马行》："安西都护胡青骢，声价欻然来向东。"鞴绣鞍：套上装饰华美的马鞍。后两句说蒙古族女子豪勇尚武，与内地女子喜桑蚕之事不同，她们喜爱的是骑着骏马在辽阔的草原上驰骋，因而她们对装饰华美的马鞍情有独钟。

其六十九

试数窗间九九图[1]，余寒消尽暖回初[2]。梅花点遍无余白[3]，看到今朝是杏株[4]。

冬至后，贴梅花一枝于窗间，佳人晓妆，日以胭脂图一圈[5]，八十一圈既足，变作杏花，即暖回矣。

【解题】

此诗写上京人冬至后作《九九消寒图》以迎新春的习俗。此俗于冬至之次日，在窗间勾画一枝素梅，枝上梅花杂朵，每朵九瓣，共有八十一个花瓣，代表"数九"八十一天。闺中女子每天早起梳妆时，以胭脂涂红一瓣，八十一瓣全涂红时，则九九寒冬结束，大地回春。而窗间所画的梅花涂红之后也变作了杏花，昭示人们春到人间。明刘侗、于奕正《帝京景物略》卷二载："日冬至，画素梅一枝，为瓣八十有一，日染一瓣，瓣尽而九九出，则春深矣，曰《九九消寒图》。有直作圈九丛，丛九圈者，刻而市之，附以《九九》之歌，述其寒燠之候。歌曰：'一九二九，相唤不出手。三九二十七，篱头吹觱篥。四九三十六，夜眠如露宿。五九四十五，家家堆盐虎。六九五十四，口中呬暖气。七九六十三，行人把衣单。八九七十二，猫狗寻阴地。九九八十一，穷汉受罪毕。才要伸脚睡，蚊虫蟢蚤出。'"与诗人自注之意同。此俗既包含着古人对节候气象的科学精确的把握，反映出我国古代气象学的发达状况，也表现了中国人的聪明智慧，以消寒的梅花图为度过荒凉冷落的寒冬增添了无尽的情趣。

【校笺】

[1] 窗间：窗纸中间，古人以纸糊窗格。九九图：即《九九消寒图》。《析津志辑佚·岁纪》载："腊月皇都飞腊雪，铜盘冻折寒威冽。八日朱砂香粥啜，宫娥说，毡帏宰下休教揭。鼎馔豪家儿女悦，丰充羊醴劳烹切。九九梅花填未彻，严宫阙，宰臣准备朝元节。"其中"九九梅花"即指《九九梅花图》。宋陈元靓《岁时广记》卷三十八言："《岁时杂记》：鄙俗自冬至之次日

数九，凡九九八十一日。里巷多作《九九词》。又云：'九尽寒尽，伏尽热尽。'子由《冬至》诗云：'似闻钱重柴炭轻，今年九九不难数。'"自注："《九九词》乃《望江南》，今行在修巷有印本，言语鄙俚，不录。"清富察敦崇《燕京岁时记》说："《消寒图》乃九格八十一圈。自冬至起，日涂一圈，上阴下晴，左风右雨，雪当中。"清让廉《春明岁时琐记》亦言："冬至日，俗谓之属九，或画纸为八十一圈，每日分阴晴涂一圈，记阴晴多寡，谓之《九九消寒图》，以占来年丰歉。"

[2] 余寒：残留的冬寒。暖回：即春风送暖，大地回春。此句意为九九寒冬过去，春回大地，暖意初回。

[3] "梅花"句，说从冬至日在窗间勾画好的八十一瓣梅花，日涂一瓣，此时全涂成红色，标志着九九八十一天的寒冬已经过去。

[4] 杏林：即杏枝。窗间素笔所勾画的梅花枝，全部涂成红色以后，看上去就像绽放的杏花。蒙古族谚语有："立夏杏花开，严霜不再来。"草原杏花开放预示着春到人间。

[5] 佳人晓妆，日以胭脂图一圈：四库本作"佳人晓妆时，以胭脂日图一圈"。清抄本作"佳人睡妆，日以胭脂日图一圈"，误。

其七十

脱圈窈窕意如何[1]？罗绮香风漾绿波[2]。信是唐宫行乐处[3]，水边三月丽人多[4]。

上巳日，滦京士女竞作绣圈，临水弃之，即修禊之义也[5]。

【解题】

此诗写上京三月三上巳节仕女游春修禊活动。古人以干支纪年，每月上旬的巳日称上巳日。三月的上巳日多在三月初三，是古代的重要节日。汉以前，上巳日必取巳日，不必三月初三；魏晋以后，以三月初三为上巳日，不必一定是巳日。各地习俗不一，也有必取巳日的。元白仁甫《墙头马上》："今日乃三月初八日，上巳节令。"上巳节男女老幼到郊外踏青游春，水边修禊，祛除不祥，祈求一年的好运气。此诗即写上巳节里，穿着华美、香气四溢的上京仕女临水弃彩圈、修禊以祛除不祥的情景。前两句重在描写仕女水边弃放彩圈的情景，后两句以唐朝三月三曲江畔修禊之事来形容上京仕女上巳日水边修禊的热闹气氛。诗人既以欣赏的眼光描写富有情趣的仕女上巳游乐场景，又借杜甫《丽人行》诗意非常含蓄地表达了对元代上层统治者的讽谏之意。

【校笺】

[1] 脱圈：以菽黍秸秆编成的圆圈，自套于头上，临水弃之，谓可以脱贫穷，故称脱圈。《析津志辑佚·岁纪》："是月（指三月）三日，都城风俗，谓此日可脱穷贫者，竞以菽黍秸纽作圆圈，自以此圈套其首自足，掷之水中，云脱穷以讫。"窈窕：美好的样子。《诗经·周南·关雎》："窈窕淑女，君子好逑。"此处描写头上套着草圈的美丽仕女的形象。意如何：心境怎么样。

[2] 罗绮：华美高贵的丝织物服饰。罗为质地柔软，经纬组织显椒眼纹的丝织品。绮为素地织纹起花的丝织物，织采为文者为锦，织素为文者为绮。罗绮都是名贵的丝织物。这里代指上京仕女所穿的华丽服饰。香风：仕女经过飘散的香气。漾绿波：形容衣饰彩翠华丽的仕女飘香四溢，荡漾着碧绿的水波。也可以解为穿着华丽的仕女的身影倒映水中，与碧绿的水波相辉映。

[3] 信是：诚是，诚为。唐宫行乐处：指位于唐代长安城东南的曲江，这里是唐朝人游春赏花玩乐的最好去处。唐明皇曾携杨贵妃及其姐妹在此游春宴乐。唐诗人多有写曲江游乐的诗作，其中以杜甫的《丽人行》最为著名，诗中讽刺了唐朝统治者荒淫腐败的宴乐行为。

[4] "水边"句，由杜甫《丽人行》首句"三月三日天气新，长安水边多丽人"化出。形容上巳日上京仕女游春之盛。

[5] 绣圈：四库本作"彩圈"。修禊：古代民俗。于三月上旬上巳日到水边游戏采兰以驱除不祥，称为修禊。晋王羲之《兰亭集序》："暮春之初，会于会稽山阴之兰亭，修禊事也。"

其七十一

葡萄万斛压香醪[1]，华屋神仙[2] 意气豪。酬节京糕犹未品[3]，内家先散小绒绦[4]。

重午节也。

【解题】

此诗写元上都五月五日端午节的风俗习尚。在元代的各种节俗中，端午节是一个重要的节日，俗"以为大节"，民间称之为"蕤宾节"。节前三日，宫廷为过节做准备，中书省和礼部向皇帝进宝扇。宣徽院则向皇帝进献金纱、金罗、金条、彩索、金珠、翠花、花钿、奇石、胭脂，以及酒醴、凉糕、香粽、金桃、御黄子等物。节日里，三公宰辅、省院台，以及中贵官都互相馈赠画扇、彩索、拂子、凉糕等物。《析津志辑佚·岁纪》中"五月天都庆端午，艾叶天师符带虎，玉扇刻丝金线缕。怀荆楚，珠钿彩索呈宫纂。进上凉糕并角黍，宫娥彩索缠鹦鹉，玉屑蒲香浮绿醑。葵榴吐，銮舆岁岁先清暑"即题咏端午节事。此诗从端午节中人们尽情饮酒、互相馈赠节日礼品两方面来表现节日的欢乐气氛。

【校笺】

[1] 香醪：醪为浊酒。唐杜甫《清明》："钟鼎山林各天性，浊醪粗饭任吾年。"香醪即用葡萄酿造的醇美香甜的浊酒。《析津志辑佚·物产》："葡萄酒，出火州穷边极陲之地。酝之时，取葡萄带青者。其酝也，在三五间砖石瓮砌成干净地上，作瓮瓷缺嵌入地中，欲其低凹以聚，其瓮可容数石者。然

后取青葡萄，不以数计，堆积如山，铺开，用人以足揉践之使平，却以大木压之，覆以羊皮并毡毯之类，欲其重厚，别无曲药。压后出闭其门，十日半月后窥见原压低下，此其验也。方入室，众力拚下毡木，撤开而观，则酒已盈瓮矣。乃取清者入别瓮贮之，此谓头酒。复以足蹑平葡萄滓，仍如其法盖，复闭户而去。又数日，如前法取酒。窖之如此者有三次，故有头酒、二酒、三酒之类。"此为西域葡萄酒制作之法，此诗中所谓"葡萄万斛压香醪"概即此也，意为香甜醇美的酒是用万斛葡萄压制而成的。

[2] 华屋：华丽的居舍。神仙：这里指居住在华丽屋舍中有地位之人。

[3] 酬节：为节日而特意制作。京糕：即京城出产的凉糕，与香粽一起是端午节中两种别具特色的节日食品。未品：清抄本、诗选本、四库本均作"末品"，误。未品：没来得及品尝。

[4] 内家：指宫女。唐薛能《吴姬》："身是三千第一名，内家丛里独分明。"散：分发，散发。小绒绦：一种绒线丝绦。

其七十二

百戏[1] 游城[2] 又及时，西方佛子[3] 阅宏规。彩云隐隐[4] 旌旗过，翠阁[5] 深深玉笛吹。

每年六月望日[6]，帝师[7] 以百戏入内，从西华[8] 入，然后登城设宴，谓之游皇城是也。

【解题】

此诗表现上都城六月十五日声势浩大的游皇城禳灾求福活动。按《元史·祭祀志六》，游皇城为"国俗旧礼"，至元七年（1270）世祖用八思巴建议，在大明殿御座上置一白伞盖，顶部用素缎，上书写金字梵文，意为"镇伏邪魔护安国刹"。定于每年二月十五日，于大明殿举行启建白伞盖佛事。以各色仪仗导引，迎引伞盖，周游皇城内外，谓与众生驱除不祥，导引福祉。

周游皇城时，出动数千人，有庞大的仪仗、乐队和戏队，首尾排列三十余里，隆重异常。每年六月十五日皇帝在上都再举行一次，是为元朝一代之典制。元袁桷《皇城曲》记咏游皇城盛况时，说："岁时相仍作游事，皇城集队喧憧憧。吹螺击鼓杂部伎，千优百戏群追从。宝车瑰奇耀晴日，舞马装辔摇玲珑。红衣飘裾火山耸，白伞撑空云叶丛。王官跪酒头叩地，朱轮独坐颜酡烘。蛮氓聚观汗挥雨，士女簇坐唇摇风。"此诗前两句说朝廷按时举行游皇城的盛大活动，西方佛子又一次大显身手。后两句写游城时彩旗飘扬、歌乐喧天的隆重场景。

【校笺】

［1］百戏：即游皇城仪式中的各种各样的杂扮戏队仪仗。按《元史·祭祀志六》记载，游皇城活动由枢密院八卫选拔伞鼓手一百二十人，殿后军甲马五百人，抬举监坛汉关羽神轿军及杂用五百人，宣政院辖官寺三百六十所掌供佛像、坛面、幢幡、宝盖、牛鼓、头旗三百六十坛，每坛二十六人抬举，钹鼓僧十二人。另有金门大社一百二十人队，各类乐器四百人，妓女杂扮队戏一百五十人，杂把戏一百五十人，少数民族乐队三百二十四人，所有人等都穿朝廷统一甲袍仪仗，绵延三十余里。

［2］游城：即游皇城。那木吉拉《中国元代习俗史》描述其在大都的游城过程大致为：二月十三日，于西镇国寺迎太子游四门，然后抬举高塑像、仪仗入城。十四日，梵僧500人在大明殿做佛事。十五日，请大伞盖于御座，置于宝舆中，诸仪仗列队于殿前，各仪仗、佛坛、乐队、戏队列于崇文门外，迎伞盖出宫。先至庆寿寺，吃素食，之后，周游皇城内外。皇帝及后妃公主，于玉德殿门外，搭金背吾殿彩楼观赏。游城结束，送伞盖回宫，再做十天佛事，才最终结束。《元史·祭祀志》载："每岁二月十五日，于大明殿启建白伞盖佛事，用诸色仪仗社直，迎引伞盖，周游皇城内外，云与众生袚除不祥，导迎福祉……大都路掌供各色金门大社一百二十队，教坊司云和署掌大乐鼓、

板杖鼓、筚篥、龙笛、琵琶、筝、纂七色，凡四百人。兴和署掌妓女杂扮队戏
一百五十人，祥和署掌杂把戏男女一百五十人，仪凤司掌汉人、回回、河西
三色细乐，每色各三队，凡三百二十四人……首尾排列三十余里。都城士女，
间阎聚观……帝及后妃公主，于玉德殿门外，搭金脊吾殿彩楼而观览焉……
岁以为常，谓之游皇城。或有因事而辍，寻复举行。夏六月中，上京亦如
之。"按诗人自注，上都游皇城的仪仗规模可能略小于大都，过程也略简。六
月十五日，帝师引导百戏仪仗入城，由宫城的西华门入宫。皇帝及百官登城，
设宴观赏，是为上都的游皇城活动。又及时：又到了游皇城的时日。

　　[3] 西方佛子：即西蕃僧人，指来自今西藏和四川西部广大地区的佛门
僧徒弟子。阅宏规：指举行宏大规模的佛事活动。游皇城活动本是采纳八思
巴之议按佛教之说进行的，有宣政院所辖官寺三百六十所掌佛像、坛面、幢
幡、宝盖、牛鼓、头旗三百六十坛，每坛由二十六人抬举，钹鼓僧十二人参
加游城行列。又有大量梵僧在这一活动中大做佛事，所以游皇城之事可以说
是佛子们大显身手的一次重要活动。

　　[4] 隐隐：隐约，不分明的样子。南朝宋鲍照《还都道中》："隐隐日没
岫，瑟瑟风发谷。"北魏郦道元《水经注·漯水》："其山重峦迭，霞举云高，
连山隐隐，东出辽塞。"此处是说游城的各式仪仗旌旗蔽天，像满空的彩云，
交相辉映。

　　[5] 翠阁：即翠楼，指宫中华美的楼阁。唐王昌龄《闺怨》："闺中少妇
不知愁，春日凝妆上翠楼。"

　　[6] 望日：阴历每月十五日为月圆之日，称望日。汉刘熙《释名·释
天》："望，月满之名也。月大十六日，小十五日，日在东，月在西，遥相
望也。"

　　[7] 帝师：元代僧官名，意为"皇帝之师"。元朝崇信佛教，尊佛中高僧
为师。元世祖忽必烈从西蕃僧八思巴受佛戒。至元元年（1264）命八思巴以
国师领总制院事。至元七年（1270）升号"帝师"。1280年改设宣政院，管理

全国佛教事宜和藏族地区行政事务，此后历朝皆设帝师，例领宣政院事。

[8] 西华：四库本作"西华门"。即上都宫城的西门。上都城为宫城、皇城、外城组成的内外三重城，皇城（也称内城）位于外城的东南角，宫城（也有人称之为皇城）位于皇城的正中略北。东、南、西各开一门，南门称御天门，东门称东华门，西门称西华门。

其七十三

紫菊花[1] 开香满衣，地椒[2] 生处乳羊肥。毡房纳石[3] 茶添火，有女褰裳拾粪[4] 归。

紫菊花，惟滦京有之，名公多见题品[5]。地椒草，牛羊食之，其肉香肥。纳石，鞑靼茶[6]。

【解题】

此诗写上京一带的自然风物及蒙古民族的生活习惯。诗人抓住最富塞上草原特色的植被物产，如紫菊花、地椒、纳实茶等，通过对这些自然风物的特点与效用的展示，表现塞外边民的生活习惯与特点。

【校笺】

[1] 紫菊花：上京的一种名贵花卉。诗人自注称"惟滦京有之"。此花野生，色紫红，六瓣，有浓香味。《析津志辑佚·物产》载："紫菊、金莲并上都，虽草属，皆入画。"元人诗词多有题咏，如元许有壬《北上马苑》："金莲紫菊带烟铺，画出龙冈万世图。"元乃贤《塞上曲五首》之五："乌桓城下雨初晴，紫菊金莲漫地生。最爱多情白翎雀，一双飞近马边鸣。"元欧阳玄《渔家傲·南词》："九月登高簪紫菊，金莲红叶迷秋目，万乘时还劳万福。"

[2] 地椒：塞外草原上最有特色的一种优质牧草。牲畜食之，多产乳，且肉质香肥。元马祖常《上京翰苑书怀》"六月椒香驼贡乳，九秋雷隐菌收

203

钉"中吟咏的就是如此。这种牧草逢春而生，六月发花，花紫味香，可作香料。《析津志辑佚·物产》载："地椒，朔北、上京、西京等处皆有之。"元人诗多咏之，如元许有壬《上京十咏·地椒》："冻雨催花紫，轻风散野香。刺沙尖叶细，敷地乱条长。楚客收成裹，奚童撷满筐。行厨供草具，调鼎尔非良。"元贡师泰《上都诈马大宴五首》之三："野韭露肥黄鼠出，地椒风软白翎飞。"元乃贤《塞上曲五首》之一："秋高沙碛地椒稀，貂帽狐裘晚出围。射得白狼悬马上，吹笳夜半月中归。"元周伯琦《上京杂诗十首》之七："土床长伏火，板屋颇通凉。菌出沙中美，椒生地上香。"元胡助《云州》："暑雨不时作，山流处处狂。牧羊沙草软，秣马地椒香。夜宿营毡帐，晨炊顿土房。云州今又过，明日到滦阳。"

[3] 毡房：清抄本作"坛房"。纳石：四库本作"纳实"，蒙古茶，为上京人喜爱的一种名茶。

[4] 褰裳：褰为撩起，用手提起之意。褰裳即挽起下衣。拾粪：北方人一种生活内容。牛羊为食草动物，其粪便晒干后可像柴草一样用来作柴烧。这种习俗在今天内蒙古自治区、青海、西藏自治区、新疆维吾尔自治区等地仍很流行。元张昱《塞上谣八首》之一："砂碛大风吹土屋，马上行人纱罩目。貂裘荆筐拾马矢，野帐炊烟煮羊肉。"又其《辇下曲》："争抱荆筐拾马留，贫儿朝夕候鸣驼。不知金印为何物，肯要人间万户侯。"皆写此俗。

[5] 滦京：即上都，以其在滦水之北故称滦京。名公：有名望的公卿之士。《宋书·谢景仁传》："武帝目景仁为名公之孙。"题品：即品题，以诗歌来吟咏描写，论其高下优劣。

[6] 纳石，鞑靼茶：四库本作"纳实，蒙古茶"。

其七十四

为爱琵琶[1] 调有情，月高未放酒杯停[2]。新腔翻得《凉州》曲[3]，弹出天鹅避海青[4]。

《海青拿天鹅》[5]，新声也。

【解题】

此诗写诗人在上京月夜里欣赏琵琶乐曲的情景。明月高挂，夜色已晚，诗人仍然手不释杯，沉浸在"一曲新词酒一杯"的清歌美酒的雅兴之中。诗作字面上只是叙写月夜饮酒赏乐的情景，但在"为爱""调有情""未放酒杯停"的叙写中却含蓄地寄寓着诗人抚今追昔的叹喟之情。诗情低回，惆怅无限。

【校笺】

[1] 琵琶：本作"批把"，拨弦乐器。汉刘熙《释名·释乐器》载："批把本出于胡中，马上所鼓也。推手前曰批，引手却曰把，象其鼓时，因以为名也。"晋傅玄《琵琶赋序》云："汉遣乌孙公主嫁昆弥，念其行道思慕，使工人知音者裁琴、筝、筑、箜篌之属作马上之乐……以方语目之，故云琵琶。"

[2] "月高"句，意为明月高挂，夜色已晚，但诗人仍然在饮酒欣赏琵琶乐曲。

[3] 凉州曲：乐曲名。本为西域少数民族音乐。唐天宝年间，西凉府都督郭知运进献此曲于朝廷，遂成为当时流行乐曲之一。唐杜牧《河湟》即有"唯有《凉州》歌舞曲，流传天下乐闲人"之句。本诗中的句意是说乐人弹奏的是在旧乐曲基础上用新腔改编过的《凉州曲》。

[4] 天鹅：亦称"鹄"，属鸭科，雄性体长 1.5 米以上，雌性略小，有极长的颈，羽毛纯白色，嘴端黑色，嘴基呈黄色，群栖于湖泊、沼泽地带，善于远距离高飞，冬季居于江南之地，春夏季北迁，是海东青捕猎的对象，其肉可食，其羽毛洁白而松软，可制毛扇或绒被。《析津志辑佚·物产》："天鹅，又名驾鹅。大者三五十斤，小者廿余斤。俗称金冠玉体干皂靴是也。"海

青：即海东青。雕的一种，善捕水禽小兽，产于黑龙江下游及附近岛屿。《元史·地理志》载："有俊禽曰海东青，由海外飞来，至奴儿干，土人罗之，以为土贡。"《析津志辑佚·物产》："海东青辽东海外隔数海而至，尝以八月十五渡海而来者甚众。古人云：疾如鹘子过新罗是也。努尔干田地，是其渡海第一程也……海青亦有数种，玉嘴玉爪为稀。黄鹰仍有几般，黄眼黑眼为异。"《本草纲目·禽部》："雕出辽东，最俊者谓之海东青。"元柯九思《宫词十五首》注言："海青者，海东俊鹘也。白者尤贵，有数十金者。"驯化后的海东青可成为珍贵的捕猎工具。明叶子奇《草木子》卷四《杂俎篇》即言其"善擒天鹅，飞放时，旋风羊角而上，直入云际"。

[5]《海青拿天鹅》：琵琶曲，最早出现于元代。又名《海青拿鹤》，简称《海青》《拿鹅》，为琵琶大曲。明李开先《词谑》中，有关于琵琶名手张雄演奏此曲的生动描写。华秋苹《琵琶谱》和李芳园《南北派十三套大曲琵琶新谱》称《海青拿鹤》。清鞠士林编《闲叙幽音》收此曲，改名《平沙落雁》。全曲分十八段，以琵琶长轮、滚、扣、拂、扫等手法，描写猎鸟海青（海东青）捕捉天鹅的情景，音乐雄健活泼，颇有特色。元乃贤《塞上曲五首》之四有"马乳新桐玉满瓶，沙羊黄鼠割来腥。踏歌尽醉营盘晚，鞭鼓声中按《海青》。"陈高华辑《辽金元宫词》中亦有诗云："教坊有旨趣兴和，凤管鸾笙宛转歌。一曲凉州翻旧谱，海东青下攫天鹅。"新声：即当时流行的新曲子。

其七十五

海红不似花红[1] 好，杏子何如巴榄[2] 良。更说高丽生菜[3] 美，总输山后麋菰香[4]。

海红、花红、巴榄仁，皆果名。高丽人以生菜裹饭食之。尖山产麋菰[5]。

【解题】

此诗记写上京的风物特产。以对比的手法列举了上京可见的海红、花红、杏子、巴榄、高丽生菜、尖山蘑菇六种果菜，目的是称赏上都作为元朝夏都物产丰富，鲜果齐全，特产著名。诗的前两句以海红与花红、杏子与巴榄的两两对比夸赞后者的美好，后两句又以递进的手法来夸赞上京北部尖山所产蘑菇的鲜美无比，从中可见诗人对上京一草一木等风物特产的赏爱之情。

【校笺】

[1] 海红：又名"秋子""柰子""海棠果"。蔷薇科，落叶乔木，叶卵形至椭圆形。有细锐锯齿，伞形花序，色白。果圆形或卵圆形，直径2厘米，底色黄，有红晕，果肉黄色。树性强健，适应性强，耐涝耐盐耐寒，广布于我国西北、华北、东北之地，一些改良品种其果可生食，多数供加工用。花红：植物名，亦称"沙果""林檎"。蔷薇科，落叶小乔木，叶卵形或椭圆形，顶端骤尖，边缘有极细锯齿。春夏之交开花，伞形花序；花梗、花萼均有茸毛。花在花蕾时红色，开放后色褪而带红晕。果实秋季成熟，扁圆形，直径4—5厘米，呈黄或红色，果味似苹果，可生食或加工。产于我国，黄河长江流域一带普遍栽培，变种颇多。《钦定热河志》卷九十三载："花红，柰属，土人称为沙果。其一种大而赤色者为槟子，味微酸涩，土人亦谓之香果。"

[2] 巴榄仁：四库本作"巴榄"。本是一种波斯杏子名称的音译，亦作"婆淡""八担""巴旦"，义译为"偏桃"。宋朱弁《曲洧旧闻》说巴榄"如杏核，色白，扁而尖长，来自西番。比年近畿人种之亦生，树如樱桃枝，小而极低"。元耶律楚材《西游录》上："芭榄城边皆芭榄园，故以名焉。芭榄花如杏而微淡，叶如桃而差小。每冬季而华，夏盛而实，状类匾桃，肉不堪食，唯取其核。"此处指在上京城所见的巴榄。

[3] 高丽：即高句丽，为朝鲜高句丽的别称。始见于6世纪初北魏正史中，此后中国多用之。朝鲜史书多称高句丽。生菜：即"叶用莴苣"。莴苣，头状花序，开黄色舌状花，瘦果细小，黑褐或灰白色。性喜冷凉，春秋两季均可栽培，原产于地中海沿岸。按主要性状不同可分为叶用莴苣、茎用莴苣。

[4] 蘑菰：今作"蘑菇"，即驰名中外的"口蘑"，产于内蒙古草原。历史上，内蒙古草原所产的白蘑大都经张家口加工后销往国内外市场，故又称"口蘑"。种类繁多，有白蘑、香蘑、青腿蘑、鸡爪蘑、黑蘑等品种，其中白蘑为"口蘑"中的上品，肉质白嫩醇厚，味极鲜美，是菜肴羹汤中不可缺少的野味，有"素中之荤"的美称。外形如一柄小伞，上端为厚厚的菌盖，像顶帽子，盖下有一五六厘米的粗柄。元人屡从诗中多有吟咏。元马祖常《上京翰苑书怀》："六月椒香驼贡乳，九秋雷隐菌收钉。"《北行》："雨余雷菌长，秋入地椒芬。"元柳贯《后滦水秋风词》之四："砂头蘑菇一寸厚，雨过牛童提满筐。"元周伯琦《上京杂诗》："菌出沙中美，椒生地上香。"元许有壬《上京十咏》谓之沙菌，诗云："牛羊膏润足，物产借英华。帐脚骈遮地，钉头怒戴沙。"注言："此物喜生车帐卓歇之地，夏秋则环绕其迹而出。"元袁桷的《采摩姑》，为专咏蘑菇之作。

[5] 尖山产蘑菇：清抄本作"尖山产麻菇"，误。尖山：亦作"官山"，位于上京北部。《析津志辑佚·物产》载："蘑菰，在官山生，其地极冷。"此官山概为"尖山"之转音。元袁桷《采摩姑》："官山摩姑天下无，迸石菌蠢攒宝珠……万钉宝带山泽癯，圆如佛螺缀头颅。"

其七十六

四月东风[1] 渐渐和，流波细细出官河[2]。诗人策马[3] 红桥过，御柳今朝丝较多[4]。

【解题】

此诗描写上京初春的美好景象。四月的上京，东风淡淡，天气渐渐变得和暖起来。御路两旁，柳丝青青，诗人策马而行，见红桥下面的官河，流水潺潺，心情分外舒畅。带着舒畅的心情，诗人把上京的春景写得轻柔秀丽。东风是"渐渐"的，流波是"细细"的，而皇家柳树的"丝丝"绿色，又与

"红桥"相映成趣。

【校笺】

[1] 四月东风：上京地处内蒙古高原南缘，为典型的温带草原气候。当中原或南方之地已是"人间四月芳菲尽"之时，上京之地才东风渐吹，天气和暖。此景正与第二十八首的"淡淡东风六月春"相吻合。

[2] 流波：即流水。晋张协《杂诗》："流波恋旧浦，行云思故山。"官河：流经上京官中的河水。

[3] 策马：策为马鞭，策马是以鞭击马，意即骑马挥鞭。

[4] 御柳：上京御道两旁的柳树。唐韩翃《寒食》："春城无处不飞花，寒食东风御柳斜。日暮汉宫传蜡烛，轻烟散入五侯家。"丝较多：清抄本、四库本均作"绿较多"。

其七十七

偶因试马小盘桓[1]，明德门[2]前御道宽。楼下绿杨楼上酒[3]，年年万国会衣冠[4]。

明德门，午门也。

【解题】

此诗表现元帝上都大会蒙古王公的情景。元帝北巡上京的主要目的是在清凉避暑的同时实现安边定塞的政治意图。因此，诸王朝会就成为巡幸活动中最为重要也最为集中的内容。蒙古贵族入主中原后，由于蒙古汗位由窝阔台系转入托雷系手中，因此围绕争夺汗位的斗争，蒙古上层内部矛盾激烈。从元世祖忽必烈起，周边蒙古王公就不断反叛，先后有海都及昔里吉之乱、乃颜之乱、海都之乱、海都及都哇之乱等叛乱发生。为绥抚周边蒙古王公，安定北方边塞，元朝统治者借北巡避暑之机，举行诈马大宴、游皇城、开马奶子宴等，以聚会宴飨形式盛情款待、拉拢蒙古宗亲勋贵，以达到稳定草原的政治目的。元周伯琦《扈从诗》中诗歌小序所载元帝在上京的大型朝会活动有：六月三日的诈马宴、六月十四日的大宴宗亲世臣、十五日的游皇城、七月九日的祭陵园和八月返京前的马奶子宴等。蒙元统治者利用这些朝会宴飨形式，笼络蒙古上层，绥靖周边四邻，稳定边塞局势。元代诗人对这种朝会的政治目的与意义多有发明，如元马祖常《丁卯上京四绝》"明时不惜黄金赐，只欲番王万里来"、元张昱《辇下曲》"职贡蛮夷通海徼，笐衣毳帽步逡巡。翠华阁下颁缯币，圣主留恩柔远人"都完美地诠释了朝会的政治意图。此诗就是叙写王公朝会的情景。前两句着眼于上京城外、南大门前宽阔的御道好似对外敞开的胸怀，伟岸开阔；后两句着眼于城内的楼阁，点明这里是年年盛宴万国衣冠之士的场所。一道一楼之间的场景转换展示了元王朝的雄伟气魄。

【校笺】

[1] 试马：试骑生马。驾马。《诗·小雅·大东》："私人之子，百僚是试。"毛传："是试，用于百官也。"试马犹云"用马""驾马"。唐人有《春娇试马图》。唐李峤《马武骑挽歌二首》其二："试马依红埒，吹箫弄紫霞。"唐韦庄《洛阳吟》："宫宫试马游三市，舞女乘舟上九天。"盘桓：徘徊，逗留。

[2] 明德门：即午门。元上都的皇城位于整个城区的东南，正方形，每边长约一千四百米，皇城之东、南墙乃是外城东、南墙的一部分。皇城共建六门，南北各一门，东西各二门，南门（正门）称明德门。由诗人自注知，此门亦称午门。御道：专供皇帝行走的道路。此处专指明德门前通往南面关厢之地的大道。

[3] 楼上酒：楼上举行的酒宴。

[4] 万国：极言周边藩王宗国之多。会衣冠：指皇帝在上京大会蒙古各

部藩王。衣冠，代表有身份的上层人士。朝会是元代的一种重要的政治活动。蒙古语称作忽邻勒台，也称忽里台。《元史·礼乐志》载："元之有国，肇兴朔漠，朝会燕飨之礼，多从本俗。"每当新皇帝即位、元旦、天寿节等重大节日，都要举行朝会，后妃、宗王、亲戚、大臣、将帅等都要前来参加。外地诸王多在夏季来上都参加朝会。黄时鉴点校《通制条格》卷八《仪制》载，元延元年（1314）六月二十二日，中书省奏文曰："在先诸王妃子公主驸马、各千户每朝现的，并不拣甚么勾当呵，夏间趁青草时月来上都有来。如今推称着缘故不商量了入大都去的多有，依先体例休教入大都去，不拣有甚么奏的并朝现来的勾当呵。夏间来上都者。"意思是说，要维持每年在上都举行诸王朝会的惯例。朝会中，各部藩王要向元朝皇帝进献贡物以示臣服和友好，元帝也大量赏赐藩王金银财物以密切双边关系，达到安定边塞的目的。《元史·成宗纪二》记载，贞元二年（1296）十二月规定："诸王朝会赐与：太祖位，金千两，银七万五千两；世祖位，金各五百两，银二万五千两，余各有差。"

其七十八

怪得家童笑语回[1]，门前惊见事奇哉[2]。老翁携鼠[3] 街头卖，碧眼黄髯[4] 骑象来。

黄鼠，滦京奇品。

【解题】

此诗写上京街头的两件新奇事。老鼠本是人们厌恶之物，可在滦京却当作珍奇特产在街市上叫卖，令人生奇；黑眼睛黄皮肤的东方人是人们习见的，碧眼黄髯之人且又骑象而来，着实让人觉得新鲜。全诗以家童的眼光与见闻写街市之景，聚焦于一个"奇"字，奇人奇事以家童的反映"惊见""笑语"来表现，把上京城平常的景象写得生动有趣，使人不仅从中窥见上京集市交换的状况，而且也可从中窥见元朝对外交往之一斑。

【校笺】

[1] 怪得：以……为奇为怪。家童：诗选本、四库本均作"家僮"。即家中的童仆。句意说家童笑语而还，实在令人觉得奇怪。

[2] 惊见：吃惊地看到。事奇哉：奇奇怪怪的事情。句意说在自家门前吃惊地见到了两件奇怪的事情。

[3] 鼠：即黄鼠，亦称"地松鼠"，俗称"大眼贼"。哺乳纲，松鼠科。形似大家鼠，尾短，长不及体长的一半，眼大，较突出。有发达的颊囊。毛黄色，基部灰黑色。群栖于干燥的草原地区，是上京之地的重要特产。鼠肉奇美，常用于御膳。元代上京风情诗中多有品题。元许有壬《上京十咏》之四："北产推珍味，南来怯陋容。瓠肥宜不武，人拱若为恭。发掘怜禽狝，招来或水攻。君毋急盘馔，幸自不穿墉。"元贡师泰《和胡士恭滦阳纳钵即事韵》："健儿掘地得黄鼠，日暮骑羊齐唱归。"又："野韭露肥黄鼠出，地椒风软白翎飞。"元乃贤《塞上曲五首》之四："马乳新挏玉满瓶，沙羊黄鼠割来腥。"元马祖常《北行》："白鹰随雪雁，黄鼠掘田鼢。"

[4] 碧眼黄髯：指长着碧蓝色眼睛、黄色须髯的西方人。因与黄皮肤黑头发的东方人大相径庭，才引得家童大惊小怪。其实元代上京城中碧眼黄髯的西方人士很多，如深受元朝皇帝重用的钦察人就是"高鼻黄髯"，阿速人就是"绿眼睛"。元柯九思《宫词》中的"黄头称国士，碧眼佩天弧"即为描写钦察和阿速卫士兵的句子。

其七十九

一曲琵琶[1] 可奈何，昭君青冢[2] 恨消磨。可怜西地黄云起[3]，不似连天芳草多[4]。

【解题】

此诗咏塞上昭君墓。王昭君，名嫱，西汉时南郡（今湖北省兴山县）人。汉"元帝时，以良家子选入掖庭"。竟宁元年（前33）匈奴呼韩邪单于第三次觐见汉天子，要求与汉朝和亲，"单于自言，愿婿汉氏以自亲"。汉元帝后宫待诏王昭君，因"入宫数岁，不得见御"，便自请充当和亲使者。于是元帝把王昭君远嫁匈奴，汉与匈奴关系由此更加亲密。《汉书·匈奴传》载："是时边城晏闭，牛马布野，三世无犬吠之警，黎庶亡干戈之役。"昭君因此成为和亲安边的使者，受到人民的钦佩与崇敬。她去世后，葬于今内蒙古自治区呼和浩特市旧城南九公里处。以其墓上草色青青，四季不衰，故称青冢，成为后人凭吊怀念昭君的重要遗迹。唐杜甫《荆门怀古五首》中的"群山万壑赴荆门，生长明妃尚有村。一去紫台连朔漠，独留青冢向黄昏"就是写王昭君身世的。杨允孚此诗从昭君出塞时所弹琵琶写起，以凄楚哀怨的琵琶曲来诉说昭君远嫁、故国难回的内心遗恨。后两句借用传统诗歌以芳草喻别情的表现手法，委婉含蓄地表达了王昭君强烈的故国之思。诗人在吟咏王昭君强烈的桑梓情结中也寄托了自身对大元王朝的眷眷之情。全诗叙事议论相结合，描写中兼抒情，含蓄委婉，耐人寻味。

【校笺】

[1] 一曲琵琶：指昭君出塞途中所奏的琵琶曲。相传昭君出塞，路途遥远，便以马上琵琶作乐解闷。元张昱《辇下曲》："昭君遗下汉琵琶，拗捩谁弹狈获沙？春色不关青冢上，只今芳草满天涯。"

[2] 昭君青冢：即王昭君之墓，位于今内蒙古自治区呼和浩特市旧城南大黑河南面的冲积平原上。传说当年王昭君去世时，塞内塞外的牧民纷纷赶来送葬，他们每人都用衣襟包上土，一包一包地垒起了昭君墓。昭君墓现高三十多米，人工土筑而成，丘顶矗立一座青瓦红柱的凉亭，遥望墓表，黛色

朦胧，若泼浓墨。据传每到秋凉霜冷时节，附近草木枯萎，唯有昭君墓上的草依然青青如故，故有"青冢"之称。

[3] 可怜：可惜，惋惜之意。西地：四库本作"满地"。此泛指北方边塞之地。北方边地多荒凉的沙漠，北风怒吼，黄沙满天，故称边地之云为黄云。唐高适《别董大》："千里黄云白日曛，北风吹雁雪纷纷。"

[4] 连天芳草：连接天涯的芳香青草。宋秦观《满庭芳》："山抹微云，天连衰草，画角声断谯门。"此处是借芳草喻别情。此法源于《楚辞·招隐士》："王孙游兮不归，芳草生兮萋萋。"其后汉代东方朔《饮马长城窟行》"青青河边草，绵绵思远道。"沿用《楚辞》的手法，以春天遍地的青青芳草来比喻人之别情，浓浓的别情正如春天的芳草，触处皆生，极言别情的无穷无尽，由此奠定了芳草喻别情的传统。唐王维《送别》"春草明年绿，王孙归不归"、白居易《赋得古原草送别》"又送王孙去，萋萋满别情"、唐杜牧《池州送前进士蒯希逸》"芳草复芳草，断肠复断肠。自然堪下泪，何必更斜阳"以及五代李煜《清平乐》"离恨恰如春草，更行更远还生"等都沿用这种手法。此诗用北地飘飞的黄沙与遍地连天芳草作对比，以芳草之多极言昭君对故国的无限思念。

其八十

翠楼紫阁[1] 尽崔巍[2]，花落花开不用催[3]。最是多情天上月，照人西去又东来[4]。

【解题】

此诗写上京作为元朝北方陪都的作用与地位。洁白的月光多情地辉映着上京城，翠楼紫阁，高大崔嵬，一派庄严宏伟的皇都气象。作为陪都，花开人来，花落人去，正如元张昱《塞上谣八首》之七所言"虽说滦京是帝乡，三时闲静一时忙。驾来满眼吹花柳，驾起连天降雪霜。"岁以为常的避暑巡幸就像花开花落的自然事物一样准时，诗人以欣赏的眼光，看待这秋去春来的北巡活动，借多情的月光表达自己迎来送往的眷恋之情。又以花开花落、人去人来的景象描写含蓄地表达了对岁月流逝、盛衰兴亡的感慨。花开花落，人去人来，一切都是那么自然而然，然而自然轻松的背后却有诗人好景不长的忧患与叹惋之情。

【校笺】

[1] 翠楼紫阁：指上京华丽美观的楼阁殿宇。

[2] 崔巍：即崔嵬。高大险峻的样子。《诗经·小雅·谷风》："习习谷风，维山崔嵬。"汉东方朔《七谏·初放》："高山崔巍兮，水流汤汤。"

[3] 花开花落：以自然之花的开落来写时光的流逝。上京巡幸活动也在时光流逝中年复一年地重复。

[4] 西去东来：言月亮东升西落，照人年复一年。

其八十一

承恩留守是何王[1]，锦帐成围促宴忙[2]。却怪西风浑不顾[3]，一般吹送满头霜[4]。

【解题】

此诗写留守上京的蒙古藩王在年复一年迎来送往中渐渐老去的情景。前两句以设问的口吻来说明留守上京的是哪位亲王，只见他日日在锦帐之中，灯红酒绿，劝酒促宴，忙个不停。后两句说就是在这紧张忙碌的宴乐应酬之中，伴着年年劲吹的西风，青青黑发变成满头霜雪，青春已逝。诗人在描写留守亲王宴乐劝饮的忙碌身影的同时，对时光的流逝，人事的变迁寄寓了无限的感慨之情。

【校笺】

[1] 承恩：蒙受恩泽。《史记·佞幸传赞》："冠入侍，传粉承恩。"唐杜荀鹤《春宫怨》："承恩不在貌，教妾若为容。"留守：古代皇帝出征巡幸时以亲王或重臣镇守京师，得以便宜行事，称京城留守。其他陪都、行在，亦有常设或间设留守之例。如汉高祖刘邦巡幸关东，吕后在京留守；东汉和帝南巡，以太尉张禹为京城留守，但此时留守之职尚非正式命官。至北魏时，太祖高宏南征，命太尉丕、广陵王羽为京城留守，始为正式命官。其后隋唐辽宋金元明清各朝皆设有留守之官。此处留守即为上京留守之官，由亲王担任。故句意以设问口吻说："是哪位亲王留守上京城呢?"

[2] 锦帐：锦制的帷帐。旧题伶玄《飞燕外传》："帝谢之，诏益州留三年输，为婕妤作七成锦帐，以沉水香饰。"南朝梁萧纲《倡妇怨情十二韵》："斜灯入锦帐，微烟出玉房。"句意说，在锦帐之中亲王劝酒促宴，忙碌不停。展现了留守亲王承恩宴乐、迎来送往的情形。

[3] 却怪：却埋怨、却责怪。浑：全的意思。

[4] "一般"句说，西风全不管宴乐之人已满头白发，照例地吹送着匆匆而去的时光。

其八十二

不须白粲用晨炊[1]，奶酪羊酥[2] 塞北奇。泥土炕床银瓮酒[3]，佳人椎髻语侏离[4]。

【解题】

此诗写上京饮食起居的习俗。前两句侧重写饮食，意思说居住在塞外的上京，不需用白米做早饭，塞北的奶酪羊酥就是最奇特美好的早餐。后两句侧重写衣饰起居，人们睡土坯火炕，以银瓮盛酒，梳着高高发髻的美丽女子说着难懂的方音土语。民俗习尚迥异于内地。诗人抓住上京富有地域特色的习尚，带着欣赏玩味的眼光审视描写这里的风俗民情，写得生动有趣，情调别致。

【校笺】

［1］白粲：白色小米。清姚之骃《元明事类钞》卷三十一引元蒲道源诗："春来暖透黄绫被，老去甜归白粲糜。"晨炊：早起做饭，做早餐。

［2］奶酪羊酥：蒙古族喜爱的奶制食品，用牛羊马奶等炼制而成。《晋书·张天锡传》载："奶酪养性。"五代王定保《唐摭言》卷十五言："韦澳、孙弘，大中时同在翰林……寻赐银饼馅，食之甚美，皆奶酪膏腴所制也。"明李时珍《本草纲目》卷五十"醍醐"集解引陶宏景曰："《佛书》称乳成酪，酪成酥，酥成醍醐。"引寇宗奭曰："作酪时，上一重凝者为酥，酥上如油者为醍醐。"元萨都剌《上京即事》十首之八："牛羊散漫落日下，野草生香奶酪甜。卷地朔风沙似雪，家家行帐下毡帘。"

［3］泥土炕床：北方冬季寒冷，流行睡火炕之习。在室内以土坯盘炕，通火而睡。元人扈从诗多写此俗，如元马祖常《上京翰苑抒怀》"土房通火为长炕，毡屋疏凉启小棂"、元周伯琦《上京杂诗》"土床长伏火，板屋颇通凉"。银瓮：银制的酒器。唐徐坚《初学记》卷二十七引南朝梁孙柔之《瑞应图》："王者宴不及醉，刑罚中，人不为非，则银瓮出。"元萨都剌《上京即事》十首之七："祭天马酒洒平野，沙际风来草亦香。白马如云向西北，紫驼银瓮赐诸王。"又元张昱《牡丹》："浓香偏惹宦游人，银瓮连车载酒频。"

［4］椎髻：女子梳的一撮之髻，形状如椎。《史记·货殖列传》载："程郑，山东迁虏也，亦冶铸，贾椎髻之民，富埒卓氏，俱居临邛。"汉刘向《说苑·善说》："西戎左衽而椎结，由余亦出焉。"侏离：异地说话语音难懂称侏离。《后汉书·南蛮传》："衣裳斑兰，语言侏离。"

其八十三

东风亦肯到天涯[1]，燕子飞来相国家[2]。若较内园红芍药[3]，洛阳输却牡丹花[4]。

内园芍药，迷望亭亭[5]，直上数尺许，花大如斗。扬州芍药称第一，终不及上京也。

【解题】

此诗赞美花大如斗、亭亭玉立的上京芍药花。诗人用欲扬先抑的手法，先说上京地僻，远在天涯。紧接着一转折，虽是天涯之地，照例有春风吹拂，而且春燕也来到了相国之家。不仅如此，更让人惊异的是，这远僻之地还有即使是芍药的著名产地扬州也难以匹敌的红芍药。诗人巧妙化用前人诗句，采用转折层递及对比等表现手法，以诗句与注文相引发，描绘一幅莺歌燕舞、鲜花盛开的上京春景图，把鲜红的上京芍药花夸赞得无与伦比，美丽动人。

【校笺】

[1] "东风"句反用宋欧阳修《戏答元珍》"春风疑不到天涯，二月山城未见花"诗意，意思是说，东风也肯来到这塞外之地。"东风"一词亦兼有浩荡皇恩之意，忽必烈始建都于开平，迁都大都后，仍岁岁北巡上都，使塞外天涯之地也沐浴了浩荡的皇恩。

[2] "燕子"句反用唐刘禹锡《乌衣巷》"旧时王谢堂前燕，飞入寻常百姓家"句意，意思是说，春天北归的燕子又来到了上京的相国之家。

[3] 内园：指上京的御花园。在上京皇城之北，内种花草，豢养禽兽。红芍药：即红色的芍药花。芍药，著名的观赏花卉，多年生草本植物，初夏开花，与牡丹近似，花大，美丽，有红白等色，其根入药。《析津志辑佚·物产》载："芍药，六月间花，有千叶大红者。"按诗人自注，上京官中的芍药

花，花大如斗，高数尺许，尤其是御花园中的芍药花亭亭玉立，一望无边，美丽异常，连天下闻名的扬州芍药也有所不及。元人诗中多咏上京芍药花。元袁桷《次韵李伯宗学士途中述怀》之四："紫禁天低夏日迟，深红芍药胜春时。共仰云孙李学士，乐府新填更进诗。"元许有壬《李陵台》："李陵台下驻分台，红药金莲遍地开。斜日一鞭三十里，北山飞雨逐人来。"元吴澄《芍药》描写芍药花之美，"浅潮半醉流霞晕，清印初昏淡月痕"。还有元贡师泰《和胡士恭滦阳纳钵即事》中的"紫驼峰挂葡萄酒，白马鬃悬芍药花"（参见第八十七首注［1］）。

［4］"洛阳"句，用宋欧阳修《戏答元珍》诗"曾是洛阳花下客，野芳虽晚不须嗟"句意。洛阳以牡丹花著名，品种多样，花大色绝，素有"洛阳牡丹甲天下"美称。宋欧阳修《洛阳牡丹记》言："洛阳之俗，大抵好花。春时，城中无贵贱皆插花，虽负担者亦然。花开时，士庶竞为游遨。"此处诗人夸赞上京内园红芍药花美，认为其胜过"甲天下"的洛阳牡丹，故云"输却牡丹花"。

［5］迷望：四库本作"弥望"，即满眼之意。亭亭：耸立的样子。汉张衡《西京赋》："干云雾而上达，状亭亭以苕苕。"三国曹丕《杂诗》："西北有浮云，亭亭如车盖。"注："亭亭，迥远无依之貌。"扬州芍药：古代扬州多芍药花，宋刘攽著《芍药谱》，后孔武仲、王观也著《扬州芍药谱》，扬州芍药由此名闻天下。清潘荣陛《帝京岁时纪胜》："京都花木之盛，惟丰台芍药甲于天下。旧传扬州刘贡父谱三十一品，孔常父谱三十三品，王通叟谱三十九品，亦云瑰丽之观矣。今扬州遗种绝少，而京师丰台，于四月间连畦接畛，倚担市者日万余茎，游览之人，轮毂相望。惜无好事者图而谱之。如宫锦红、醉仙颜、白玉带、醉杨妃等类，虽重楼牡丹亦难为比。"

其八十四

卖酒人家隔巷深[1]，红桥正在绿杨阴[2]。佳人停绣凭阑立[3]，公子簪花倚马吟[4]。

【解题】

此诗描写上京街市的布局和市民安闲的生活，为街市一景的写照。前两句侧重写街市布局。上京城不仅有富丽堂皇的宫殿、别具特色的斡耳朵帐幕，更有幽深的街巷、潺潺的流水、弯弯的小桥和卖酒的人家。在这种街市背景中，诗人选取佳人凭栏和公子闲吟两个人物特写，表现上京之人的安闲自得。全诗一改前代描写边地塞外边城模糊、孤寂、荒寒（如唐诗"黄河远上白云间，一片孤城万仞山""青海长云暗雪山，孤城遥望玉门关"之类）的特点，而是突出塞外都城的繁华优美。林立的酒家、红桥绿杨、公子佳人等景象把上京城点缀得宛如一幅江南市井风情画，旖旎动人。

【校笺】

[1]"卖酒"句描写上京街巷幽深、酒家掩映的景象。意思是说，隔着幽深的街巷是卖酒的人家。既表现了上京城市的巨大规模，同时也暗用民间俗语"酒好不怕巷子深"之意，赞美了上京之酒的醇美。

[2]红桥：上京城中的小桥。第七十六首"诗人策马红桥过"即此。句意说小小红桥掩映在翠绿的柳荫之中。与上句写街巷幽深皆为城中街道之景。

[3]佳人：美丽的女子。停绣：停下手中的刺绣。凭：倚、靠之意。

[4]簪花：头上插花。元人喜簪花，无论平常或节日，都有簪花之好。元帝在上都，每逢立秋，漫山红叶，宫中要张宴进献红叶。而此时正是紫菊花、金莲花盛开之时，宫中上至皇帝太宰，下至小吏侍臣皆簪花于帽。《析津志辑佚·风俗》载："车驾自四月内幸上都，太史奏某日立秋，乃摘红叶。涓日张燕，侍臣进红叶。秋日，三宫太子诸王共庆此会，亦簪秋叶于帽，张乐大燕，名压节序。"又《岁纪》言："至是时，上位、宫中诸太宰，皆簪紫菊、金莲于帽，又一年矣。"此为宫中节日簪花。元贡师泰《滦河曲二首》之二

"白沙冈头齐下马，为拾阕支八宝鞭。忽见草间长十八，众人分插帽檐前"和元乃贤《塞上曲》中的"双鬟小女玉娟娟，自卷毡帘出帐前。忽见一枝长十八，折来簪在帽檐边"则是写平日里的簪花。吟：吟咏，吟诵。指吟诗诵赋的动作。

其八十五

白白毡房撒万星[1]，名王酣宴惜娉婷[2]。李陵台[3] 北连天草，直到开平[4] 县里青。

【解题】

此诗描写上京周围春日草原的美丽景致。在一望无际的大草原上，芳草连天，草色青青，远远望去，那一座座洁白的毡帐，好似蓝天上点缀的朵朵白云，又如万星攒聚，如诗如画。全诗以高远的视角，描绘美丽的塞外草原风光，当中间以"名王酣宴""娉婷起舞"等热烈而动人的特写刻画，使全诗远近相衬托，动静相辉映，像一幅秀丽的草原风景画，色彩鲜丽，奇异迷人。

【校笺】

[1] 白白毡房：即固定在草原上的斡耳朵毡帐。这种毡房一般是由白毡或"白天鹅绒"搭盖的。也有用"红色天鹅绒"或者白、黑、红条纹相间的狮、豹皮来搭盖。帐幕里面的帐顶与四壁，或覆以织锦，或衬以貂皮。它们往往建在皇帝的金帐（大斡耳朵官帐）周围，许许多多，大小不等，远远望去，洁白耀眼，如万点星辰撒落在绿色的草地之上，迷人眼目。

[2] 名王：游牧民族有威望、有地位的上层藩王多称名王。梁萧子显《从军行》："左角名王侵汉边，轻薄良家恶少年。"宋张孝祥《六州歌头》："隔水毡乡，落日牛羊下，区脱纵横。看名王宵猎，骑火一川明，笳鼓悲鸣，遣人惊。"酣宴：大宴，尽情地宴饮。娉婷：姿态美好的样子。汉辛延年《羽

林郎》："不意金吾子，娉婷过我庐。"南朝乐府诗《春歌》："娉婷扬袖舞，阿那曲身轻。"此处代指美丽的教坊舞女。

［3］李陵台：在今内蒙古自治区锡林郭勒盟多伦县西南、滦河（闪电河）东岸的老黑城（参见第二十四首注［1］）。连天草：芳草连天。宋秦观《满庭芳》："山抹微云，天连衰草。"元张翥《上京秋日三首》之二描写上京之景时，亦言"水绕云回万里川，鸟飞不下草连天"。

［4］开平：即上都。1256年忽必烈命刘秉忠在桓州东、滦水北的龙冈建造城市，名开平城。1260年3月忽必烈在开平继汗位，1263年升开平城为上都。这两句意思说从李陵台到上京城处处芳草青青，春光无限。

其八十六

东风吹暖柳如烟[1]，寄语行人缓著鞭[2]。燕舞巧防雅鹊落[3]，马嘶惊起骆驼眠[4]。

【解题】

此诗抒写春日上京的塞上风情与诗人感怀。前两句说东风送暖，柳色如烟，依然是燕舞莺歌，春意斑斓。诗人寄语行人，柳色留人，"缓著马鞭"，珍视这难得的塞外春光。后两句选取两个具体情景，即飞舞的燕子灵巧地防避鸦鹊的袭击和骏马的嘶鸣惊起了酣睡的骆驼，以有动有静的塞外特色景象把上京的春景描绘得有声有色，充满浓郁的塞上情调，同时也暗含有诗人官场履冰的处世感怀。

【校笺】

［1］柳如烟：柳丝缥缈，绿色如烟。宋柳永《望海潮》："烟柳画桥，风帘翠幕，参差十万人家。"宋李清照《永遇乐》："染柳烟浓，吹梅笛怨，春意知几许。"

[2] 寄语：传话，转告。南朝宋鲍照《代少年时至衰老行》："寄语后生子，作乐当及春。"唐白居易《王昭君》之二："汉使却回凭寄语，黄金何日赎娥眉。"缓著鞭：轻挥马鞭，慢点加鞭。句意说告诉行人不要催马急行，以便能尽情地观赏这难得的上京大好春光，含蓄地寄寓了诗人好景难再的伤春怀抱。

[3] "燕舞"句，意为欢快飞舞的燕子灵巧地避开鹘鸟的侵袭。雅鹘：清抄本、诗选本、四库本均作"鸦鹘"。鸦鹘是一种大的鸷鸟，能俯冲袭击天鹅和鸠鸽等小鸟。唐代宫廷设有养鹘之坊，为雕、鹘、鹞、鹰、狗五坊之一。鸦鹘善袭击乌鸦鸟群，有"鹘入鸦群"之语。《析津志辑佚·物产》记载元朝皇帝捕猎天鹅时说："天鹅来千万为群，俟大驾放飞海青、鸦鹘，所获甚厚。"

[4] "马嘶"句，意为骏马的嘶鸣惊起了酣眠的骆驼。这是塞上草原特有的景象。

其八十七

时雨初肥芍药苗[1]，脆甘味压酒肠消[2]。扬州帘卷东风里，曾惜名花第一娇[3]。

草地芍药，初生软美，居人多采食之。

【解题】

此诗记写上京居民春日采食芍药芽的习俗。芍药不仅是一种可观赏的植物，而且其春季所生嫩芽还可以食用。《析津志辑佚·物产》载："芍药芽……京南、北、东、西山俱有之，土地所宜，在端午节前俱可食，午节后伤生。"此诗前两句写春雨已足，刚刚被催长出来的芍药苗鲜嫩甜脆，不仅美味可口，而且还可以消酒解醒，是当地人们特别喜爱的一种食品。后两句着眼于芍药作为重要的观赏名花的审美意义与价值。意思说，芍药花不仅可食解酒，而且还是观赏花中的上品，扬州的芍药花曾被奉为第一名花，而上京的芍药比扬州芍药还美。全诗在记写风俗中对可观可食的芍药赞美备至。

【校笺】

[1] 时雨：即按时令而来的雨。初肥：指刚刚被时雨催长起来。芍药：毛茛科多年生草本植物，为著名的观赏花卉。一般初夏开花，与牡丹近似，其根入药，称白芍。性微寒，味苦酸。能调肝脾，和营血。主治血虚腹痛、胁痛、痢疾等症。《析津志辑佚·物产》载："芍药，椒山产。"按诗人自注，上京之地的芍药苗初生软美，当地居民多采食之。其味甜脆，可醒酒解酲，是当地居民喜食之物，而晾干的芍药芽还可以用来泡水当茶饮用。元马祖常《上京翰苑书怀》"门外春桥漾绿波，因寻芍药过南坡"中描绘的即为采摘芍药苗之举。元袁桷《次韵继学途中竹枝词》之六亦有"山后天寒不识花，家家高晒芍药芽。南客初来未谙俗，下马入门犹索茶"（参见第八十三首注[3]）之句。

[2] 脆甘：形容芍药苗的味道脆而甘甜。酒肠消：意即能够醒酒解酲，解酒消醉。句意是说，上京的芍药苗不仅味道甜脆美好，而且具有醒酒解醉的功效。

[3] 扬州：清抄本作"杨州"，误。"扬州"两句，意思说扬州生长的芍药花曾是天下名花当中最受人赏爱的，被奉为天下第一娇（参见第八十三首注[5]）。

其八十八

霜寒塞月青山瘦[1]，草宾平坡黄鼠肥[2]。欲问前朝开宴处[3]，白头宫使往还稀[4]。

文宗[5] 曾开宴于南坡，故云。

【解题】

此诗抒发上京秋日的惆怅感怀。秋日的上京，秋霜晓寒，塞月凄清，秋夜的青山，神清体瘦。正是南坡草地黄鼠初肥、朝中盛宴的美好季节，但上京的南坡一片冷落，再也难寻文宗朝南坡开宴的繁华盛景，甚至连当年的宫使都难见到。诗人抚今追昔，陷入了深深的失落与惆怅之中。诗中巧用"青山瘦"对"黄鼠肥"，属对工巧，又表现出江山依旧而人事已非的感怀。"霜寒""山瘦"突出了诗人凄楚寥落的心境。

【校笺】

[1] 塞月：塞外的月色。青山瘦：意即塞外的青山在凄清的月色笼罩下显得神清而骨瘦。

[2] 草宾：草丛旁边。平坡：平缓的土坡。宋彭大雅《黑鞑事略》记蒙古草原地貌时说："四望平旷，荒芜际天，间有远山。初若崇峻，近前则坡阜而已。"此平坡即诗人自注提到的南坡，又称南坡店。位于上京南三十里，是大都至上都的最后一个重要驿站。元周伯琦《扈从诗·前序》："桓州，即乌丸地也，前至南坡店，去上京止一舍耳。"黄鼠：上京特产，鼠肉鲜美，诗人称之为滦京奇品（参见第七十八首注[3]）。句意说在初霜的秋季，上京南坡草地里黄鼠长得正肥。

[3] 前朝：即元文宗朝。《滦京杂咏》前一百首创作于顺帝之时，故称文宗之时为前朝。开宴处：即诗人自注所说的距离上京仅一舍之隔的南坡之地，元文宗曾在那里举行过盛大的宴会。

[4] 宫使：宫廷的使者。句意为昔日"道上千车联万车"的宫廷使者而今已鬓发斑白，往来稀少了，写出一种世事变迁引发的凄凉孤寂的感怀。

[5] 文宗：元文宗，名奇渥温图帖睦尔，1328—1332年在位。在其执政的五年中，崇尚文治，恢复科举，选拔人才，重视文化建设，他曾在上京南三十里的南坡店举行过盛大的宴飨群臣之会。

其八十九

虽然玉宇桂无花[1]，秋比江南分外佳[2]。弦管画楼人散去[3]，舍郎携妓劝尝瓜^[4]。

　　俗以月下送瓜果往还。上京不产桂花。

【解题】

　　此诗记写上京秋夜乘月送瓜果的民间习俗。诗人带着欣赏的眼光记写这一习俗，采用欲扬先抑的手法，先说上京秋日没有飘香的桂花，但第二句笔锋一转说虽然"桂无花"，但秋日的上京比桂花飘香的江南之地更加美好。后两句则具体写上京秋日之美，即作为陪都，秋日的上京彩阁画楼，弦管歌舞，一派繁华，而夜深歌散之后，尚有乘月送瓜的习俗，热闹而富有人情味。

【校笺】

　　[1] 玉宇：以玉石修筑的屋檐，代指瑰丽的宫阙殿宇。唐李华《含元殿赋》："玉宇璇阶，云门露阙。"宋苏轼《水调歌头》："我欲乘风归去，又恐琼楼玉宇，高处不胜寒。"此处代指上京之地。桂无花：即没有桂花。桂花：亦称木犀，为木犀科常绿灌木或小乔木。叶对生，椭圆形，革质。秋季开黄色或黄白色细花，花簇生于叶腋间，芳香扑鼻，为极珍贵的观赏芳香植物，以浙江杭州灵隐寺桂花最为著名。唐白居易《忆江南》："江南忆，最忆是杭州。山寺月中寻桂子，郡亭枕上看潮头。何日更重游。"宋柳永《望海潮》词描写杭州西湖"有三秋桂子，十里荷花"等，都是表现江南桂花之美的名句。

　　[2]"秋比江南"意思为上京的秋日比江南之秋更美好。

　　[3] 弦管：弦乐器与管乐器的合称。此代指弦管乐器所奏的音乐。画楼：雕梁画栋的楼阁。句意说，人们在雕梁画栋的楼阁里欣赏完美妙的管弦歌乐之后离去。

　　[4] 舍郎：即主人家的少年儿郎。妓：奏乐演唱的歌女。尝瓜：品尝月夜里友人馈赠的瓜果。上京盛行月下送瓜果之俗，甚至朝贡上京的瓜果也在夜间进送。元贡师泰《滦河曲》二首之一："椎髻使来交趾国，橐驼车宿李陵

台。遥闻彻夜铃声过，知进六宫瓜果回。"

其九十

御馔官厨不较余[1]，金门掌膳意勤如[2]。更分光禄瓶中酒[3]，烂醉归时月上初[4]。

凡御膳及民间者，谓之贡余。光禄寺掌御酒。

【解题】

此诗记写皇宫御膳赐予民间的食贡余情景。前两句说皇帝赐御膳于民间，宫中掌膳的官员殷勤地传达皇帝的恩典，后两句写食贡余者分饮御酒大醉而归的情景。诗人曾在宫中为尚食供奉，深谙皇帝赐宴贡余之典，以诗记咏。

【校笺】

[1] 御馔官厨：负责制作皇帝御膳的皇家厨师。不较余：即不计较贡余的多少。

[2] 金门：即金马门的简称。汉武帝得大宛马，乃命东门京以铜铸像，立马于鲁班门外，因称金马门。当时东方朔、主父偃、严安、徐乐等都曾在金马门待诏。《汉书·东方朔传》载："（朔）时坐席中，酒酣，据地歌曰：'陆沉于俗，避世金马门。宫殿中可以避世全身，何必深山之中，蒿庐之下。'金马门者，宦者署门也，门傍有金马，故谓之曰'金马门'。"后世遂沿用为官署的代称。掌膳：负责御膳的官员。意勤如：殷勤和顺的样子。

[3] 光禄寺：古代皇宫中掌管祭祀、朝会、宴飨酒醴膳馐之事的官署。秦朝设有郎中令负责此类事务。汉朝自武帝时改名光禄勋，居于宫中。凡光禄、大中、中散、谏议等大夫，羽林郎、五官、虎贲、左右中郎将等皆归其统辖。魏晋后不再居宫中。北齐时改设光禄寺，负责皇室膳食帐幕。唐以后沿为专掌皇室祭品、膳食及招待酒宴之事的官署。光禄瓶中酒：即光禄寺所

掌管的御酒。句意说更分宫中的御酒宴赐百官万民。

[4] 烂醉：酩酊大醉。月上初：即月亮初升之时。句意说，当月亮初升时才大醉而归。

其九十一

别却郎君可奈何[1]，教坊有令趣兴和[2]。当时不信邮亭怨[3]，始觉邮亭怨转多。

兴和署，乃教坊司属，掌天下优人。

【解题】

此诗表现教坊女子老大出宫与其心爱之人分别的愁怨心情。前两句说教坊下达命令，兴和署舞女被遣出宫，于是她只得与心上人分别。后两句说从来没有别离体会的女子至此才理解了古来邮亭所传送的那无尽的悲怨惆怅之情。全诗抒发宫中乐人被遣出宫时的别离之怨，侧面透露了元代宫中女乐优人出宫前后的悬殊地位。元代宫廷乐舞人数庞大，编制严格，分工精细。对领班、舞者、唱者、作曲、指挥、服饰、道具、乐器等都有严格的规定。一般舞伎十五六岁被选入宫，至三十岁左右便被遣出宫，另选新人入宫。被遣女子在出宫前后的境遇相差非常悬殊，因而造成众多女子的无限悲愁与痛苦。元万石《退宫人引》中"少年十五二十时，中宫教得行步齐。春罗夜剪绣花帖，阶前夜舞高鬖丽……舞困楼阑过三十，内家别选娥眉入"就是反映宫中女乐这种命运的。

【校笺】

[1] 别却郎君：即与心爱的人别离。可奈何：即无可奈何。

[2] 教坊：元代音乐机构之一。元初于中统二年（1261）在宣徽院下设立教坊司，秩从五品。至元十二年（1275）升正五品，十七年（1280）再升

至正四品。下设兴和、祥和二署及广乐库，共辖乐户五百户。后元朝又于至元二十年（1283）在宣徽院下设仪凤司，秩正四品，掌乐工、供奉、祭享之事。下设云和、安和、常和、天乐四署，分工掌管乐工调音律及部籍更番等。教坊司与仪凤司后归礼部管辖。此二司与太常礼仪院为元朝宫廷三大音乐机构。有令：即下达命令，发布命令。趣：通"去"，离开。清抄本作"促"，催促之意，亦通。兴和：即隶属教坊司的音乐官署。

[3] 邮亭：递送文书投止之所，也称驿站、驿馆。《汉书·薛宣传》载："宣从临淮迁至陈留，过其县，桥梁邮亭不修。"颜师古注："邮，行书之舍，亦如今之驿及行道馆舍也。"句意说从前不理解邮亭所传递的文书为何有那么多的别愁与悲怨。

其九十二

窈窕谁家女未笄[1]，日高停绣出帘帷[2]。背人笑指青霄上[3]，认得宫庭白鸽飞[4]。

【解题】

此诗描绘的是一幅妩媚动人的少女赏鸽图。前两句写尚未成年的闺中女子在晴日高照的日子停下手中的女红之事，走出了闺阁。后两句写她天真的赏鸽情态。背着家人，笑指晴空中飞翔的白鸽，认出那是上京皇宫中饲养的白鸽。诗人以"日高""青霄"、白鸽作为背景，通过"背人""笑指""认得"三个动词刻画闺门少女天真烂漫、活泼可爱的性格，形象生动，富有情趣。

【校笺】

[1] 窈窕：形容女子美好的容貌。笄：古人束发的簪子。笄礼为女子成年之礼。《仪礼·士礼》："女子许嫁，笄而礼之称字。"注："笄，女之礼，犹

冠男也。"《礼·内则》:"女子……十有五年而笄。"未笄即未到成年的女子。句意说是谁家尚未成年的美丽女子。

　　[2] 日高:太阳高高升起的时候。停绣:停下手中的刺绣之事。帘帷:帘子与帷幕,代指女子闺阁。意思是闺中女子感于晴日高照的美好景致,她放下手中的针线,走出闺阁。

　　[3] 背人:避着他人。青霄:青天,天空。

　　[4] 宫庭:即宫廷。指上京皇宫。意思是女子能认出天空中正在飞翔的白鸽是宫廷所养的。

其九十三

　　百事关心有许忙[1],秋风掠削[2]鬓边凉。晓来为忆西山雨[3],怕看行人归故乡[4]。

【解题】

　　此诗抒发诗人秋来思乡的感怀。平日里料理各种各样的事务,忙忙碌碌之中迎来了初秋时节。一夜的秋雨过后,晨起顿觉秋风吹鬓,寒凉无限。在这样的秋日里最怕见到行人归乡的情景,那情景总要勾起诗人浓浓的思乡之情。诗人巧妙地选取秋风吹鬓、行人归乡这种易于引发乡恋归情的特定场景作为抒情背景,把自身浓重的归情寄含在秋风秋雨之景中。凄清的秋景正是诗人凄凉的心境的写照,使全诗充满低回哀婉的情调。

【校笺】

　　[1] 百事:各种各样的事务,极言其多。有许:如许、这样。唐杜荀鹤《怀庐岳旧隐》:"人间有许多般事,求要身闲直未能。"宋李之仪《元祐末宿秋试院曾和王敏父四诗是时以疾先出院方欲出而未得况味有类今日追用前韵再赋四首》其一亦言:"不比贡闱当日锁,病来有许便还家。"

[2] 掠削：吹掠而过。"削"含有风头强劲之意。意思说秋风吹来，增添了寒凉之意。

[3] 晓来：早晨来临。为忆：即回忆起。意思是说，早晨起来时，回想起夜里所下的阵阵秋雨。

[4] "怕看"句，意思是说，行人回归故乡的场景勾起了诗人浓浓的思乡之情，因而无法归乡的诗人怕见那归乡的场景。

其九十四

滦京九月雪花飞[1]，香压萸囊与梦违[2]。雁字不来家万里[3]，狐裘旋买换征衣[4]。

【解题】

此诗抒写诗人滞留上京的凄寂感怀。在雪花飘飞的九月，诗人滞留上京，家隔万里，乡音杳无，他只得匆匆买来御寒的狐裘皮衣，换下当初扈从皇帝一路北来时穿的衣服，迎接隆冬的来临。全诗将传统习俗与个人情感交织在一起，通过日常生活中的细节展现了诗人的情感世界和对家乡的思念。

【校笺】

[1] 九月雪花飞：上京地处内蒙古高原南缘，阴历八月底或九月初天气骤冷，九月飞雪是常有之景。唐岑参《白雪歌送武判官归京》就说："北风卷地白草折，胡天八月即飞雪。"

[2] 萸囊：即装茱萸的香囊。九月初九为重阳节，有登高饮酒插茱萸之俗，也有以茱萸草为香囊者。每年皇帝北巡上京，至秋而归。长期任职上京宫中的诗人多次经历上京城重九登高的活动，而这种重九插萸登高的习俗让诗人更加思念自己的家乡和家人。

[3] 雁字：古人有鸿雁传书之说。大雁南北迁移远飞时，常常组成"一"

字形或"人"字形的雁阵，故云"雁字"。宋晏几道《阮郎归》："天边金掌露成霜，云随雁字长。"宋李清照《一剪梅》："云中谁寄锦书来？雁字回时，月满西楼。"家万里：故乡远隔万里。宋范仲淹《渔家傲》有"浊酒一杯家万里"句。句意说诗人滞留上京，家隔万里，消息不通，思乡之愁与众人欢度重九的节日氛围融在一起，凄寂无奈。

[4] 狐裘：以狐狸皮缝制的皮衣。塞外高寒，人们以皮衣御寒。唐岑参《白雪歌送武判官归京》："狐裘不暖锦衾薄。"元贡师泰《次赤城驿》："貂帽狐裘冷如铁，痴云作雪还未雪。"旋买：即匆匆买来。征衣：远行人所穿的衣服。唐杜甫《桔柏渡》："连筏动袅娜，征衣飒飘飘。"元姚燧〔越调〕《凭阑人·寄征衣》："欲寄征衣君不还，不寄征衣君又寒。寄与不寄间，妾身千万难。"这里是说，诗人为适应环境的变化，不得不更换衣物。

其九十五

雪深连月与檐齐[1]，谁把新吟向客题[2]。一字成时笔如铁[3]，不如载酒画楼西[4]。

【解题】

此诗表现上京冬季多雪、天气酷寒的气候特点。连月不化的积雪竟与屋檐相平齐，在这奇寒的冬日，刚刚写成一字而笔已冻得僵硬如铁。与其在雪中题诗，还不如带着酒到画楼之西去欣赏那美丽奇特的雪景更惬人意。诗人写上京的奇寒景象，选取了雪深齐檐、连月不化和墨笔如铁、难成题咏两个典型细节来表现，既新奇生动又恰到好处。

【校笺】

[1] 与檐齐：清抄本作"与云齐"，误。与檐齐：与屋檐平齐。上京处于高寒地区，冬季多雪，有时积雪可齐腰深，有时与屋檐平齐。元袁桷《再次

韵上京集咏》十首之八："今年春事减，土舍雪齐腰。"此句意为上京寒冷多雪，整个上都城都被大雪覆盖。

[2]"谁把"句，意思说在这大雪封门的酷寒之时，谁还有心境题诗作赋呢！

[3]一字成时：刚刚写完一个字的时候。笔如铁：蘸了墨的毛笔就已冻得僵硬如铁。此景正与唐岑参《走马川行奉送封大夫出师西征》所表现的"军中草檄砚水凝"意境相同。

[4]载酒：携带美酒。画楼：即雕栏画栋的华美楼阁。意思说与其对客题诗还不如带着美酒到画楼之西去欣赏那奇美的雪景。

其九十六

出塞书生瘦马骑[1]，野云[2]片片故相随。冻生耳鼻雪堪理[3]，冷入肝肠酒强支[4]。

凡冻耳鼻，即以雪揉之方回，近火则脱[5]。

【解题】

此诗在描写诗人塞外生活境况中，记述以雪医治耳鼻冻伤的生活经验。上京之地位于内蒙古高原南缘，四月春来，九月飞雪，冬季奇寒。诗人选取书生瘦马、野云相随、冻生耳鼻、冷入肝肠四种荒寒境况描写出边塞环境的恶劣，既写出了诗人边塞生活的艰辛，也表现了塞北的气候特点。

【校笺】

[1]出塞：古人以长城为塞，长城以北称塞外、塞上；长城以南称塞下。到长城以北叫出塞，返回长城以南叫入塞。这里出塞指到塞外的上都去。书生：读书求学之士，此为诗人自指。瘦马：瘦弱的马，以此形容身为南方书生的诗人在塞北严寒中生活的艰辛。

[2] 野云：原野上的云。只有片片野云相伴而行，极言出塞书生的旅行孤单寂寞。

[3] 冻生耳鼻：即冻伤了耳朵和鼻子。雪堪理：用雪可以治愈。堪：可以，能够。理：治理，治愈，治好。以冰冷的雪来治疗冻伤的耳鼻，此为塞外之人生活经验之总结。

[4] 冷入肝肠：形容通体寒冷，冷透全身。酒强支：靠酒勉强支撑着。

[5] 注文之意是说冻伤的耳鼻用冷雪擦揉才能慢慢好转，近火去烤则会造成皮肤脱落。回：回转，好转。脱：脱落，掉落。

其九十七

蒙茸貂帽豁双眸[1]，欲识渠侬语谩求[2]。土屋人人愁出户[3]，书生日日懒梳头[4]。

【解题】

此诗写上京冬季奇寒的气候。前两句写在极冷的冬日人们穿皮衣戴皮帽，包裹得严严密密，只露出一双眼睛，以至于只能靠说话的声音来辨认对方；后两句说在这样的寒冬里，人们守在室内，甚至懒于梳洗。全诗以人们对冷的各种反应写出了上京之地冬季的酷冷奇寒。

【校笺】

[1] 蒙茸：皮毛纷乱的样子。《诗经·邶风·旄丘》："狐裘蒙戎。"唐高适《营州歌》："营州少年厌原野，蒙茸皮裘猎城下。虏酒千钟不醉人，胡儿十岁能骑马。"貂帽：紫貂皮做的帽子。元贡师泰《次赤城驿》："山空野旷风栗烈，木皮三尺吹欲裂。貂帽狐裘冷如铁，痴云作雪还未雪。"豁双眸：露出明亮的双眼。

[2] 欲识：想要知道。渠侬：吴方言，他、他们。宋黄庭坚《竹枝词二

首》其一："渠侬自有回天力，不学垂杨绕指柔。"宋辛弃疾《贺新郎》："问渠侬，神州毕竟，几番离合?"元高德基《平江记事》："嘉定州去平江一百六十里，乡音与吴城尤异，其并海去处，号三侬之地。盖以乡人自称曰'吾侬'、'我侬'，称他人曰'渠侬'，问人曰：'谁侬'。"语谩求：四库本作"语漫求"。靠说话的声音来判断、推测。意思是说，人们都穿戴得非常严密不露。相见时只能靠对方说话的声音来互相辨识。

[3] 土屋：土坯建造的房屋。土房与毡房是上京两种基本的住房形式。元马祖常《上京翰苑书怀》："土房通火为长炕，毡屋疏凉启小棂。"愁出户：为出门而发愁。意为室外太冷不愿走出房门。

[4] "书生"句，意思是说书生不耐寒冷，天天懒于梳洗整理自己的头发。

其九十八

与客飞觞夜讨论[1]，梦回犹自酒微醺[2]。一天星斗三更月[3]，白雪飞花何处云[4]。

【解题】

此诗写诗人梦醒时分的感怀。诗人与客夜饮，酒助谈兴，大醉而眠。晨起梦醒，醉意未消，却见室外瑞雪飞花，心生感怀。夜里原本是满天星斗，明月当空，是何处的乌云忽然带来漫天的飞雪? 全诗记写梦醒时分的感怀，却把笔端伸向了昨夜，夜里饮酒，见外面繁星满天，月色迷人。"一天星斗三更月"正是"与客飞觞"时所见之景，而"白雪飞花"是梦回晨起所见。一晴一雪引发了诗人的无限感怀。风云突变，自然与人事是一样的不可捉摸、不可思议。由此也可以推想诗人与客把酒议论的也许就是这种人世兴衰的感慨，也正是这种感慨与惆怅，才使诗人借酒浇愁，过量而醉。而当清晨梦醒，见雪花飘飞之时，回想起昨夜还是星空月朗，眼下却风云突变，故而引发无限的感慨。诗作叙事描写相结合，含蓄委婉地抒发了对世事变迁的感怀。

【校笺】

[1] 飞觞：推杯换盏，尽情饮酒。讨论：商讨议论，意即和客人把酒论世，争论那些不解的话题。

[2] 梦回：从睡梦中醒来。五代李璟《山花子》："细雨梦回鸡塞远，小楼吹彻玉笙寒。多少泪珠何限恨，倚阑干。"酒微醺：微醉。醺：醉。唐杜甫《拨闷》："闻道云安曲米春，才倾一盏即醺人。"此句意犹如宋李清照《如梦令》："浓睡不消残酒。"

[3] 一天：满天。句意为星星挂满晴空，还有那三更的月色。

[4] 白雪飞花：即雪花飘飞。何处云：从何处而来的云。此句意思是说，夜里天空挂满了星星，月色明亮，是何处的云朵忽然而来，漫天雪花飘飘洒洒。句意犹如唐刘禹锡《竹枝词》："东边日出西边雨，道是无晴却有晴。"

其九十九

宫监何年百念销[1]，冠簪惊见鬓萧萧[2]。挑灯细说前朝事[3]，客子朱颜一夕凋[4]。

【解题】

此诗抒发诗人对元朝盛世已去的无限怀恋与惆怅。诗人选取宫监发鬓萧萧、容颜憔悴的形象和述说前朝故事的情景，表现诗人对元朝盛世已逝的无比怀恋。宫监在经历了世事变迁后，鬓发萧萧，心如死灰，百念俱消，写出了元王朝盛世不再给宫监造成的巨大精神打击与心灵创伤。后两句夸张地表现了诗人在细听宫监讲述前朝故事后的反应。"鬓萧萧"与"朱颜凋"以白描手法表现人物心理活动，形象鲜明生动，突出了人物的深挚感情。

【校笺】

[1] 宫监：掌管宫廷内部事务的官员。《新唐书·高祖纪》："高祖留守太原，领晋阳宫监。"唐王建《宫词》之八十六："未戴柘枝花帽子，两行宫监在帘前。"百念销：诗选本作"百念消"。各种各样的想法与愿望烟消云散。

[2] 冠簪：插戴帽子的簪子。鬓：发鬓。萧萧：头发稀疏短少的样子。宋苏轼《次韵韶守狄大夫见赠》："华发萧萧老遂良，一身萍挂海中央。"宋陆游《杂赋》："觉来忽见天窗白，短发萧萧起自梳。"

[3] 挑灯：挑亮灯芯，使灯明亮。唐李白《闺情》："织锦心草草，挑灯泪斑斑。"宋辛弃疾《破阵子》："醉里挑灯看剑，梦回吹角连营。"前朝事：即元顺帝之前元朝帝王的故事。

[4] 客子：听宫监细说前朝事的客人，实为诗人自指。此组诗中诗人多自称"书生"或"客子"。朱颜：红润的面容。《楚辞·招魂》："美人既醉，朱颜酡些。"南朝梁刘孝标《北使还与永丰侯书》："未改朱颜，略多自醉。"宋苏轼《纵笔》："白发萧散满霜风，小阁藤床寄病容。儿童误喜朱颜在，一笑哪知是酒红。"一夕凋：一个晚上就凋残了。句意说诗人听了前朝故事的详细述说，一晚上时间就憔悴了。极言元代各朝盛衰治乱的故事带给诗人的巨大震撼与创伤。

其一百

买得香梨铁不如[1]，玻瓈碗里冻潜苏[2]。书生半醉思南土[3]，一曲镫前唱鹧鸪[4]。

梨子受冻，其坚如铁，以井水浸之，则味回可食。

【解题】

此诗在记写上京的生活经验中抒发思乡怀归之情。前两句写诗人品尝冻梨的过程，后两句抒发夜半思乡之情。从街市上买得坚硬如铁的香梨，冷水浸泡，化冻而食，这一别有情趣的做法似乎是诗人轻松自适的表现。而实际上诗人为乡愁所困，借酒浇愁。一曲凄哀的《鹧鸪天》，难诉诗人异地漂泊的失落与惆怅。全诗形象生动，情调低回。

【校笺】

[1] 香梨：上京所产香水梨。《析津志辑佚·物产》中记有香水梨、大梨两种。此香梨即香水梨之简称。铁不如：意为冻透的香水梨比铁还坚硬。

[2] 玻瓈碗：即玻璃碗。潜苏：清抄本作"潜稣"，误。潜苏：慢慢地融化过来。意思为把冻得比铁还坚硬的香梨放在碗中用冷水浸泡，则香梨就会慢慢地解冻。

[3] 书生：诗人自指。思南土：思念远在南方的家乡。杨允孚为江西吉水人，吉水位在江南，故称南土。

[4] 鹧鸪：即《鹧鸪天》，词曲名。鹧鸪，鸟名，形似母鸡，颈如鹑，胸腹有白斑点，背有紫赤浪纹羽毛。其鸣声如呼"行不得也哥哥"。晋崔豹《古今注·鸟兽》中说的"南山有鸟，名鹧鸪，自呼其名，常向日而飞。畏霜露，早晚希出"即此。《鹧鸪天》为双调五十五字词牌，曲牌与词相同。此调常用来抒发思乡怀归的惆怅情怀。诗人半醉思乡之时唱此曲词正为抒发其怀归之情。

其一百一

始我来京一布衣[1]，故人曾见未生时[2]。等闲只作江南别[3]，官有清名卷有诗[4]。

【解题】

此诗为诗人自叙生平、自我评价之作。诗人早年北游滦京，靠故人的引荐得以任职朝廷，对朝廷的任用深怀感激之心，故而为官清正，忠心耿耿。所谓"金门掌膳意勤如"就是诗人为官供职的形象表述。而"官有清名卷有诗"是诗人自我评价之语，流露了诗人一生行事无愧于心的自豪之感。

【校笺】

[1] 布衣：平民，百姓。"始我"句，诗人自述生平经历。杨允孚生平资料很少，从文献记载可知诗人早年以布衣身份，游历西北之地，所谓"以布衣襥被，岁走万里，穷西北之胜，凡山川、物产、典章、风俗，无不以咏歌记之"。顺帝时至上京，在宫中御膳房任尚食供奉之职，故云"始我来京一布衣"。京：指上京。

[2] 故人：旧交、旧友。唐李白《送孟浩然之广陵》："故人西辞黄鹤楼，烟花三月下扬州。"此处指故乡的前辈长者。

[3] 等闲：寻常，随便，轻易。唐白居易《琵琶行》："今年欢笑复明年，秋月春风等闲度。"宋朱熹《春日偶成》："等闲识得东风面，万紫千红总是春。"江南别：即与江南的故乡相别离。

[4] "官有"句，意为既有清白廉洁的声名，又有诗集传世，是诗人自豪的自我评价之语。

其一百二

我忆江山好梦稀[1]，江山于我故多违[2]。离愁万斛无人管[3]，载得残诗马上归[4]。

【解题】

此诗抒发诗人带有强烈兴亡之感的思恋之愁。告离上京已有年岁，上京记忆也已变得模糊，思恋的好梦越来越稀少，自己一生为之奋斗的事业也在元朝灭亡中落空了。理想与现实的强烈矛盾，失落与惆怅，使诗人陷入了深深的痛苦之中。诗人以"万斛"称量自己的离愁，化抽象情感为有形的事物。既写出了离愁的深重，又形象生动，充满着诗人强烈的精神苦闷。

【校笺】

[1] 我忆江山：四库本作"我忆江南"。好梦稀：思乡归乡的梦越来越少了。

[2] 故：故意，有意地。违：违异，矛盾。句意说现实与自己的理想相去太远。

[3] 斛：量器名，古时以十斗为一斛，南宋末年改为五斗为一斛，两斛为一石。宋苏轼《答谢民师书》："吾文如万斛泉涌，不择地而出，滔滔汩汩，虽一日千里而无难。"

[4] 残诗：指诗人所作《滦京杂咏》之作。

其一百三

强饮驱愁酒一卮[1]，解鞍闲看古祠碑[2]。居庸千载兴亡事[3]，惟有天中月色知[4]。

【解题】

此诗抒发元朝灭亡带给诗人的无限惆怅与失落。诗人以布衣之士游上京，得到朝廷的任用，心怀感激，忠心耿耿，元朝的灭亡使诗人如失精神家园，没了情感依托，因此心的失落使诗人无限惆怅。原本的闲看古祠碑文，却勾起诗人满怀的愁绪，他勉强地借酒浇愁，然而一杯薄酒又怎能驱散那千古的兴亡感恨与失落之愁呢？千百年来居庸南北，那一次次的令人喟叹的兴亡更迭、盛衰变化，让人难以理解，难以作答。"惟有中天月色知"既写出了诗人对现实的困惑与不解，也暗含有对自然永恒、人事难久的叹惋。

【校笺】

[1] 强饮驱愁：诗选本作"强欲驱愁"，四库本作"强欲浇愁"。卮：酒杯。句意为诗人想借杯酒来驱遣沉重的愁怀。

[2] 解鞍：解下马鞍，表停驻之意。宋苏轼《西江月》："解鞍倚枕绿杨桥，杜宇一声春晓。"古祠碑：居庸关下遗留的古代的石碑。

[3] 居庸：即位于今北京昌平区西北的居庸关，为万里长城上的重要关口要塞（参见第三首【解题】和第六首注〔1〕）。

[4] "惟有"句，意为只有天空那轮明月才是千载兴亡事的最好见证。

其一百四

塞边羝牧长儿孙[1]，水草全枯奶酪存[2]。不识江南有阡陌[3]，一犁烟雨自黄昏[4]。

【解题】

此诗写元朝蒙古族世代游牧的民族传统。前两句写草原牧民世代放牧、逐水草而居、喜食奶酪的生活习惯。后两句以江南的农耕生活与之相对比，突出蒙古牧民游牧尚武、不习农耕的民族特点。"水草全枯"既是写冬季草原百草枯黄的实景，也暗含有对游牧民族艰难生存环境的同情。这是诗人对蒙元王朝忠爱之心的自然流露。

【校笺】

[1] 塞边：即边塞边疆。羝牧：羝为公羊。《诗经·大雅·生民》："取萧祭脂，取羝以软。"毛传："羝羊，牡羊也。"《汉书·苏武传》："乃徙武北海上无人处，使牧羝，羝乳乃得归。"颜师古注："羝。牡羊也。不当产乳，故设此言，示绝其事，若燕太子丹乌白头、马生角之比也。"羝牧即牧羊，放

牧。长儿孙：长子长孙。意思是牧羊人是草原牧民的嫡传子孙后代。

[2] 水草全枯：冬季草原上草木枯黄，河水结冻，故云全枯。奶酪：蒙古族喜爱的一种奶制食品，用牛羊马奶等炼制而成。《晋书·张天赐传》"奶酪养性。"元人扈从诗中多咏奶酪之作。元萨都剌《上京即事》十首之八："牛羊散漫落日下，野草生香奶酪甜。卷地朔风沙似雪，家家行帐下毡帘。"

[3] 阡陌：田间的小路。《史记·商君列传》："为田开阡陌封疆。"张守节正义："南北曰阡，东西曰陌。"《汉书·召信臣传》："躬劝耕农，出入阡陌。"晋陶渊明《桃花源记》："阡陌交通，鸡犬相闻。"

[4] 烟雨：云烟风雨。此句描写江南农村日暮晚景，用以凸显牧乡不同的生活情调。宋苏轼《定风波》："莫听穿林打叶声，何妨吟啸且徐行。竹杖芒鞋轻胜马，谁怕，一蓑烟雨任平生。"此句化用苏词而来。

其一百五

急管繁弦别画楼[1]，一杯还递一杯愁[2]。洛中惆怅二千里[3]，塞上凄凉月半钩[4]。

【解题】

此诗写诗人作别上京回归中原时的惆怅情怀。在喧闹热烈的歌乐声中，一杯杯送别的酒难解心中的愁怨。设想别后，千里路遥，离愁不断，倍觉上京那凄凉惨淡的月色，更令人触景生哀。诗人以急管繁弦的欢快，反衬自己心情的沉重。"递"字强调酒不解愁，突出了愁心的深重。结句以半钩残月的凄凉之景强化人的悲哀之情，使全诗萦绕着浓重的悲凉气氛。

【校笺】

[1] 管弦：管乐与弦乐。急管繁弦形容音乐的喧闹热烈。别画楼：清抄本作"列画楼"，误。句意说诗人在急管繁弦的歌乐中告别了上京。

[2]递：递进，更加。"一杯"句，意为诗人借酒浇愁，然而杯杯美酒不仅不能消解忧愁反而使诗人更加的惆怅痛苦，为"举杯浇愁愁更愁"之境。

[3]洛中：即中原洛阳之地。二千里：四库本作"路千里"。句意是说，不尽的离愁就像回归中原的道路，迢迢千里，绵绵不断。

[4]塞上：即塞外之地，此指上京。月半钩：即一弯残月。句意说兵燹过后的上京之地一弯残月凄凉惨淡，令人触景生哀。

其一百六

帝里风光入梦频[1]，凤城金阙一般春[2]。故乡不是无秋雨[3]，听过匡庐始怆神[4]。

【解题】

此诗抒发诗人对上京美好生活的追忆之情。前两句说梦中的京城依然宫阙耸立，春景美好。"入梦频"写出了诗人对上京的深厚感情，表达了诗人对上京生活的追忆与留恋之情。后两句以听过草原民族兴亡盛衰故事会怆然伤神来表现对元朝灭亡的惋惜之情。

【校笺】

[1]帝里：即京城之意。宋柳永《中吕调·戚氏》："帝里风光好，当年少日，暮宴朝欢，况有狂朋怪侣，遇当歌对酒竞留连。"又《古倾杯》："想帝里看看，名园芳树，烂漫莺花好。"入梦频：频繁地进入梦境。

[2]凤城：即京城。相传秦穆公之女弄玉吹箫引凤，凤凰降于京城，后因称京城为凤城。唐沈佺期《独不见》："白狼河北音书断，丹凤城南秋夜长。"唐杜甫《秋夜客舍》："步蟾倚杖看牛斗，银汉遥应接凤城。"金阙：皇帝的宫阙。唐岑参《奉和中书贾至舍人早朝大明宫》："金阙晓钟开万户，玉阶仙仗拥千官。"一般春：和故乡一样有美丽的春景。

[3]"故乡"句，意为故乡也有秋雨绵绵的时节。意思是说，在秋雨连绵的时节，听过草原民族兴亡盛衰的故事一定会为之怆然伤神。

[4]匡庐：四库本作"穹庐"。匡庐本指为江西的庐山。相传殷周易代之际有匡俗兄弟七人结庐于此，故称匡庐。意思说杨允孚晚年归老故山，如殷周之际的匡氏兄弟，为前朝覆亡而伤神。按四库本理解，穹庐为蒙古族所居住的毡帐，代指起自草原的元王朝兴亡故事（参见第二十六首注[1]注[3]）。怆神：伤心，伤神。

其一百七

试将往事记从头[1]，老鬓征衫总是愁[2]。天上人间今又昔[3]，滦河珍重水长流[4]。

【解题】

此诗归结《滦京杂咏》组诗的创作意图，兼表对元王朝的依依别情。前两句点明组诗将元帝巡幸北方上京的典事——记咏的目的是追念前朝故事，借以抒发人事兴亡的感恨与惆怅之情。后两句表达依依惜别的离情，江山易主虽使上京"莽为丘墟"，但滚滚滦河水依然东流不息，滦京故事永恒不灭。道一声珍重，表达依依惜别的深情。

【校笺】

[1]往事：诗人经历的元帝上京巡幸之事。记从头：从头到尾地记载，即全面地记载。《滦京杂咏》共一百八首，从北巡的起程写起，前二十六首记写途中见闻及惯例。中四十首记写巡幸上京的活动内容，后四十二首记写上京风俗习尚。整组诗对上京巡幸的方方面面都作了具体详尽的描写与反映。清纪昀等《四库全书总目》称："诗中所记元一代避暑行幸之典，多史所未详。其诗下自注，亦皆赅悉，盖其体本王建宫词，而故宫禾黍之感，则与孟

元老之《东京梦华录》、吴自牧之《梦粱录》、周密之《武林旧事》同一用意矣!"又说:"《近光集》中述朝廷典制为多,可以备掌故;《扈从诗》中记边塞闻见为详,可以考风土。而伯琦文章淹雅,亦足以摹写而叙述之。溯元季之遗闻者,此二集与杨允孚《滦京杂咏》亦略具其梗概矣。"

[2] 老鬓:苍老的鬓发。征衫:征行的衣衫。此为诗人自画形象:身着征衣,鬓发苍苍,愁怨满怀。这是诗人所钟爱的元朝的易代改朝带给诗人的幻灭之感造成的。

[3] 天上人间:喻指美好的过去和令人伤感的今朝。五代南唐李煜《浪淘沙》:"独自莫凭栏,无限江山,别时容易见时难。流水落花春去也,天上人间。"今又昔:今日又成往昔。极言光阴似箭,人世变迁太快。

[4] 滦河珍重:以道别语句,表达依依惜别的深情。"水长流"意思说江山易主虽使上京"莽为丘墟",但滚滚的滦河水依然东流不息,滦京故事就像长流不竭的滦河水,永恒不灭。

其一百八

玉京惯识别离人[1],勒马云关隔世尘[2]。不比江南花事早[3],家家儿女解伤春[4]。

【解题】

此诗抒发兴亡变迁引发的迷惘幻灭之感。诗人在一次次的别离中已变得麻木,勒马云关,追怀往事,恍如隔世一般,倍觉塞外的伤别要比江南儿女惜花叹逝的伤春更沉痛、更深重,"勒马云关隔世尘"表达了元亡后诗人失去精神家园的迷惘与幻灭。

【校笺】

[1] 玉京:京都的美称。此指上京。惯识:习惯于见到,看惯了。别离

人：指昔日相别之人，即故人。句意说诗人早已习惯于京城逢故人那悲喜交集的场景。

[2] 勒马：即勒住马缰，使马停住。云关：云烟笼罩的关厢之地。此指送别的地点。句意说往昔勒马云关的送别情景如今仿佛如隔世的烟尘一般，极言世事变迁太大，让人难以接受、难以理解。

[3] 花事：开花赏花之事。句意说塞北的上京不像那烟花三月的扬州江南之地，花事来得早。

[4] 解伤春：理解领悟伤春之意。古典诗歌有一个经久不衰的"春女善怀"的伤春传统。此句意说诗人的上京伤别感怀已不是江南儿女春来生愁那种感伤，而是经历了朝代鼎革后的迷惘、彷徨与痛苦，要比伤春儿女之愁更为深挚、更为沉痛。

后　　跋

世所贵于能言者，非以其能自为言也。穹壤之大，古今之异，生物之情态，殆万变而无穷。能者言之，如水之鉴物，烛之取影，如传神写照，短长肥瘦，老壮勇怯，其神情意度，邪正丑好，或得之一览之间，或索诸冥搜之表，要各有以极其趣而后已焉。夫岂有穷乎哉！

百年以来，海宇混一，往所谓勒燕然，封狼居胥，以为旷世希有之遇者，单车掉臂，若在庭户，其疆宇所至，尽日之所出与日之所没，可谓盛哉！杨君以布衣从当世贤士大夫游，襆被[1]出门，岁走万里，耳目所及，穷西北之胜，具江山人物之形状、殊产异俗之瑰怪、朝廷礼乐之伟丽，与凡奇节诡行之可警世厉俗者，尤喜以咏歌记之，使人诵之，虽不出井里，恍然不自知其道齐鲁，历燕赵，以出于阴山[2]之阴、蹛林[3]之北，身履而目击，真予所谓能言者乎。

予索居闲乡，闻见甚狭，间独窃爱中台马公祖常、奎章虞公集、翰林柳公贯，时能以雄辞妙笔，写其一二。今得杨君是集，又为增益所未见，俯仰今昔，又一时矣。君其尚有可言者乎。而君固已杜门裹足，归老故山。方日与田夫野叟相尔汝[4]，求以自狎。兵燹所过，莽为丘墟，回视曩游，跬步千里，吾知君颓檐败壁[5]之下，涤瓦榼，倒邻酿[6]，取旧编与知己者时一讽咏，未必不为之慨然以咏叹，悠然而遐思。岁在窒困子敦[7]，里诸生罗大已

247

敬书于其集之末云。

《滦京杂咏》百首,元杨允孚所赋。读之,当时事宛然如见,亦可谓善赋者矣。杨文贞家有录本,璟尝借录于表叔司务公,录时草草。此本则舍弟璋为予重录者。允孚,字和吉,出吉水湿塘,盖文贞公故族云。

成化十三年丁酉春三月望,罗璟志。

辛卯秋八月,钼园[8] 手录于周氏荣古堂。

乾隆己丑十二月廿一日,阻风虞山[9],阅市购此。

《滦京杂咏》通百有八首,罗璟跋云百首,举成数耳。秀野草堂[10] 选元诗,遂乃删去八首,以符其数。举世遂不见其全。中如"故乡不是无秋雨,听过匡庐始怆神"及"不比江南花事早,家家儿女解伤春"诸作,在卷中尤极风韵,转置不录,不知操选之意何在也,亟为刊定,以还旧观。

嘉庆十年十一月十八日通介叟鲍廷博识。(《知不足斋丛书》)

【校笺】

[1] 襆被:用包袱裹束衣被,意为整理行装。《晋书·魏舒传》载:"入为尚书郎。时欲沙汰郎官,非其才者罢之。舒曰:'吾即其人也。'襆被而出。"

[2] 阴山:在今内蒙古自治区中部,由大青山、乌拉山和狼山组成,主体在内蒙古自治区巴彦淖尔至呼和浩特一带,位于上之西,并不遥远。

[3] 蹛林:原指匈奴绕林祭天之处,唐代有蹛林州,属陇右道,初隶北庭都护府,后隶凉州都督府,在今甘肃省秦安县东北。古籍中多用"阴山""蹛林"等代指遥远的北方边塞之地。

[4] 尔汝:关系亲昵,不拘形迹,亲密无间。唐韩愈《听颍师弹琴》:"昵昵儿女语,恩怨相尔汝。"

[5] 颓檐败壁:形容经过元末战乱,杨允孚生活环境残破的状况。

[6] 涤瓦楹，倒邻酿：瓦楹：泥土烧制的盛酒或水的容器。邻酿：邻居家酿制的酒。意思说杨允孚与二三乡居知己沉醉于酒中，借酒浇愁之状。

[7] 窒困子敦：太岁纪年。四库本作"玄黓困敦"。"玄黓"为天干"壬"字的别称。《尔雅·释天》："（太岁）在壬曰玄黓。"《淮南子·天文》："戌在壬曰玄黓。""困敦"为地支"子"的别称。《尔雅·释天》："（太岁）在子曰困敦。"库本为是。可知罗大已落款时间应是"岁在壬子"，壬子为明洪武五年（1372）。

[8] 钮园：清陶式玉，字尚白，号霍童山人，又号存斋、钮园。周氏荣古堂：疑为书肆名。待考。

[9] 虞山：地名，在今江苏省常熟市。

[10] 秀野草堂：清顾嗣立，字侠君，江苏长洲人。性嗜书，尤耽吟咏。康熙五十一年（1712）赐进士，由庶吉士改补中书舍人。著有《秀野集》《间丘集》。其一生锐意搜辑元人诗集，自元遗山而下，汇为百家，编成《元诗选》。又广为三百家，凡四集，合千二百卷，基本反映有元一代之诗歌总貌。

附　　录

一、传记资料

1. 清曾廉《元书》小传

杨允孚，字和吉；郭钰，字彦章，皆吉水人。允孚至正时为尚食供奉官，后弃去，襆被岁走万里，穷西北之胜。凡山川地产、典章风俗，无不记以诗歌。元亡，作《滦京杂咏》。时兵燹所过，莽为邱墟，四视曩游，慨然兴叹，实故宫禾黍之思也。珏以时乱遂隐。明初，征茂才不就，抗迹行吟，与允孚齐名。鲁贞，字起元，自号桐山老农，开化人。诗集题至正年号，入明惟题甲子。吴皋，字舜举，临川人。从吴澄游，官临江教授。元亡，遁迹以终。又嵊许汝霖时用、纯安徐九龄大年，皆第进士，终不仕明。

（清）曾廉：《元书》卷九一

2. 清顾嗣立《元诗选初集》庚集小传

杨（阙）允孚

允孚，字和吉。吉水人。有《滦京杂咏》传于世，邑人罗大巳序之曰：杨君以布衣襆被，岁走万里，穷西北之胜。凡山川物产，典章风俗，无不以

咏歌记之。兵燹所过，莽为丘墟，回视曩游，慨然永叹。郭静思云："茫茫天
壤名常在，赖有滦京百咏诗。"盖道其实也。

（清）顾嗣立：《元诗选初集》庚集

3.《御选宋金元明四朝诗》

杨允孚，字和吉，吉水人。著《滦京杂咏》。

4.《江西诗征》卷三七《元·杨允孚》

允孚，字和吉，吉水人。不乐仕进，以布衣奔走万里，穷西北之胜，郭
静思雅爱重之。

5. 陈衍《元诗纪事》卷九

杨允孚，允孚字和吉，吉水人。

《滦京杂咏》罗大己［巳］跋：杨君以布衣从当世贤士大夫游，襆被出
门，岁走万里，耳目所及，穷西北之胜，具江山人物之形状，殊产异俗之瑰
怪，朝廷礼乐之伟丽，尤喜以咏歌记之。予索居，闻见甚狭，独窃爱中台马
公祖常、奎章虞公集、翰林柳公贯，时能以雄辞妙笔写其一二。今得杨君是
集，又为增益所未见。俯仰今昔，又一时矣。

6. (雍正)《江西通志》卷七六

杨允孚，字和吉，吉水人。所著有《滦京杂咏》一百首。邑人罗大己
［巳］序之曰：杨君以布衣襆被，岁走万里，穷西北之胜。凡山川、物产、典
章、风俗，无不以咏歌纪之。同元诗小序

四库本

7. (光绪)《江西通志》卷一四六

杨允孚，字和吉，吉水人。所著有《滦京杂咏》一百首。邑人罗大已

[巳] 序之曰：杨君以布衣襆被，岁走万里，穷西北之胜，凡山川物产、典章、风俗，无不以咏歌纪之。元诗小序

（清）曾国藩修，（清）刘绎纂：（光绪）《江西通志》卷一四六，

清光绪七年（1881）刻本

8.（光绪）《吉安府志》卷三二

杨允孚，字和吉，吉水人。与揭傒斯、范梈相友善。所著有《滦京杂咏》一百首。罗大巳［巳］叙之曰：杨君以布衣襆被，岁走万里，穷西北之胜，凡山川物产、典章风俗，无不以咏歌纪之。又有《孝友吟》。以上《通志》

（清）定祥修，（清）刘绎纂：（光绪）《吉安府志》卷三二，

清光绪元年（1875）刻本

9.（道光）《吉水县志》卷二二

杨允孚，字和吉，吉水人。所著有《滦京杂咏》一百首。邑人罗大巳［巳］序之曰：杨君以布衣襆被，岁走万里，穷西北之胜，凡山川、物产、典章、风俗，无不以咏歌纪之。省志

（清）周树怀修纂（道光）《吉水县志》卷二二，

清道光五年（1825）刻本

10.（光绪）《吉水县志》卷三七

杨允孚，字和吉，吉水人。所著有《滦京杂咏》一百首。邑人罗大已［巳］序之曰：杨君以布衣襆被，岁走万里，穷西北之胜。凡山川、物产、典章、风俗，无不以咏歌纪之。又有《孝友吟》。已上《省志》

（清）彭际盛修，（清）胡宗元纂：（光绪）《吉水县志》卷三七，

清光绪元年（1875）刻本

11. 《中国作家名览总目录》

杨允孚，元诗人。字和吉。吉水（今属江西）人。至正时为尚食供奉官。后弃去，襆被岁走万里，穷西北之胜，凡山川、地产、典章、风俗，无不以诗歌记之。时兵燹所过，莽为丘墟，回视曩游，慨然咏叹，实故宫禾黍之思。著有《滦京杂咏》一卷，《元诗选》初集录其诗一百首。生平事迹见《元书》卷九一。

12. 《元明清诗歌鉴赏辞典》

杨允孚，生卒年不详，约公元 1354 年前后在世，字和吉，吉水（今属江西）人。以布衣襆被，岁走万里。凡所见山川名物，典章风俗，莫不以诗记之。惠宗时，曾为尚食供奉之官。有《滦京杂咏》一卷行于世。

13. 《中国文学家大辞典》

杨允孚（生卒年不详），字和吉，吉水（今属江西）人。明成化间，罗璟志跋其集称，允孚晚年"杜门裹足，归老故山，方日与田夫野叟相尔汝，求以自狎"。所著《滦京杂咏》一百零八首，全为七言绝句，体本王建宫词，郭静思（钰）说："茫茫天壤名常在，赖有滦京百咏诗。"即指此。罗大已[巳]跋称："杨君以布衣从当世贤士大夫游，襆被出门，岁走万里，耳目所及，穷西北之胜，具江山人物之形状，殊产异俗之瑰怪，朝廷礼乐之伟丽，尤喜以咏歌记之。"自注亦云"余尝职赐"，就是说百咏诗乃是追忆元时随侍顺帝行幸上都而作。罗跋又说："兵燹所过，莽为丘墟，回视曩游，慨然永叹"，亦是说百咏诗为回忆之作，且在元亡之后。在前一百首中，他将自己完全置于当日的时空之中，以当日之情，记当日之事，后八首情调迥然不同，在追忆之后回到现实，不禁感慨系之，音调凄楚，表现出兴亡之感。而前一百首对当日情事的追忆，从整体看也是故宫禾黍之感。清四库馆臣指出，《滦京杂咏》"与孟元老之《东京梦华录》、吴自牧之《梦粱录》、周密之《武林旧事》同一用意"，该三书或回忆北宋，或追怀南宋旧事，按四库馆臣之意，乃是兴亡之感寄于言外。（史铁良）

二、历代著录

1.《千顷堂书目》卷二九

杨和《滦京百咏》一卷，号西云，翰林供奉，一云名和吉，金幼孜序。

2.《绛云楼藏书目》

杨允孚《滦京百咏》。

3. 钱曾《读书敏求记》卷四集部

《滦京杂咏》二卷。

元杨允孚字和吉，吉水湿塘人。以布衣从士大夫游，襆被万里，迹穷阴山之阴，蹛林之北，乃元时帝后避暑之所。盖所谓上京即滦京也。《杂咏百首》备述途中之景，及车驾往还典故之大概，可补《元史》阙遗。

诗有云："又是宫车入御天，丽姝歌舞太平年，侍臣称贺天颜喜，寿酒诸王次第传。"注曰："千官至御天门，俱下马徒行。独至尊骑马直入。前有教坊舞女引导，舞出'天下太平'字样，至玉阶乃止。"王建《宫词》："每遍舞时分两向，太平万岁字当中。"此犹是唐人"字舞"之遗制欤？

诗后附周恭王《元宫词》四十首。成化丁酉春，罗璟从杨文贞公家借录。牧翁云："此为周宪王诗。恭王受封在世庙时，传写之误也。"

4.《传是楼书目》

《滦京杂吟百首》，元杨允孚。一本，抄本。

5.《八千卷楼书目》卷一六

《滦京杂咏》一卷，元杨允孚撰，知不足斋本。

6.《四库全书总目》

《滦京杂咏》一卷，元杨允孚撰。允孚，字和吉，吉水人。其始末未详。惟集后罗大巳跋称：杨君以布衣襆被，岁走万里，穷西北之胜。凡山川、物产、典章、风俗，无不以咏歌纪之。则允孚似未登仕版者。然第四十九首注称"每汤羊一膳，具数十六，餐余必赐左右大臣，是以为常。予尝职赐，故悉其详"云云。则亦顺帝时尚食供奉之官，非游士也矣。又末数首中，一则云曰："宫监何年百念消，冠簪惊见鬓萧萧。挑灯细说前朝事，客子朱颜一夕凋。"一则曰："强欲浇愁酒一卮，解鞍闲看古祠碑。居庸千载兴亡事，惟有天中月色知。"一则云："试将往事记从头，老鬓征衫总是愁。天上人间今又昔，滦河珍重水长流。"则是集作于入明之后矣！

其诗凡一百八首，题曰"百咏"，盖举成数。其曰滦京者，以滦河经上都城南故，元时亦有此称。诗中所记元一代避暑行幸之典，多史所未详。其诗下自注，亦皆赅悉，盖其体本王建宫词，而故宫禾黍之感，则与孟元老之《东京梦华录》、吴自牧之《梦粱录》、周密之《武林旧事》同一用意矣！乾隆四十六年十一月恭校上。

7.《皕宋楼藏书志》卷一〇八

《滦京百咏》一卷，旧抄本，劳季言手校。

元吉水杨允孚撰。

世所贵于能言者，非以其能自为言也。穹壤之大，古今之异，生物之情态，殆万变而无穷。能者言之，如水之鉴物，烛之取影，如传神写照，短长肥瘦，老壮勇怯，其神情意度，邪正丑好，或得之一览之间，或索之冥搜之表，要各有以极其趣而后已焉，夫岂有穷乎哉？

百年以来，海宇混一，往所谓勒燕然，封狼居胥，以为旷世希有之遇者，单车掉臂，若在庭屋。其疆宇所至，尽日之所出与日之所没，可谓盛哉！杨君以布衣从当世贤士大夫游，襆被出门，岁走万里，耳目所及，穷西北之胜，具江山人物之形状，殊产异俗之瑰怪，朝廷礼乐之伟丽，与凡奇节诡行之可警世厉俗者，尤喜以咏歌记之，使人诵之，虽不出井里，恍然不自知其道齐鲁，历燕赵，以出于阴山之阴，蹛林之北，身履而目击，真予所谓能言者乎！

予索居闲乡，闻见甚狭，间独窃爱中台马公祖常、奎章虞公集、翰林柳公贯，时能以雄辞妙笔写其一二。今得杨君是《集》，又为增益所未见。俯仰今昔，又一时矣，君其尚有可言者乎？而君固已杜门裹足，归老故山，方日与田夫野叟相尔汝，求以自狎。兵燹所过，莽为丘墟，回视曩游，跬步千里。吾知君颓檐败壁之下，涤瓦樋，倒邻酿，取旧编，与知己者时一讽咏，未必不为之慨然以永叹，悠然而遐思。岁在室困子敦里诸生罗大巳敬书于其集之末云。

罗璟跋。

8.《邵亭知见传本书目》

《滦京杂咏》一卷，元杨允孚撰。知不足斋刊二卷。

9.《楝亭书目·诗集》

《滦京杂咏》，抄本，一册。元吉水杨允孚著，一卷。

10.《元书》卷二三

杨允孚《滦京杂咏》一卷。

11.《元史新编·艺文志》

杨允孚《滦京杂咏》一卷，字和吉，吉水人。

12.《续通志》卷一六二《艺文略》

《滦京杂咏》一卷，元杨允孚撰。

13.《续文献通考》卷一九五《经籍考》

杨允孚《滦京杂咏》一卷，允孚，字和吉，吉水人。

14.《清续文献通考》卷二七〇《经籍考》

《滦京杂咏》二卷，元杨允孚。

15.《补辽金元艺文志》

杨和《滦京百咏》一卷，号西云，一云名和吉，今作杨允孚。

16.《元史艺文志》卷四

杨允孚《滦京杂咏》一卷，字和吉，吉水人。

17.《文选楼藏书记》卷六

《滦京百咏》一卷，元杨允孚著，吉水人，抄本。

18.（清）曾国藩修，（清）刘绎纂：（光绪）《江西通志》卷一〇八

《滦京杂咏》一卷，杨允孚撰。《四库全书提要》："字和吉，吉水人。"

19.（清）周树怀修纂：（道光）《吉水县志》卷三一

杨允孚《孝友吟》，《滦京杂咏》百篇。

20.（清）彭际盛修，（清）胡宗元纂：（光绪）《吉水县志》卷四八

《滦京杂咏》百篇，杨允孚撰。

《孝友吟》，杨允孚撰。

21. 《中国丛书综录》

滦京杂咏一卷　（元）杨允孚撰　四库全书·集部别集类　元诗选初集庚集

滦京杂咏二卷　知不足斋丛书（乾隆至道光人景乾隆至道光本）第二十三集　丛书集成初编·史地类

22. 《北京图书馆古籍善本书目》

《滦京杂咏》二卷，元杨允孚撰。清嘉庆十年鲍廷博刻，道光元年重修《知不足斋丛书本》，傅增湘校并跋，一册。九行二十一字，细黑口，左右双边。

《滦京杂咏》一卷。元杨允孚撰。清抄本。与吴郡乐圃朱先生余稿合二册，十行二十字，无格。

23. 《中国古籍总目》

滦京杂咏一卷　元杨允孚撰　文渊阁《四库全书》本

滦京杂咏一卷　元杨允孚撰　《元诗选初集》本

滦京杂咏一卷　元杨允孚撰　《艺苑丛抄一百六十三种》本

滦京杂咏二卷　元杨允孚撰　《知不足斋丛书》本

滦京杂咏二卷　元杨允孚撰　《丛书集成初编》本

吴郡乐圃朱先生余稿（乐圃余稿）十卷附编一卷补遗一卷　宋朱长文撰　清抄本（与元杨允孚撰《滦京杂咏》一卷合抄）

24. 《吉安文献著述》

《滦京百咏》二卷，吉水杨允孚（元），北京图书馆藏。

25.《虞山钱遵王藏书目录汇编》

杨允孚《滦京杂咏》一卷。述诗集、敏诗集:《滦京杂咏》一卷,罗璟抄本。阎按:述诗集指《述古堂书目》,敏诗集指《读书敏求记》。

三、题咏序跋

1.（元）郭钰《题杨和吉〈滦京诗集〉》

钰也不识滦京路,送君几向滦京去。滦京才俊纷往来,好景惟君独能赋。太平自是多佳句,况逢虞揭论心素。金鱼换酒谪仙狂,彩舟弹瑟湘灵助。岂知归去烟尘惊,山中闭门华发生。云气蓬莱心未已,梦中犹在东华行。贞元朝士几人在,少年诗思千载名。西云亭上何日到,为君舞剑歌滦京。

(《静思集》卷三)

2.（明）杨士奇《〈杨和吉诗集〉附萧德舆〈故宫遗录〉》

余生十余岁,读刘云章先生《和杨和吉〈滦京百咏〉诗》,思见和吉之作不可得。今年在北京康甥孟嘉馆授,文明门得此诗于其徒。又有和吉《西云小草》《野人杂录》《悟非小稿》,通为一集,而附萧德舆《故宫遗录》在后,皆胜国遗事,可以资览阅,备鉴戒。和吉名允孚,吾家涩塘之族,尝以布衣客燕都,往来两京。德舆名询,亦吉水人,洪武初为工部主事,尝随中山武宁王治元故宫,为亲王府,故皆能悉之。

(《东里续集》卷十九,文渊阁《四库全书》本)

3.（明）金幼孜《滦京百咏集序》

予尝扈从北征,出居庸,历燕然,道兴和,逾阴山,度碛卤大漠以抵胪朐河。复缘流东行,经阔滦海子,过黑松林,观兵静虏镇。既又南行,百折入淙流峡，望应昌而至滦河。又自滦河西行，过乌桓，经李陵台，趋独石，涉龙门，出李老谷，迤逦纡徐，度枪竿岭，遵怀来而归，往复七阅月，周回数万里，凡山川道路之险夷，风云气候之变化，銮舆早晚之次舍，车服仪卫之严整，甲兵旗旄之雄壮，军旅号令之宣布，祃师振武之仪容，破敌纳降之威烈，随其所见，辄记而录之，且又时时作为歌诗，以述其所怀。虽音韵鄙陋，不足以拟诸古作，然因其言以即其事，亦足以见当时儒臣遭遇之盛者矣。

予自幼闻西云杨先生以诗名，今观其所为《滦京百咏》，则知先生在元之时，以布衣职供奉，尝载笔属车之后，因得备述当时所见，而播诸歌咏者如此。然燕山至滦京仅千里，不过为岁时巡幸之所度，先生往来，正当有元君臣恬嬉之日，是以不转瞬间，海内分裂，而滦京不守，遂为煨烬。数十年来，元之故老殆尽，无有能道其事者。独予幸得亲至滦河之上，窃从畸人迁客，咨访当日之遗事，犹获闻其一二，登高怀古，览故宫之消歇，睇河山之悠邈，以追忆一代之兴废，因以著之篇什，固有不胜其感叹者矣，因观先生所著，而征以予之所见，敢略述其概，以冠诸篇端，然则后之君子欲求有元两京之故实，与夫一代兴亡盛衰之故，尚于先生之言有征乎。

（《金文靖集》卷七，文渊阁《四库全书》本）

4. 傅增湘题跋

阙

5.（清）刘声木《苌楚斋随笔》

"宫词类汇录"：尚有无宫词之名而其书实相类者，亦有七家：明周拱辰撰《宫怨》一卷，元杨允孚撰《滦京杂咏》二卷，李步青撰《春秋后妃本事诗》一卷，女士赵荼撰《南宋宫闱杂咏》一卷，唐宇昭撰《故宫词》一卷，顾宗泰撰《胜国宫闱诗》□卷，刘禺生撰《洪宪纪事诗》□卷。后三种未见传本。

6.（清）刘声木《苌楚斋四笔》卷二

《滦京杂咏》一卷，元杨允孚撰。体本王建宫词，有故宫禾黍之感。

四、背景资料

1.（元）周伯琦《扈从诗·前序》

至正十二年岁次壬辰四月，予由翰林直学士、兵部侍郎拜监察御史。视事之第三日，实四月二十六日，大驾北巡上京，例当扈从。是日启行，至大口，留信宿，历皇后店、皂角至龙虎台，皆巴纳也。国语曰巴纳者，犹汉言宿顿所也。龙虎台在昌平县境，又名新店，距京师仅百里。五月一日，过居庸关而北，遂自东路至瓮山。

明日至鸡坊（诗选本作"车坊"），在缙山县之东。缙山，轩辕缙云氏山。山下地沃衍宜粟，粒甚大，岁供内膳。今名龙庆州者，仁庙降诞其地故也。州前有涧名芗水，风物可爱。又明日，入黑谷，过色珍岭，其山高峻，曲折而上，凡十八盘而即平地。遂历龙门及黑石头，过黄土岭，至程子头，又过穆尔岭，至颉家营，历拜达勒，至沙岭。自车坊、黑谷至此，凡三百一十里，皆山路崎岖，两岸悬崖陟壁，深林复谷，中则乱石荦确，涧水合流，淙淙终日。关有桥，浅处马涉颇艰，人烟并村坞僻处二三十家，各成聚落，种艺自养。山路将尽，两山尤奇耸，高出云表，如洞门然。林木茂胧，多巨材。近沙岭则土山连亘，堆阜连络，惟青草而已。地皆白沙，深没马足，故岭以是名。过此则朔漠平川如掌，天气陡凉，风物大不同矣。遂历哈扎尔至什巴尔台。其地多泥淖，以国语名，又名牛群头。其地有驿，有邮亭，有巡检司，阛阓甚盛，居者三千余家。驿路至此相合。而北皆刍牧之地，无树木，遍生地椒、野茴香、葱、韭，芳气袭人。草多异花五色，有名金莲者，绝似荷花而黄尤异。至察罕诺尔云然者，犹汉言白海也。其地有水泺，汪洋而深不可测，下有灵物，气皆白雾。其地有行在宫，曰亨嘉殿，阙廷如上京而杀焉。置云需总管府，秩三品，以掌之。沙井水甚甘洁，酿酒以供上用，居人可二百余家。又作土屋养鹰，名鹰房，云需府宫多鹰人也。驻跸于是，秋必猎校焉。此去巴纳曰郑谷店，曰明安驿、泥河儿，曰李陵台驿、双庙儿，遂至桓州，曰六十里店。桓州即乌丸地也。前至南坡店，去上京止一舍耳。以是月十九日抵上京，历巴纳凡十有八，为里七百五十有奇，为日二十四。大抵两都相望，不满千里，往来者有四道焉，曰驿路，曰东路二，曰西路。东路二者，一由黑谷，一由古北口。古北口路，东道御史按行处也。予往年职馆阁，虽屡分署上京，但由驿路而已，黑谷辇路未之前行也。因忝法曹，肃清毂下，遂得乘驿，行所未行，见所未见。每岁扈从，皆国族大臣及环卫有执事者，若文臣仕至白首，或终身不能至其地也，实为旷遇。所至赋诗以纪风物，得二十四首，惜笔力拙弱，不能尽述也。虽然，观此亦大略可知矣。鄱阳周伯琦自叙。

2. （元）周伯琦《扈从诗·后序》

车驾既幸上都，以是年六月十四日大宴宗亲、世臣、环卫官于西内棕殿，凡三日。七月九日，望祭园陵竣事，属车辕皆南向，彝典也。遂以二十二日发上都而南。是日宿六十里店巴纳，明日过桓州，至李陵台驿、双庙儿。又明日，至明安驿泥河儿。翼旦，至察汗诺尔。由此转西，至辉图诺尔，犹汉言后海也。曰平陀儿，曰石顶河儿，土人名为鸳鸯泺。其地南北皆水，泺势如湖海，水禽集育其中。以其两水，故名曰鸳鸯。或云水禽惟鸳鸯最多，国语名其地曰哲呼哈喇巴纳，犹汉言远望则黑也。两水之间，壤土隆阜，广袤百余里，居者三百余家，区脱相比。诸部与汉人杂处，颇类市井，因商而致富者甚多。有市酒家赀至巨万，而连姻贵戚者，地气厚完可见也。俗亦饲牛力稼，粟麦不外求而赡。凡一饲五牛，名曰一日。耕地五六顷，收粟可二百斛。问其农事多少，则曰牛几具。察汗诺尔至此百余里，皆云需府境也。界是而西，则属兴和路矣。巴纳曰苦水河儿，曰回回柴，国语名和尔图，汉言有水渌也。隶属州保昌，曰呼察图，犹汉言有山羊处也。地饶水草，野兔最多，鹰人善捕，岁资为食。又西二十里则兴和路者，世皇所创置也。岁北巡，东出西还，故置有司为供亿之所。城郭周完，阛阓丛伙，可三千家。市中佛阁颇雄伟，盖河东宪司所按部也。西抵太原千余里，郡多太原人，郊圻地陂陀宋隙，便种艺。路置二监一守，余同他上郡。东界则宣德府境，上都属郡也。府之西南名新城，武宗筑行宫其地，故又名曰中都。栋宇今多颓圮，盖大驾久不临矣。

由兴和行三十里，过野狐岭，岭上为巴纳，地甚高，风寒凛栗不可留。山石荦确，中央深涧，夏秋多水。东南盘折而下平地，则天气即暄，至此无不减衣者。前至得胜口，宣德、宣平县境也。地宜树木，园林连属，宛然燕南。有御花园，杂植诸果，中置行宫。果有名平坡者，似来禽而大，红如朱砂，甘酸。又有名呼喇巴者，比平坡又大，味甘松。相传种自西域来，故又名之曰回回果，皆殊品也。得胜口南至宣平县十四里，小邑也。去邑三十里有山，出玛瑙石，可器。至沙岭，沙深，车马涉者甚艰。又五十里至顺宁府，本宣德府也，往年因地震改今名。原地沃衍，多农民，植宜蓝淀草，颇有业染者，亦善地也。南过鄂勒岭，路多乱石，下临深涧，险阻可畏。涧黄流浩汗。东南数百里，穿居庸关，流至京城南卢沟合众水，势甚大，名为浑河。每岁都水监专其事，否则为患不小。岭路参互四十里至鸡鸣山，迭嶂排空，绵亘二十余里。有小寺在山巅，旁有榷木泉所经也，望之如在半天。边山隘迤尤甚。

又南二十里乃平地，曰雷家驿。（驿）之西北十里巴纳曰丰乐。丰乐二十里阻车巴纳，又二十里至统幕，则与中路驿程相合。而南历狼居西（一作狼居胥）山，至怀来县。县，唐所置也。山水环抱流注，市有长桥，水名妫川，郡有碑可考。县南二里巴纳也。凡官署留京师者，皆盛具牲酒果核，于此候迎大驾，仍张大宴，庆北还也。南则榆林驿，即汉史《卫青传》所谓榆溪旧塞者。自怀来行五十五里至妫头，又十里至居庸关，关南至昌平龙虎台，又南则皇后店、皂角大口焉。遂以八月十三日至京师，凡历巴纳二十有四，为里一千九十又五，此辇路西还之所经也。北自上都至白海，南自居庸至大口，已见前序，故得而略，独详其所未经者耳。国制，凡官署之幕职椽曹当扈从者，东西出还，甲乙番次，多不能兼。惟监察御史扈从，与国人世臣环卫者同，东西之行，得兼历而悉览焉。

昔司马迁游齐、鲁、吴、越、梁、楚之间，周遍山川，遂奋发于文章，焜耀后世。今予所历，又在上谷、渔阳、重关大漠之北千余里，皆古时骑置之所不至，辙迹之罕及者。非我元统一之大，治平之久，则吾党逢掖章甫之流，安得传轺建节，拥侍乘舆，优游上下于其间哉！既赋五言古诗十首以纪其实，复为《后序》以著其概。不惟使观者得以扩闻见，抑以志吾生之多幸也欤。鄱阳周伯琦述。

3. 《四库全书总目》

《近光集》三卷《扈从诗》一卷（江苏巡抚采进本）

元周伯琦撰。伯琦有《六书正讹》，已著录。当顺帝时，伯琦以文章知遇，出入禁廷。因别裒录所作，为此二集。《近光集》乃后至元八年庚辰由国史院编修擢翰林修撰，同知制诰。至正元年辛巳，为授经郎经筵译文官。二年壬午，为帝内官。四年甲申，升监书博士。五年乙酉，改崇文监丞，迄于出为海北广东道肃政廉访使。凡五年之诗。《扈从诗》则至正十二年壬辰，由翰林直学士兵部侍郎拜监察御史，扈从上京之作也。《近光集》中述朝廷典制为多，可以备掌故。《扈从诗》中记边塞闻见为详，可以考风土。而伯琦文章淹雅，亦足以摹写而叙述之。溯元季之遗闻者，此二集与杨允孚《滦京百咏》亦略具其梗概矣。

4. 《四库全书总目》

《石初集》十卷，元周霆震撰。

霆震字亨远，安成人。以先世居石门田西，自号石田子。初省其文，则曰石初。早年刻意学问，多从宋诸遗老游，得其绪论。延祐中行科举法，再试不售，遂杜门专意诗古文。是集为庐陵晏璧所编，集后行状志铭之属，亦璧所附也。霆震生于前至正二十九年壬辰，卒于明洪武二十年己未，年八十有八。亲见元代之盛，又亲见元代之亡，故其诗忧时伤乱，感愤至深。如《二月十六日（正文诗题有"晚"字）青兵逼城》《古金（正文诗题作"今"字）城谣》《李浔阳死节歌》《兵前鼓》《农谣》《杜鹃行》《过玉城砦》《城关西（正文诗题有"曲"字）》《郡城高》《人食人》《延平龙剑歌》《寇至》《杂咏》《寇自北来（正文诗题作"寇来自北"）》《军中苦乐谣》《宿州歌》诸篇，并叙述元臣乱离，沉痛酸楚，使异代尚如见其情状。昔汪元量《水云集》，论者谓宋末之诗史，霆震此集，其亦元末之诗史欤？

5.《四库全书总目》

《性情集》六卷（永乐大典本），元周巽撰。

巽事迹不见于他书。其诗集诸家亦未著录。惟《文渊阁书目》载有周巽泉《性情集》一部、一册，与《永乐大典》标题同。《吉安府志》又载有周巽亨《白鹭洲》《洗耳亭》二诗，检勘亦与此集相合。而集中《拟古乐府小序》，则自题曰"龙唐耄艾周巽"云云。以诸条参互考之，知巽为其名，而巽泉、巽亨乃其号与字也。集中自称尝从征道、贺二县猺寇，以功授永明簿。则在元曾登仕版，而所纪干支有丙辰九月，当为洪武九年，则明初尚存矣。巽诗格不高，颇乏沉郁顿挫之致。然其抒怀写景，亦颇近自然，要自不失雅则。集以"性情"为名，其所尚盖可知也。元末吉州一郡，如周霆震、杨允孚、郭钰等，皆有诗集流传，而巽诗独佚，殆亦有幸不幸欤。今据《永乐大典》所载，搜罗编辑，厘为六卷。俾与《石初》诸集并存于世，亦未尝不分路争驰矣。

6. 《四库全书总目》

《元宫词》一卷（浙江巡抚采进本）

不著撰人名氏。前有《自序》，称"永乐元年钦赐余家一老妪，年七十矣，乃元宫之乳姆。女知宫中事为最悉。闲尝细访之，一一备陈其事。故余诗中所录，皆元宫之实事"云云。末题"永乐四年夏四月朔日，兰雪轩制"。后有《毛晋跋》，亦不知为何许人。案朱彝尊《静志居诗话》曰："《元宫词》百首，宛平刘效祖序，称周恭王所撰。"考定王以洪武十四年之国，洪熙元年薨。序题永乐四年，则为定王无疑矣。定王名橚，太祖第五子也。《明史·周王橚传》用彝尊之说，盖以所考为允矣。诗凡一百首。其中如《东风吹绽牡丹芽》一首、《灯月交光照绮罗》一首、《玉京凉早是初秋》一首、《深宫春暖日初长》一首、《二十余年备掖庭》一首、《月明深院有霜华》一首、《珊瑚枕冷象牙床》一首、《金鸭烧残午夜香》一首、《恻恻轻寒透凤帏》一首、《憔悴花容只自知》一首、《小楼春浅杏花寒》一首、《御沟春水碧如天》一首、《燕子泥香红杏雨》一首、《春情只在两眉尖》一首、《白露横空殿宇凉》一首、《纤纤初月鹅黄嫩》一首、《梦觉银台画烛残》一首、《晓灯垂焰落银釭》一首，寻常宫怨之词，殆居五分之一。非惟语意重复，且历代可以通用，不必定属于元，颇为冗泛。其他切元事者皆无注释，后人亦不尽解，不及杨允孚《滦京杂咏》多矣。

五、唱和资料

1. （元）郭钰《早秋陪杨和吉晓登前山望桐江》

白鹤导晨从，凉飙起林杪。振衣凌高冈，极目穷幽渺。萧萧草树秋，历历人烟晓。依微玄潭观，群仙在林表。下有冢累累，世事谁能了。桐江汇章水，晴涨何渺渺。曾不瞬息间，一带萦沙小。无怪豪杰区，烟芜怨啼鸟。盛衰两相乘，玄悟良独少。君今脱尘羁，相从得闲眺。题名剜石苔，借荫憩丛筱。《白纻》含余清，稍觉心情悄。山市门初开，飞尘已纷扰。

（《静思集》卷二）

2.（元）郭钰《杨和吉西云亭赏菊和韵》

西云亭上酒初熟，西云亭下满秋菊。主翁把菊飞酒觞，彩笺自写阳春曲。旧观菊谱不知名，今日按行心始足。靓妆洗粉舞霓裳，醉色扶娇剪红玉。就中一种菊之王，高花独号御袍黄。缥缈翠华下南苑，玉环飞燕参翱翔。谁言老圃含凄凉，雅怀不受春花香。地偏佳色承晓露，天清老气排秋霜。府司伐木震山海，嗟尔寒花独光彩。长歌把酒酹渊明，归来三径今何在？座客酒酣多气概，我独看花发长慨。晚岁更为松竹期，他时莫逐萧兰改。

（《静思集》卷四）

3.（元）郭钰《寄杨和吉》

不见故人愁我心，江山信美倦登临。附书《白鹤》几时到，结屋翠微何处寻。风撼竹楼凭雨势，云归溪树作秋阴。琅玕细簟凉如水，应扫桂花弹素琴。

（《静思集》卷七）

4.（元）郭钰《寄杨和吉龙西雨》

江南徐庾知名久，文采风流伯仲间。彩笔题诗传上国，画船分雨过西山。管宁旧向辽东老，杜甫新从巴道还。扰攘战尘徒旅苦，故人应怪鬓毛斑。

（《静思集》卷七）

5.（元）郭钰《送杨和吉过龙兴》

十月北风蛟鳄伏，楼船安稳出官河。交游湖海知谁在，将帅朝廷近若何。

一水才通南浦近，众星还拱北辰多。清和元帅烦相问，独钓寒江月满蓑。

（《静思集》卷七）

6.（元）郭钰《寄杨和吉欧阳文周》

黄鹄一飞几千里，高标矫矫离风尘。宗元有恨为司马，郭泰无名与党人。
富贵致身何用早，是非论事惑难真。二君旧日皆知己，旅食他乡莫厌贫。

（《静思集》卷七）

7.（元）郭钰《和龙西雨韵寄杨和吉》

权门噂沓事无干，老去休文任带宽。狡兔经营三窟苦，鹪鹩栖息一枝安。
渔樵路熟成长往，鼓角风高惨不欢。独有西云亭上客，金钱买酒敌春寒。

（《静思集》卷七）

8.（元）郭钰《和曹文济寄杨和吉韵》

尽倾东海成春雨，邻曲过从阻万山。无限客愁添白发，况兼人事剧黄关。
瑶台花落题诗少，金错囊空得酒难。白日逝波真可惜，一庭芳草闭门闲。

（《静思集》卷八）

9.（元）郭钰《和杨和吉二首》

读书头白苦无多，自判才名易灭磨。耆旧凋零霜后木，世情翻覆雨中荷。
数家烟火惟闻哭，三月莺花谁复歌。薜荔绕垣茅屋小，缘君开径日相过。

（《静思集》卷八）

海棠雨外半含啼，病起吟情懒更题。匹马看花空老大，还山采药自幽栖。
欲寻仙馆窥丹鼎，曾借渔舟度碧溪。门巷总非初到日，渚蒲汀柳望都迷。

（《静思集》卷八）

10.（元）郭钰《答杨和吉韵》

白发侵寻暮景来，扫除无策覆空杯。江山每与愁俱到，风雨不知花尽开。往事漫存元祐迹，少年何羡洛阳才。惟君于我过从近，稚子朝朝扫绿苔。

（《静思集》卷八）

11.（元）郭钰《哀杨和吉》

重到西亭泪自垂，更从何处共襟期。看花马上春云散，种柳门前秋雨悲。仙客已闻遗橘井，故侯犹待馆罗池。茫茫天壤名长在，赖有《滦京百咏》诗。

（《静思集》卷九）

六、元代诗人咏上京

叶仲舆《上京杂咏十首》

龙蹯当头雉尾开，上京天乐半空来。瑶池宴罢回銮晚，千炬金莲玉女抬。

水精宫殿柳深迷，朝罢千官散马蹄。只有词臣留近侍，经筵长到日轮西。

云拥苍干岭势雄，微茫俯见九州同。皇家万岁千秋业，看取天垂日照中。

王孙打围秋草黄，羽箭琱弓金镞妆。猎罢两狼悬臂去，马蹄风卷地椒香。

居庸石口凿何年，源里人家水碓边。见说山村似南土，青林深处有炊烟。

塞漠穹庐散万营，平沙细草际天青。柳林老挍浑无事，闲倚斜阳理箭翎。

玉阶天近露华流，夜久凉风入凤楼。曾把翠云裘进否，上京六月冷于秋。

夜宿榆林月满天，青帘红烛唤觥舡。相逢莫问儿家姓，醉里空留白玉鞭。

细沙新筑御街坡，怡有清尘小雨过。扶杖老翁先喜舞，翠华开已渡滦河。

居庸关北度鸣銮，万骑霓旌拥晓寒。海角小臣今白发，汉仪又得驾回看。

（《文翰类选》卷八四）

269

袁桷《次韵继学途中竹枝词》

居庸夹山僧屋多，凿石化作金弥陀。但有行车度流水，不见举拂谈悬河。

红袍旋风漾金泥，车前把酒长跪齐。忽听琵琶相思曲，迎郎北来背面啼。

毡房锦幄花簇匀，酥凝叠饼生玉尘。晚传宫壶檀板急，酒转一巡先吐茵。

土屋苫草成屠苏，前床翁媪后小姑。我郎南来得小妇，芦笛声声吹鹧鸪。

云州山如五朵云，老松积铁霾青春。遂令古雪不肯化，万杵千炉煎贡银。

山后天寒不识花，家家高晒芍药芽。南客初来未谙俗，下马入门犹索茶。

寒风卷蓬沙转黄，驻马问路路转长。红衣簇簇入新市，指点垆头称上方。

朔云荡荡愁烛龙，土房拥被睡高春。披衣上马过前驿，清霜急雪时相逢。

瀛洲往岁侍宸居，一度还家一度疏。近行开平十二驿，眼望南雁传乡书。

阊阖云低接紫宫，水精凉殿起熏风。侍臣一曲无怀操，能使八方歌会同。

袁桷《次韵李伯宗学士途中述怀》

山巍碛瘦马逶迟，尽日云阴变四时。晓渡桑干雪新作，倚松参坐斗题诗。

李陵台下日迟迟，惆怅河梁执别时。汉武不知歌四牡，千年竞作五言诗。

紫纤驰道属车迟，白发微臣际盛时。侍猎能追上林赋，登台愿继柏梁诗。

紫禁天低夏日迟，深红芍药胜春时。共仰云孙李学士，乐府新填更进诗。

内宴初筵舞尉迟，榴花未吐艾花时。宫词久矣无王建，把笔争传应制诗。

鳌峰土冷菊花迟，滴滴金明八月时。留取东平老学士，烹羊分韵酒催诗。

袁桷《龙门》

瀚海双龙铁鳞甲，卷壑拿云蹲冀阙。千泉百道凑东南，急雨翻空迸晴雪。古言神禹功最多，导山凿石疏九河。幽都之地不复顾，乃使双龙下地成盘涡。阴风何飕飕，磅礴太古秋。崩岸落车炮，怪木森戈矛。碎沙晴日铺金麸，云是昔日当关挽劲之仆姑，寒泉组练结九曲，亭午赫日光模糊。车声何辚辚，昨宵急水迷无津，垂堂之言犹在耳，游子商人行不已。子规彻天呼我归，翠华北幸那得辞。龙门之石高不磨，泚笔书我龙门歌。

马祖常《丁卯上京四绝》

山雨晴时已是秋，苑中行殿日华浮。长杨十里旌旗宿，不使飞霜入画楼。
离宫秋草仗频移，天子长杨羽猎时。白雁水寒霜露满，骑奴犹唱踏歌词。
海国名鹰岂鹘胎，渥洼天马是龙媒。明时不惜黄金赐，只欲番王万里来。
持橐词垣已赐金，对衣侍拜更恩深。何如坐索长安米，只有诗歌满翰林。

马祖常《上京翰苑书怀三首》

沙草山低叫白翎，松林春雨树青青。土房通火为长炕，毡屋疏凉启小棂。
六月椒香驼贡乳，九秋雷隐菌收钉。谁知重见鳌峰客，飒飒临风鬓已星。

门外春桥漾绿波，因寻红药过南坡。已知积水皆为海。不信疏星又隔河。
酒市杯陈金错落，人家冠簇翠盘陀。熏风到面无蒸暑，去鸟长云奈客何。

万里云沙碣石西，高楼一望夕阳低、谷量（一作深）牛马烟霞错，天险山河海岱齐。贡篚银貂金作藉，官窑磁盏玉为泥。未央殿下长生树，还许寻巢彩凤栖。

马祖常《龙虎台应制》

龙虎台高秋意多，翠华来日似鸾坡。天将山海为城堑，人倚云霞作绮罗。
周穆故惭黄竹赋，汉高空奏大风歌。两京巡省非行幸，要使苍生乐至和。

马祖常《驾发》

紫绣鸾旗不受风，北都驾发日曈昽。九秋宫殿明天外，十部箫韶起仗中。

白海水波浮晓绿，赤城花蕊带春红。神皋不用清尘雨，辇路龙沙草藉重。

（《元诗选》初集卷二十一）

贡奎《枪竿岭》

百折回冈势欲迷，举头山市与云齐。经行绝似江南路，落日青林杜宇啼。

许有壬《李陵台》

李陵台下驻分台，红药金莲遍地开。斜阳一鞭三十里，北山飞雨逐人来。

许有壬《和友人北苑马上四首》

古木阴阴覆苑墙，雁程霜早碧云长。欲知圣德如天处，最近来庭是越裳。

高榆矮柳远参差，一幕秋空碧四垂。莫笑从臣归太急，人间天上共秋期。

万事浮云一瞬过，何劳辩口似悬河。北风卷雨城南去，明日滦江水又多。

金莲紫菊带烟铺，画出龙冈万世图。直使王嫱到青冢，汉家当日有人无。

虞集《白翎雀歌》

乌桓城下白翎雀，雌雄相呼以为乐。平沙无树托营巢，八月雪深黄草薄。君不见旧时飞燕在昭阳，沉沉宫殿镇鸳鸯。芙蓉露冷秋霄永，芍药风喧春昼长。

柳贯《滦水秋风词四首》

西府林鞍如割铁，东凉亭酒似流酥。福威玉食有操柄，世祖建邦天造图。

朔方窦宪留屯处，上郡蒙恬统治年。今日随龙看云气，八荒同宇正熙然。

朵楼清晓常祠罢，吾殿新秋曲宴回。御帛功由寒女出，分颁恩自九天来。

西风初吹白海水，落日正见黑山云。旃庐小泊成部署，沙马野驼连数群。

柳贯《后滦水秋风词四首》

碛中十里号五里，道上千车联万车。东赆西琛通朔漠，九州四海会同初。

界墙洼尾砂如雪，滦河嘴头风卷空。泰和未必全盛日，几驿云州避暑宫。

旋卷木皮斟醴酪，半笼羔帽敌风沙。丈夫射猎妇当御，水草肥甘行处家。

山邮纳客供次舍，土屋迎寒催墐藏。砂头蘑菇一寸厚，雨过牛童提满筐。

柳贯《还次桓州》

寒（一作"塞"）雨初干草木霜，穹庐秋色满沙场。割鲜俎上荐黄鼠，献获腰间悬白狼。别部乌桓知几族，他山稽落是何方。长云西北天如水，想见旌旗瀚海光。

柳贯《观锡喇鄂尔多御宴回》

毳幕承空柱绣楣，彩绳亘地掣文霓。辰旗忽动祠光下，甲帐徐开殿影齐。芍药名花团簇坐，蒲萄法酒拆封泥。御前赐酺千官醉，恩觉中天雨露低。（车驾驻跸，命赐近臣咱马妳子御筵）

萨都剌《上京即事》

一派（一作"白昼"）箫韶起半空。水晶行殿玉屏风。诸工（一作"诸王"）舞蹈千官贺，齐捧蒲萄寿两宫。

上苑棕毛百尺楼，天风摇曳锦绒钩。内家宴罢无人到，面面珠帘夜不收（四库本作"牧"，误）。

行（一作"凉"）殿参差翡翠光，朱衣花帽宴亲王。绣（一作"红"）帘齐卷熏风起。十六天魔舞袖长。

中官作队道（此三字又作"队仗等"）宫车，小样红靴踏软沙。昨夜内家清暑宴（一作清宴罢），御罗凉帽插珠花。

大野连山沙作堆，白沙平处见楼台。行人禁地避芳草，尽向曲阑斜路来。

院院翻经有咒僧，垂帘白昼点酥灯。上京六月凉如水，酒渴天厨更赐冰。

祭天马酒洒平野，沙际风来草亦香。白马如云向西北，紫驼银瓮赐诸王。

牛羊散漫落日下，野草生香奶酪醋（一作甜）。卷地朔风沙似雪，家家行帐下毡帘。

紫塞风高弓力强，王孙走马猎沙场。呼鹰腰箭归来晚，马上倒悬双白狼。

五更寒袭紫毛衫，睡起东窗酒尚酣。门外日高晴不得，满城湿露似江南。

张翥《上京秋日三首》

山前孤戍水边营，落日无人已断行。欧脱数家门早闭，辒辌千帐火宵明。白摧野草狼同色，秋入榆关雁有声。最是不禁横笛怨，海天秋月不胜情。

水绕云回万里川，鸟飞不下草连天。歌残敕勒风生帐，猎罢阏氏雪没鞯。红颊女儿花作队，紫髯都护酒如泉。时巡岁岁还京乐，别换新声被管弦。

远山平野浩茫茫，曾是当年古战场。饮马水干沙窟白，射雕尘起碛云黄。中郎节在仍归汉，校尉城空罢护羌。今日车书逢混一，不辞垂老看毡乡。

张翥《上京即事》

滦河东出水潆洄，叠坂层冈拥复开。金柱镇龙僧咒罢，玉舆驭象帝乘来。中天星斗朝黄道，塞漠云山绕紫台。欲拟两京为赋颂，白头平子愧无才。

贡师泰《滦河曲二首》

椎髻使来交趾国，橐驼车宿李陵台。遥闻彻夜铃声过，知进六宫瓜果回。

白沙冈头齐下马，为拾阄支八宝鞭。忽见草间长十八，众人分插帽檐前。

贡师泰《和胡士恭滦阳纳钵即事韵五首》

紫驼峰挂葡萄酒，白马鬃悬芍药花。绣帽宫人传旨出，黄门伴送内臣家。

野阔天垂风露多，白翎飞处草如波。髯奴醉起倾浑脱，马湩香甜奈乐何。

荞麦花深野韭肥，乌桓城下客行稀。健儿掘地得黄鼠，日暮骑羊齐唱归。

新教生驹不受骑，小红车里簇归时。钩帘醉卧氍毹月，不省人间有别离。

野馆吹灯夜未央，薄寒偏透越罗裳。出门不记人行路，马首惟占北斗光。

贡师泰《上都咱玛大燕五首》

紫云扶日上璇题，万骑来朝队仗齐。织翠辔长攒孔雀，镂金鞍重嵌文犀。行迎御辇争先避，立近天墀不敢嘶。十二街头人聚看，传言丞相过沙堤。

椶闾别殿拥仙曹，宝盖沉沉御座高。丹凤衔珠装騕褭，玉龙蟠瓮注葡萄。百年典礼威仪盛，一代衣冠意气豪。中使传宣卷珠箔，日华偏照郁金袍。

卿云弄彩日重晖，一色金沙接翠微。野韭露肥黄鼠出，地椒风软白翎飞。水精殿上开珠扇，云母屏中见衮衣。走马何人偏醉甚，锦韝赐得海青归。

箫韶九奏南风起，沙燕高低扑绣帘。醽醁酒多杯迭进，鹧鸪香少火重添。旧分宫锦缘衣襦，新赐奁珠簇帽檐。日午大官供异味，金盘更换水晶盐。

清凉上国胜瑶池，四海梯航燕一时。岂谓朝廷夸盛大，要同民物乐雍熙。当筵受几存周礼，拔剑论功识汉仪。此日从官多献赋，何人为诵武公诗。

乃贤《塞上曲五首》

秋高沙碛地椒稀，貂帽狐裘晚出围。射得白狼悬马上，吹笳夜半月中归。

杂沓毡车百辆多，五更冲雪渡滦河。当辕老妪行程惯，倚岸敲冰饮橐驼。

双鬟小女玉娟娟，自卷毡帘出帐前。忽见一枝长十八，折来簪在帽檐边。
（长十八，草花名）

马乳新挏玉满瓶，沙羊黄鼠割来腥。踏歌尽醉营盘晚，鞭鼓声中按海青。

乌桓城下雨初晴，紫菊金莲漫地生。最爱多情白翎雀，一双飞近马边鸣。

吴师道《次韵张仲举助教上京即事六首》

海波填碧涌金鳌，当日经营得俊髦。周鼎卜年开帝业，汉都作镇奠神皋。
宫中双凤朝扶辇，帐下千牛夜捉刀。万国会同时肆觐，众星遥拱北辰高。

大驾时巡镇北庭，皇风万里畅威灵。有年太史仍书雨，卜日祠官已祭星。
白草黄云秋漫漫，朱楼翠树晚冥冥。南归却作滦阳梦，应是平生旧所经。

翼翼行都岁幸临，名王诸部集如林。毡车满载彤庭帛，宝马高驮内府金。
暮散歌呼滦水上，夜腾光气黑山阴。世皇谟略真宏远，共感湛恩到骨深。

虎贲猛士羽林兵，缭绕宫垣带雉城。土冷水泉长冻冱，天低星斗倍光精。
穹庐欧脱云弥野，马湩醍醐雪倒罇。巷北巷南歌吹杂，祇应儒馆自书声。

圣主恭勤服澣衣，频年羽猎罢连围。金华劝讲延髦士，紫殿亲祠却宓妃。
调鼎有功神化密，扣门无事谏书稀。高秋八月时巡毕，还与都人候六飞。

孔鸾敛翅久盘回，延阁穹崇际复开。四海宣文千载仰，两生接武一时来。
缃书共启缄金匮，持笔行登视草堂。努力深期报知己，明时肯负出群才。

吴师道《闻危太朴王叔善除宣文阁检讨四首》选三

阴山分脉自昆仑，朔漠绵延迥北门。遥见马驼知牧地，时逢水草似渔村。

穹庐敕勒秋风曲（一作细），青冢婵娟夜月魂。今日八荒同一宇，向来边檄不须论。

两都赋意入经营，今日奇逢有此行。弟子弦歌临璧水，诸公篇翰出承明。眼中高阙祥云色，梦里空斋旧雨声。千里相望劳问讯，追扳无路若为情。

亭障连山入杳茫，毡车如雪漫沙场。雕盘天际秋云白，雁去关南木叶黄。独客应怜冠戴楚，闲愁无奈管吹羌。归来若度桑干水，莫忘并州是故乡。

周伯琦《过居庸关二首》

崇关天险控幽燕，万叠青山百道泉。绝壁云霞龛佛像，连廛鸡黍聚人烟。炎凉顷刻成殊候，华夏于今共一天。我欲登临穷胜概，西风五月倍凄然。

关南关北四十里，玉垒珠阏限两京。列队龙旗明辇路，重屯虎卫肃天兵。桑麻旆旆村无警，榆柳青青塞有程。却笑燕然空勒石，万方今日尽升平。

周伯琦《李陵台》

汉将荒台下，滦河水北流。岁时何衮衮，风物尚悠悠。川草花芬郁，沙禽语滑柔。暮梁遗句在，过客重绸缪。

周伯琦《诈马行》

国家之制，乘舆北幸上京，岁以六月吉日，命宿卫大臣及近侍，服所赐济逊珠翠金宝、衣冠腰带，盛饰名马，清晨自城外各持彩仗，列队驰入禁中。于是上盛服御殿临观，乃大张宴为乐。唯宗王戚里、宿卫大臣前列行酒，余各以所职叙坐合饮。诸坊奏大乐，陈百戏，如是者凡三日而罢。其佩服日一易，大官用羊二千噭马三匹，它费称是，名之曰济逊宴。济逊，华言一色衣也，俗呼曰诈马筵。至元六年岁庚辰，忝职翰林，扈从至上京。六月廿一日，与国子助教罗君叔亨得纵观焉。因赋《诈马行》以记所见。

华鞍缕玉连钱骢，彩晕簇辔朱英重。钩膺障颅銮镜丛，星铃彩校声珑珑。高官艳服皆王公，良辰盛会如云从。明珠络翠光笼葱，文缯缕金纡晴虹。犀毗万宝腰鞓红，扬镳迅策无留踪。一跃千里真游龙，渥洼奇种皆避锋。蔼如飞仙集崆峒，乘鸾跨凤来曾空。是时阊阖含熏风，上京六月如初冬。金支滴露冰华浓，水晶殿阁摇瀛蓬。扶桑海色朝瞳瞳，天子方御龙光宫。衮衣玉璪回重瞳，临轩接下天威崇。大宴三日酣群悰，万羊脔炙万瓮醲。九州水陆千官供，曼（一作"蔓"）延角抵呈巧雄。紫衣妙舞腰细蜂，钧天合奏春融融。狮狞虎啸跳豹熊，山呼鳌抃万姓同。曲阑红药翻帘栊，柳枝飞荡摇苍松。锦花瑶草烟茸茸，龙冈拱揖滦水溁。当年定鼎成周隆，宗藩盘石指顾中。兴王彝典岁一逢，发扬祖德并宗功。康衢击壤登时雍，岂独耀武彰声容。原今圣寿齐华嵩，四门大启达四聪。臣歌天保君彤弓，更图王会传无穷。

张昱《塞上谣八首》

砂碛大风吹土屋，马上行人纱罩目。貂裘荆筐拾马矢，野帐炊烟煮羊肉。
玉貌当垆坐酒坊，黄金饮器索人尝。蛮奴叠骑唱歌去，不管柳花飞过墙。
漭然路失龙沙西，挏酒中人软似泥。马上毳衣歌剌剌，往还都是射雕儿。
马上黄须恶酒徒，搭肩把手笑相扶。见人强作汉家语，哄著村童唱塞姑。
野蚕作茧丝玉玉，乳鸡浴沙声谷谷。骆驼奶子多醉人，毡帐雪寒留客宿。
燕姬二八面如花，留宿不问东西家。醉来拍手趁人舞，口中合唱阿剌剌。
虽说滦京是帝乡，三时闲静一时忙。驾来满眼吹花柳，驾起连天降雪霜。
亲王捧宝送回京，五色祥云抱日明。锡宴大开兴圣殿，尽呼万岁贺中兴。

张昱《辇下曲》选十五

墀左朱阑草满丛，世皇封植意尤浓。艰难大业从兹起，莫忘龙沙汗血功。

国初海运自朱张，百万楼船渡大洋。　有训不教忘险阻，御厨先饭进黄粱。

清庙上尊元不罩，爵呈三献礼当终。　巫臣马湩望空洒，国语辞神妥法宫。

当年大驾幸滦京，象背前驮幄殿行。　国老手炉先引导，白头联骑出都城。

皇舆清暑出滦京，三日当番见大臣。　夜半暗中偷摸箭，阴教右姓主朋巡。

祖宗诈马宴滦都，挏酒哼哼载憨车。　向晚大安高阁上，红竿雉帚扫珍珠。

旌旗千骑从储皇，诈柳行春出震方。　祖宗马上得天下，弓矢斯张何可忘。

对朋角饮自相招，黄鼠生烧入地椒。　马湩饮轮金铎刺，顶宁割发不相饶。

柳林密遣弄臣回，封印黄金盒一枚。　天语直将西内去，便教知是草芽来。

鸭绿江波胜鸭头，鱼龙变化满中州。　分来一派天潢水，到得乌桓便不流。

昭君遗下汉琵琶，挏辂谁弹狈狻沙。　春色不关青冢上，只今芳草满天涯。

龙虎山中有道家，上清剑履绚晴霞。　依时进谒棕毛殿，坐赐金瓶数十茶。

棕毛四面拥龙床，殿角凉生紫雾香。　上位励精求治切，不曾朝退不抬汤。

上都半道次榆林，是处鸳鸯野泺深。　不比使君桑下问，自媒年少觅黄金。

大安阁是延春阁，峻宇雕墙古有之。　四面珠帘烟树里，驾临长在夏初时。

胡助《滦阳杂咏十首》

帝业龙兴复古初，穹隆帐幄倚空虚。　年年清暑大安阁，巡幸山川太史书。

绿阑青草玉花骢，驯鹿游眠殿阁东。　西梵祝厘环地坐，曈昽初日晓旗风。

西清学士草黄麻，阁老承恩扈翠华。　昨夜司天台上望，文章光焰照龙沙。

小西门外草漫漫，白露垂珠午未干。　沙漠峥嵘车马道，半空秋影铁幡竿。

板屋松烟染素衣，天街暑雨没青泥。　夜来沙碛秋风起，鸣镝云间白雁低。

御天门前闻诏书，驿马如飞到大都。　九州四海服训诰，万年天子固皇图。

斗北高寒无点暑，举头止见七星文。　玉堂近与琳宫接，清夜步虚声最闻。

朝来雨过黑山云，百眼泉生水草新。　长夏蚊蝇俱扫迹，葡萄马湩醉南人。

万骑橐鞬列旆旌，周庐严肃驾将兴。　帐前月色如霜白，晓汲滦河窟里冰。

玉堂视草屋三间，尽日鳌峰相对闲。　身遇太平铃索静，题名篆笔又南还。

胡助《再赋李陵台》

李陵台畔秋云黄，沙平草软肥牛羊。当时不是汉家地，全躯荼毒宁思乡？塞垣西北逾万里，此去中原良迄止。安得有台滦水侧，好事千古空相传。可怜归期典属国，雪里幽窖无人识。

胡助《龙门行》

龙门山险马难越，龙门水深马难涉。矧当六月雷雨盛，洪流浩荡漂车辙。我行不敢过其下，引睇雄奇心悸慑。归途却喜秋泥干，飒飒山风吹帽寒。溪流曲折清可鉴，万丈苍崖立马看。

胡助《榆林》

倦客出关仍畏暑，居庸回首暮云深。青山环合势雄抱，不见旧时榆树林。

胡助《枪竿岭二首》

九折盘纡过客愁，适当载笔扈宸游。长年见说枪竿岭，今日身亲到上头。下马徐徐陟涧冈，山风微动十分凉。桑干岭上一回首，何处云飞是故乡。

胡助《再赋李老谷》

李老谷中闻杜鹃，江南游子不归田。利名引得滔滔去，竟渡滦河朝日边。

胡助《宿牛群头》

荞麦花开草木枯，沙头雨过出蘑菇。牧童拾得满筐子，卖与行人供晚厨。

柯九思《宫词十五首》之二

黑河万里连沙漠，世祖深思创业难。数尺阑干护春草，丹墀留与子孙看。

（世祖建大内，命移沙漠莎草于丹墀，示子孙毋忘草地也）

《元诗选三集》卷五

按：元代诗人咏上京，凡未注出处者，皆出于文渊阁《四库全书》本。

后　记

　　20 世纪 90 年代中期，因研究宋元明清边塞诗，发现杨允孚《滦京杂咏》具有多重的研究价值，立志对全诗进行校勘和注释整理，并在此基础上对杨允孚及其《滦京杂咏》进行全方位系统研究，以阐释其文学价值、史学价值和文化价值。这一想法得到当时河北省教委（今河北省教育厅）的立项资助。经过近三年的努力，完成约十二万字的《滦京杂咏校笺》，顺利结项。之后因各种客观原因，杨允孚及《滦京杂咏》的整理与研究被搁置下来，直到 2009 年获批《宋元明清边塞诗研究》国家社科基金项目后，才再次将杨允孚及《滦京杂咏》整理与研究提上日程。经过几年的努力，杨允孚及《滦京杂咏》研究部分，作为重要的一章，写入《宋元明清边塞诗研究》书稿之中，但《滦京杂咏校笺》却一直没有提上出版日程。2024 年 5 月，再次重启研究之后，才发现经过十多年的发展，有关杨允孚与《滦京杂咏》的研究已从当年的无人问津，变为当下的硕果累累。感慨那句"天上才一日，世上已千年"，自己多年的研究积累，还有否继续的必要及可拓展的学术空间？经过认真梳理，发现自己的学术积累与当下已发表的研究成果恰好形成了错位研究，于是用了近三个月时间，在吸收借鉴学界成果的基础上，将十多年前的杨允孚《滦京杂咏》研究与校笺，重新修改，整理完善，以全新的面貌呈现在读者面前。

　　杨允孚及《滦京杂咏》研究部分，相比学界已有成果，其创新点有五：

一是关于杨允孚卒年的考证，推进学界 1372—1376 的说法，考定为明洪武五年（1372）。二是利用现有资料，进一步考察了杨允孚生平事迹及交游状况，丰富了人们对杨允孚生平与思想的认知与理解。将多年来写法各异的《〈滦京杂咏〉跋》的作者姓名确证为"罗大巳"，并对与杨允孚交游的郭钰、罗大巳、刘霖作了翔实的讨论。三是从《滦京杂咏》创作过程、传播路线及版本传承三个方面对《滦京杂咏》的版本作了深入细致的研究，开启了版本源流考写作的新思路。四是在借鉴学界已有成果基础上，对《滦京杂咏》的题材内容、主题思想，特别是黍离之悲与遗民情结等问题，进行了深入的探讨与论述，力图写出个人新的理解。五是有关《滦京杂咏》艺术成就与美学特色的把握上，重点突出其七绝组诗加注的诗体形式和独特的结构模式的阐释。作品校笺部分，在原来校注基础上，借鉴辽宁师范大学韩璐的硕士学位论文，增补部分校记，修正一些错误注释，运用有关方志数据库增补一些地名注释的原始文献等。

虽然主观上尽了最大努力，但呈现在读者面前的作品问题仍然很多，最大的问题是解题与笺注部分的语言不够简洁，一些表述前后重复，最后的修改整理，未能做到全方位改正。同时，受个人水平和资料限制，书中还存在许多错谬与待考问题，祈请专家学者批评指正。

本书出版之际，特别感谢当年河北师院科研处王福恒先生对本项目的关注与关照。非常感谢河北师范大学文学院袁世旭院长的大力支持与帮助。感谢师兄南京师范大学刘立志先生及高足黄伟煌先生，师徒二人对本书极为关注，黄伟煌先生花大量时间帮助校对全书，对书中研究与校笺内容、繁简字、标点、格式等提出许多修改意见与建议，校正书中大量错谬并补充许多笺注材料，对保证本书质量助力极多，特此深致谢意！最后，衷心感谢人民出版社邵永忠先生接纳本书的出版，他的精心把关，修正书中许多错谬，为本书增光添彩，在此一并深表谢意！

阎福玲

2024 年 9 月 23 日

责任编辑：邵永忠

封面设计：胡欣欣

图书在版编目（CIP）数据

《滦京杂咏》研究与校笺 ／ 阎福玲著 ． -- 北京 ：人民
出版社，2025．5． -- ISBN 978－7－01－027100－2

Ⅰ．I206.47

中国国家版本馆 CIP 数据核字第 2025U8H197 号

《滦京杂咏》研究与校笺
LUANJING ZAYONG YANJIU YU JIAOJIAN

阎福玲　著

人民出版社 出版发行

（100706　北京市东城区隆福寺街 99 号）

北京中科印刷有限公司印刷　新华书店经销

2025 年 5 月第 1 版　2025 年 5 月北京第 1 次印刷

开本:710 毫米×1000 毫米 1/16　印张:18

字数:300 千字

ISBN 978－7－01－027100－2　定价:90.00 元

邮购地址 100706　北京市东城区隆福寺街 99 号

人民东方图书销售中心　电话（010)65250042　65289539